Hanns-Josef Ortheil

ROM, VILLA MASSIM

Hanns-Josef Ortheil

Rom, Villa Massimo

Roman einer Institution

Mit Fotos von Lotta Ortheil

Langen*Müller*

Bilder auf S. 88 Mitte und unten
sowie S. 178 oben und unten: Hanns-Josef Ortheil;
S. 228: Archiv für Kunst und Geschichte, Berlin

MIX
Papier aus verantwortungsvollen Quellen
FSC® C084279

Schutzumschlag: Wolfgang Heinzel
Schutzumschlagfoto: Lotta Ortheil
Karten: Kartografie Theiss Heidolph, Dachau
Satz: EDV-Fotosatz Huber/Verlagsservice G. Pfeifer, Germering
Gesetzt aus: 11,85/15,35 pt Adobe Garamond
Druck und Binden: Finidr s.r.o.
Printed in the EU
ISBN 978-3-7844-3368-4

Auch als ebook

www.langen-mueller-verlag.de

Die Vorgeschichte

Die Vorgeschichte 1

Peter Ka ist ein fünfunddreißig Jahre alter Lyriker aus Wuppertal. Er selbst behauptet, er schreibe seit dem zehnten Lebensjahr Lyrik, und das stimmt sogar, wenn man die Abzählreime, die er mit zehn Jahren aufgeschrieben hat, zur Lyrik rechnet. Die Lyrik ist jedenfalls sein großes Metier und seine ganze Leidenschaft, im Grunde liebt er nichts auf dieser Welt so wie das Dichten, das Gedicht, Gedichte zu schreiben und zu lesen. Wenn er vom »Dichten« spricht, zieht er die Nasenflügel leicht hoch und schaut fest und bestimmt, als begegnete er beim Aussprechen dieses Wortes einer erhabenen, imaginären Gestalt. Und ein wenig ist das auch so: »Dichten«, also Verse und Gedichte schreiben, ist für ihn etwas Großes, das Größte, Schönste und gleichzeitig doch Schwierigste, das ein Mensch mit der Sprache anstellen kann. »Dichten« ist Zauberei, die momentane Anwesenheit eines inneren Gottes, der einem ein paar undurchschaubare, kühne Worte zumurmelt. Man schreibt sie mit, man lässt den Stift kreisen – und schon ist der Kraftstrom wieder versiegt, und der kurze Höhenflug landet auf prosaischem Boden.

Viele Nichtsahnende halten Wuppertal, wo Peter Ka geboren wurde und seit der Kindheit ohne Unterbrechung lebt, für durch und durch prosaisch. »Wie kann man nur in Wuppertal Lyrik schreiben?«, hat ihn mal ein solcher Leser gefragt. Peter Ka hat geantwortet, dass man erstens Lyrik überall schreiben könne und dass Lyrik keinen Olymp, keine Leier und auch keine sonstigen

Überwelten zu ihrer Entstehung brauche. Zweitens aber sei Wuppertal auch keine prosaische, inspirationsarme Stadt, sondern, ganz im Gegenteil, eine Stadt der starken Inspirationen.

Schon die träge in ihrem tief gelegten Flussbett dahinsiechende Wupper sei eine solche Inspiration, ein Fluss, der sich überlege, ob es sich überhaupt noch lohne zu fließen, ein Fluss, der im 19. Jahrhundert die erste von lauter Chemie bunt funkelnde Abwasserrinne Deutschlands gewesen sei! Der Wupper beim Stocken, Funkeln und Dahinsiechen zuzuschauen sei eine enorme Inspiration, wie überhaupt (und das sei schon vielfach formuliert[1]) das Entlanggehen an Flüssen oder anderen Gewässern für Lyriker gar nicht selten eine Inspiration bedeute. Das Fließen rühre ans Emotionale und breche die inneren Verkrustungen auf, die Umgebung sei sanft bewegt und ziehe einen mit sich fort – ganz genau könne er das auch nicht erklären, jedenfalls hätten anscheinend Flüsse einen Kontakt zu lyrischen Momenten. Wenn über etwas derart lyrisch Bewegtem aber dann noch eine Schwebebahn gleite und sich vielleicht sogar im Fluss spiegle – dann werde die Inspiration noch verdoppelt, und man habe es als Lyriker mit gleich zwei inspirierenden Fließbewegungen zu tun.

Wuppertal und das die Stadt umgebende Bergische Land sind denn auch Peter Kas bevorzugte lyrische Terrains, von denen er fast ausschließlich gedichtet hat. In seinem ersten Gedichtband (*Krümmungen an kleinem Gestade*, 2004) kommt die Wupper mit all ihren scharfen Chemiegerüchen, verwegenen Farben und flusigen Schatten in unendlich vielen Details vor, und in dem Folgeband lyrischer Kurzprosa (*Wiesen im bergischen Winter*, 2006) hat er das Bergische Land so besungen, als wäre es ein Naturparadies ähnlich den antiken Naturlandschaften in der Umgebung von Rom.

Schon diese beiden Bände haben ihn zu einem der ersten Anwärter auf den Rompreis und ein Stipendium in der *Deutschen Akademie (Villa Massimo)* gemacht, doch er musste noch einige Zeit warten, bis er dieses ersehnte Stipendium endlich erhielt. Nach dem Abitur hat er Literaturwissenschaft, Philosophie und vor allem die antike Literatur (Griechisch und Latein) studiert und das Studium sogar abgeschlossen. Er konnte sich jedoch nicht vorstellen, Lehrer zu werden oder sonst etwas Nützliches mit diesem Abschluss anzufangen. So hat er sich mit lauter Aushilfsarbeiten durchgeholfen und in der Erwachsenenbildung unterrichtet, im Grunde aber nichts anderes in seinen Augen Wichtiges getan, als an seinen Gedichten zu arbeiten. Im Alter von Mitte zwanzig wäre er für ein *Massimo*-Stipendium noch zu jung gewesen, jetzt aber, Mitte dreißig, ist er genau im richtigen Alter, noch etwas unschuldig und manchmal gut drauf in kurzen, spätpubertären Räuschen, aber auch nicht mehr für jeden Unsinn zu haben.

In seinem letzten Lebensjahrzehnt hat Peter Ka sich von allem getrennt, was in seinen Augen nur wenig oder sogar nichts mit der Lyrik zu tun hat. Obwohl er eigentlich bettelarm ist, lebt er nicht mehr bei den Eltern in dem kleinen Reihenhaus in Wuppertal-Barmen mit einem Zimmer unter dem Dach, wo er mietfrei wohnen könnte. Stattdessen lebt er am anderen Ende der Schwebebahnlinie, in Wuppertal-Vohwinkel, in einem winzigen Zimmer ohne Küche und Bad, für 90 Euro Kaltmiete. Einmal in der Woche fährt (oder fliegt) er mit der Schwebebahn zu seinen Eltern und isst mit ihnen zu Mittag (Erbsensuppe mit Speck, Kasseler mit Püree und Sauerkraut), daneben aber vermeidet er mit ihnen jeden Kontakt. Keine Anrufe, keine infantilen SMS-Nachrichten, nichts.

Auch von seiner Freundin, mit der er zwei Jahre zusammen war, ohne mit ihr zusammenzuleben, hat er sich getrennt. Sie ist Laborantin in einem der Wuppertaler Chemiekonzerne, eine Weile hat ihn das Milieu beschäftigt, die Chemie und das ganze Drum und Dran, aber diese Verbindung hatte nichts Flackerndes, nichts Großes. »Liebe« hatte er sie nicht nennen können, und deshalb hatte er sie schließlich beendet. Tiefgehende Leidenschaft, etwas den Atem Raubendes, etwas Durchdringendes, Zerstörerisches, kopflos Machendes – das stellte er sich unter »Liebe« vor. Momente von solcher Intensität hätten ihm vielleicht sogar dazu verholfen, Liebesgedichte zu schreiben. Bisher hat er das noch nicht versucht, »Liebesgedichte« sind das Äußerste von Dichtung, das Extrem, das Höchste und Flirrendste überhaupt – bisher hat er sich mit Wuppertal und den stumpfgrünen Buckelhügeln des Bergischen Landes bescheiden müssen. Denen aber hat er durchaus ein großes Feuer entlockt, o ja, innerlich hat er diese Region in Brand gesteckt und in zuckenden Flammen zum Lodern gebracht! Er ist also vorbereitet auf Gesänge über die Liebe, er hat das drauf, so viel ahnt er, aber die »Liebe« soll ihm vorher auch in einer schönen Gestalt begegnen, aus dem Hemd ziehen kann er sich Gedichte über ein solches Thema schließlich nicht.

Freunde oder Bekannte hat Peter Ka auch nicht mehr viele. In den letzten Jahren ist er skeptischer und strenger geworden, mit sich selbst, aber auch mit den anderen. Lange Unterhaltungen irgendwo am Wupperstrand in den so häufig nebelfeuchten Wuppertaler Nächten gefallen ihm nicht mehr, er hat sich daran gewöhnt, viel allein zu sein. Natürlich kann er von seinen Gedichten nicht leben, das aber will er auch gar nicht. Ein Lyriker muss in seiner Vorstellung arm sein, schlotternd vor Armut und Hunger, jedenfalls ganz und gar reduziert und dadurch besonders hellwach und reizbar. Er hat ein paar kleinere Preise und Stipendien erhalten, davon hat er sehr sparsam gelebt, daneben schreibt er für den Hörfunk und zwei Literaturzeitschriften ausschließlich über Lyrik, das bringt wenigstens ein paar Euro ein, um den Strom und das bisschen Wasser zu bezahlen, das er täglich verbraucht.

Die Vorgeschichte 2

Im Grunde ist Peter Ka den ganzen Tag für die Lyrik da, jederzeit bereit für die Notiz einer Wendung, eines Bildes oder sogar eines Verses. Ununterbrochen liegt er auf der Lauer, um der schnarrenden, dröhnenden, summenden Welt ihre Geräusche und Klänge abzulauschen. Am besten geht das unterwegs. Oft bricht er am frühen Morgen von zu Hause auf, zu Fuß natürlich. Dann durchstreift er eine Weile die Umgebung, verliert sich, stromert umher. Kein Ziel, keine Vorgaben, durchatmen, schauen, aufmerksam sein, gut hinhören, Gerüche, Bilder, das Stimmengewirr. Alles, was er für diese Stunden der angespannten Wahrnehmung braucht, ist seine dunkle, abgewetzte Ledertasche mit dem roten Innenfutter (noch aus Schultagen). Darin befinden sich mehrere Stifte mit unterschiedlichen Farben, einige Notizblöcke verschiedensten Formats, ein Fotoapparat, ein Smartphone. Das teure Luxusding hat er sich von den Eltern schenken lassen, weil es für ihn ein ideales Arbeitsgerät mit vielen nützlichen Funktionen ist. So spricht er zum Beispiel in das Diktiergerät während seiner ausschweifenden Gänge relativ viel, dann braucht er das, was ihm spontan auffällt, nicht umständlich mit der Hand zu notieren. Das tut er erst, wenn er irgendwo landet und Platz nimmt. Dann schreibt er rasch und ohne langes Nachdenken auf, was ihm an Sprache durch den Kopf jagt. Er macht den Worten und Wendungen Tempo, hastet hinter ihnen her, verunstaltet sie, dreht sie um, stellt sie auf den Kopf, es ist eine Art Tanz mit der Sprache und ihren einzelnen Elementen, bis hin zum Unsinn und dem puren Gelalle.

In letzter Zeit hat er in seiner Ledertasche auch ein italienisches Wörterbuch dabei, in dem er täglich blättert und liest. Manchmal schreibt er einige Wörter ab und spricht sie sich vor. Daneben hat er sich auch ein dickeres Buch mit italienischen Redewendungen (*Modi di dire*[2]) beschafft, gerade diese Lektüre macht ihm besonderes Vergnügen. Besser als einzelne Wörter behält er solche skurrilen Wendungen im Kopf, sie könnten ihm in Rom helfen, als ein bereits halbversierter Sprecher zu erscheinen, jedenfalls stellt er sich das so vor. Wenn ihm dort etwas besonders bedeutsam erscheint, wird er sagen, es werde ihm *stare a cuore* (wörtlich so viel wie: *nahe dem Herzen sein*). Und wenn ihm jemand wegen seines raschen Denkens oder Reagierens gefällt, wird er sagen, er sei *agile come un gatto* (wörtlich so viel wie: *agil/wendig wie eine Katze*). Mit der Zeit hat er sich ein Vergnügen daraus gemacht, seine Wuppertaler Umgebung im Stillen so anzureden, er spricht mit ihr sein mühsam erlerntes Italienisch und überlegt sich gleich mit, wie sie antworten könnte.

Schade, dass er bisher nicht den geringsten Kontakt mit dieser herrlichen Sprache (einer Sprache für Lyriker! Vielleicht sogar *der* Sprache für Lyriker!!) gehabt hat. Er war erst zweimal für jeweils kaum eine Woche in Italien, vor vielen Jahren, mit seinen Eltern. Sie hatten in Bergamo eine entfernte Verwandte besucht und sich sehr behelfsmäßig durch den italienischen Alltag gearbeitet. Kaum ein Wort hatten sie verstanden, und seine Eltern hatten an Italien eher die negativen Aspekte wahrgenommen, die miserablen Hotelbetten, die schlechte Straßenbeleuchtung, den bröckelnden Putz an manchen Häuserfassaden. Weniger das Schöne als das Hässliche hatte also die Eltern beschäftigt, und so waren sie durch Bergamo wie ein unzufriedenes, nörglerisches, auf Mängelsuche erpichtes Duo gelaufen. Als wären sie für die *Stiftung Warentest* unterwegs gewesen, als hätten sie immerzu Punkte vergeben und Tabellen ausfüllen müssen! Die ununterbrochene Nähe seiner Mängel suchenden Eltern hatte Peter Ka die beiden Bergamo-Aufenthalte regelrecht verhagelt oder sogar versaut, jedenfalls hatte er am Ende bereits selbst in lauter Negativkategorien von dieser Stadt gedacht. Müde und erschöpft vom ewigen Nörgeln und Kritisieren war man nach Wuppertal zurückgekehrt und hatte sich im potthässlichen Wuppertaler Bahnhof wohlig gestreckt: »Schön, wieder zu Hause zu sein!« Als wäre der Wuppertaler Bahnhof ein Elysium! Als könnte Bergamo ihm nicht das Wasser reichen!

Von der italienischen Literatur kennt er fast ausschließlich die Lyrik, den großen Petrarca natürlich[3], mit dem alles beginnt, und aus dem letzten Jahrhundert vor allem Montale[4], Quasimodo[5] und Pasolini[6]. Er hat ihre Werke in zweisprachigen Ausgaben gelesen und daher viele italienische Verse im Kopf, eine Blütenlese, Zeilen, die ihm besonders gefallen haben und die er nicht mehr vergessen will. Wenn er solche Verse liest, notiert er sie gleich, das Abschreiben ist eine Art Würdigung oder eine Verbeugung (*fare onore a Montale* ... – würde man das so sagen?). Danach spricht er sie in sein Diktiergerät und hört das Ganze später häufig ab. Das häufige Abhören (über Wochen und Monate) hilft, diese Verse im Kopf zu behalten. Ganz dort angekommen sind sie aber erst, wenn er mit und von ihnen träumt (wenn sie also: *essere nel mondo dei sogni*/sich in seinen Traumwelten befinden).

So weit ist er immer wieder gekommen, dahin also, im Traum zumindest ein wenig Italienisch zu sprechen. Manchmal kommen in diesen Träumen auch dunkel gekleidete Menschen vorbei, nicken ihm zu und flüstern etwas in dieser so melodisch hellen, weichen, quicklebendigen und anschmiegsamen Sprache. Er versteht sie nicht immer, aber er nickt zurück und geht weiter, mit seiner alten Ledertasche und all seinen Hilfsmitteln. Wie ein Schüler, wie ein überanstrengter Abiturient, der von Frauen wie Claudia Cardinale träumt. (Von Claudia Cardinale hat er bereits häufig geträumt, und dann hat er das wunderbare Gespräch gelesen, das der Schriftsteller Alberto Moravia einmal mit ihr geführt hat.[7] Peter Ka würde sehr viel dafür geben, mit einer Frau einmal genau so auf Distanz und doch voller Intimität und Nähe sprechen zu können, bisher ist ihm das noch nicht gelungen. Einer seiner Rom-Träume besteht eben darin, in Rom mit einer Römerin lange Unterhaltungen zu führen. Vielleicht ist er zu scheu für so etwas Schönes, vielleicht auch zu langsam, er weiß es noch nicht genau.)

Besser als die italienische Lyrik, die er erst lange nach dem Abitur entdeckt hat, kennt er die Lyrik der alten Römer (Catull, Horaz, Ovid). Die hat er schon während seiner Schulzeit gelesen, und es hat ihn damals erstaunt, dass die Römer vor allem die Lyrik liebten, die Lyrik viel mehr als Epen und Dramen. Das passte zu seiner Fantasie vom Alten Rom als einer regen, wortreichen und deklamatorischen Weltstadt, in der sich die verschiedenen Sprecher darin überboten, gehört zu werden. Die Lyriker hatte er sich wie notorisch herumschlendernde muntere Mannsbilder inmitten der Volksmassen vorgestellt. Neugierig auf jedes Wort, umtriebig, lästernd, sich in Gespräche einmischend. Die römische Lyrik mochte aus den Sudstoffen eines längst unüberschaubar gewordenen Sprechens entstanden sein, sie war ihr klangliches

Amalgam, die Essenz, die übrig blieb, wenn die Geräusche verebbten, es allmählich dunkler wurde und man sich zur abendlichen Mahlzeit zurückzog. Dann, so dachte er es sich, wurden die neusten Verse vorgetragen und deklamiert, zum Weingenuss, in kleinem Kreis.

Vielleicht war das alles aber auch eine infantile Schulfantasie, die den vielen Filmen über das Alte Rom entsprang, die er während der Schulzeit so gern mit ein paar Freunden gesehen hatte. Von *Ben Hur* über *Quo vadis?* bis zu *Spartacus* hatten sie viele der alten Sandalenfilme immer wieder geschaut. Die muskelstarken, im Sonnenlicht glänzenden Männer, fast alle mit einem schwachen Schweißfilm auf der Stirn, wortkarg, aber mit Bärenkräften. Ihre Scheu gegenüber schönen, begehrenswerten Frauen, die nur kurz angeschaut, letztlich aber meist für etwas Gefährliches und damit zu Meidendes gehalten wurden. Ihr Leben in Gefängnissen und dunklen Verliesen, wo sie mit ihren Bärenkräften vor sich hin brüteten und an ihren Ketten rasselten. Ihr hoher Ehrbegriff, der ihnen im Körper steckte wie ein bronzenes Rückgrat. Peter Ka hatte im Lateinunterricht einmal einen kurzen Text über einen römischen Legionär und Kämpfer geschrieben, der hatte seinem Lehrer gefallen (»Schau mal an, du schreibst, als wärst du selbst schon einmal ein römischer Krieger gewesen!«). Jetzt, im Alter von fünfunddreißig Jahren, hat er diese pubertären Welten beinahe vergessen, aber ein wenig von ihnen schlummert noch in ihm, und er ist gespannt darauf, ob und wie sie sich in Rom wieder melden werden.

Monica Quartu
Elena Rossi
Dizionario dei
MODI DI DIRE
della lingua italiana
HOEPLI

TVSCVLVM
CATULL
GEDICHTE
STUDIENAUSGABE
Canon
S110

Die Vorgeschichte 3

Er ist ein Meter neunzig groß und wiegt zweiundachtzig Kilo, das sind gute Maße und Bedingungen für Lyrik, schon häufig hat er in Gedanken dem Lyriker Gottfried Benn vorgeworfen, dass er viel zu dick, statisch und gesetzt war. Wäre Benn schlanker und schneller gewesen, wäre noch mehr und Schneidenderes aus ihm herausgequollen als so etwas Verlangsamtes wie *Einsamer nie als im August*. Der August hätte einige Schwebeflüge mehr bekommen und wäre nicht in einer Lethargie trüb-glasiger Blicke versunken.

Der Lyriker Stefan George kam Peter Ka in Aussehen und Lebensführung da schon erheblich näher. George hatte sich nirgendwo niedergelassen, er hatte sehr bescheiden und meist bei Freunden gelebt und dabei doch ein intensives Leben zwischen Berlin, München oder Heidelberg hinbekommen. Abtauchen, die Dinge von ganz unter her, aus äußerster Anspannung, Leere und Konzentration erfassen – das war Georges Devise gewesen. Und genauso versuchte es auch Peter Ka, seit er die ersten Verse Georges gelesen hatte. Zum Glück hatte er in Wuppertal ein humanistisches Gymnasium besucht, und zum Glück hatte er dort Latein und Altgriechisch gelernt, das hatte ihn hin zur großen Lyrik geführt. Zwei gute Lehrer hatten genügt, dieses Feuer in ihm zu entfachen, ein Lehrer in Deutsch und eben einer in den beiden ehrwürdigen, einzigartigen alten Sprachen, die Peter Ka schließlich recht gut beherrscht hatte. Der Deutschlehrer aber hatte ihm einen Band mit George-Gedichten geschenkt, und da hatte er beim ersten Hineinschauen gleich die Verse *Sprich nicht immer/ Von dem laub/ Windes raub*[8] gelesen. Schon bei diesem ersten flüchtigen Lesen hatte es ihn gepackt, das war Lyrik!, große Lyrik! Er hatte es (noch nicht) gut begründen können, aber er hatte es gespürt: Große Lyrik in zwei Zeilen! Fortziehend! Ein anderes Gelände eröffnend! Raumgreifende Gestik!

Damals, als er Stefan George durch den Hinweis seines Deutschlehrers (»ich gebe dir einen Wink«, hatte der gesagt, »einen *Wink!*« – an diese Formulierung erinnerte Peter Ka sich genau) kennengelernt hatte, war George so gut wie vergessen gewesen. Im literarischen Leben galt er als ein weltfremder Spinner und Reaktionär, der einen geheimnisumwobenen Schülerkreis angeführt hatte. Der Meister und seine Schüler – eine solche Konstellation hatte man am Ende des 20. Jahrhunderts belächelt oder sogar verachtet. Im ersten Jahrzehnt des 21. Jahrhunderts war Georges Stunde dann aber doch wieder gekommen, neue Biografien und ausführliche Würdigungen zu einzelnen Themen waren erschienen, eine Ausstellung war der andern gefolgt, Georges Name hatte wieder erhebliche Strahlkraft erhalten und die Namen anderer großer Lyriker seiner Zeit (Hofmannsthal, Benn, Brecht) zum großen Teil weit hinter sich gelassen.

Peter Ka hatte all diese neuen Bücher über Georges Leben und Dichten ausgeliehen und sehr aufmerksam gelesen, und er hatte über seinem schmalen, kleinen Schreibtisch einige George-Fotos angebracht. Der Meister im Profil, mit scharfem Blick, kantig, entschieden, die Haare mit Schwung nach hinten gebürstet. Viele George-Gedichte kannte er auswendig, er parodierte sie gern und brachte den altmodisch gesetzten und oft weihevollen Tonfall mit Alltagsdingen so in Verbindung, dass eine komische Wirkung entstand. Die großen Götter musste man parodieren, unbedingt, man musste sie verehren und sie sich gleichzeitig vom Leib halten, man musste neben ihnen her spazieren, pfeifend, bester Laune, auf keinen Fall aber durfte man zu ihren Schülern oder Adepten werden.

Stefan George hätte es bestimmt gefallen, dass Peter Ka nun nach Rom aufbrechen würde, Rom war ein weites Terrain gerade für Lyriker, kein Wunder also, dass bisher viele Schriftsteller-Stipendiaten Lyriker gewesen waren. Gerade die besten und empfindlichsten Sprachvirtuosen hatte man nach Rom geschickt, Lyriker also und erheblich seltener Romanciers oder gar Essayisten, von Dramatikern oder Journalisten ganz zu schweigen! Von Lyrikern hatte man im Blick auf Rom am meisten erwartet, große Dichtung, höchstes Niveau, und es war klar, dass die üblichen Romanciers mit ihrer weitschweifigen Art so etwas nicht würden bieten können.

Peter Ka mochte denn auch nur sehr wenige Romanciers und las kaum Romane, solche Erzähl- und Dialogmaschinen waren einfach nichts mehr für ihn, und er hatte auch nicht die richtige Geduld, um tagelang den Spuren einiger wenig interessanter Figuren durch ein breit ausgewalztes Romangelände zu folgen. Manche Romanciers hatten zudem vom vielen Sitzen und Schreiben oft etwas Breiiges, ungesund Schweres, manche aßen und tranken viel und mästeten ihre Körper auf unappetitliche Art für ihre jahrelangen Schreibhypnosen. In diese Welten mochte er nicht gerne eintauchen oder hineinsehen, weshalb er gehofft hatte, in Rom keinem Romancier dieser Art zu begegnen (mit Frauen, die Romane schrieben, kannte er sich nicht aus).

Ein guter Lyriker dagegen war nach Peter Kas Vorstellung von ganz anderer Art. Schlank, entschieden, mit einem Sinn für Knappheit und Eleganz ausgestattet – so musste er sein, wie ein feiner Wind, den es durch die Straßen treibt, während er sich mit allen nur denkbaren Atmosphären vermengt und sie in sich aufnimmt. Die Krönung von alldem war natürlich eine gute Lyriker*in*, eine Sappho, ein weibliches Orakel, nicht mehr ganz von dieser Welt, mit allen Tiefen des Lebens vertraut, dunkel, unheimlich, eine Magierin. In seinem bisherigen Leben war Peter Ka noch niemandem von dieser Art begegnet, aber er hatte schon einige Gedichte von solchen Magierinnen gelesen. Annette von Droste-Hülshoff war eine gewesen und auf jeden Fall Else Lasker-Schüler, die wie er aus Wuppertal stammte und deren Leben und Dichten er in einem Essay porträtiert hatte.

Vor seiner Abreise nach Rom hatte er davon gehört, dass ein erfahrener und bekannter Lyriker, der bereits vor Jahrzehnten in der *Villa Massimo* als Stipendiat gewesen war, behauptet hatte, die großen Lyriker seien in der *Villa Massimo* fast alle weit unter ihr Niveau geraten und hätten der Ewigen Stadt mit kaum einem Vers Paroli geboten.[9] Peter Ka war diesem erschreckenden Urteil nicht weiter nachgegangen, wie er es überhaupt vermieden hatte, sich durch viele Lektüren auf Rom vorzubereiten. Im Stillen aber hatte er darüber nachgedacht, welche Fallen auf einen Lyriker in Rom warten mochten. Zypressen und Pinien zum Beispiel waren ganz sicher solche Fallen, sodass man es vermeiden musste, Gedichte über Zypressen und Pinien zu schreiben. Katzen waren ebenfalls hochgefährlich und durften auf keinen Fall in einem Rom-Gedicht vorkommen, ganz zu schweigen von Geckos oder Echsen. Auch Steinmauern und ruinöse Zeugnisse der Antike sollte man besser meiden, wie es wahrscheinlich überhaupt sehr schwer werden würde, etwas Antikes in einem Gedicht von heute unterzubringen.

Er hatte also bereits einige rote Gefahrenlampen im Hinterkopf, die sofort aufleuchten würden, wenn er seinem lyrischen Ich allzu bereitwillig einen touristischen Rom-Ausflug gönnen würde. Etwas Touristisches durften seine Gedichte auf keinen Fall bekommen, deshalb wollte er sich in den ersten Wochen in Rom auch vom römischen Zentrum und den bekannten Sehenswürdigkeiten fernhalten und Rom von Nebenschauplätzen her angehen. Mal sehen, das würde sich finden.

Keine breit gestreuten Lektüren also vor dem Aufenthalt, kein Sich-ein-Bild-Machen. Lesen, schauen, notieren – das wollte er erst vor Ort. Einen Basiskurs Italienisch hatte er sich aufgenötigt und lauter italienische Frage-und-Antwort-Spiele mit ein paar typischen Redensarten auswendig gelernt. So war er für flüchtige Begegnungen in den römischen Bars gerüstet, wobei er sich darauf verlassen konnte, rasch zu lernen und mit der weitgehend unbekannten Sprache schnell voranzukommen. Gute Lyriker (wie etwa der große H. C. Artmann) beherrschten sehr viele Sprachen, viele Fremdsprachen zu beherrschen war sogar meist ein sicheres Indiz dafür, dass es sich um einen guten Lyriker handelte. Solche Lyriker übersetzten mit Glanz und raubten den fremden Sprachen Nuancen für die eigene, deutsche Sprache. Vielleicht gab es sogar Lyriker, die virtuos aus Sprachen übersetzten, die sie gar nicht kannten, den sehr guten Lyrikern traute er das zu: Sie verstanden im Grunde kein einziges Wort, und sie hätten sich nicht in der fremden Sprache unterhalten können, doch wenn sie ein Gedicht in der fremden Sprache hörten, fielen sie in eine merkwürdige Trance und lieferten ohne Zögern eine deutsche Version des fremdsprachigen Gedichts.

Ankommen

Ankommen 1

An einem Montagvormittag ist Peter Ka vom Flughafen Köln/Bonn nach Rom gestartet. Der Flug hat kaum zwei Stunden gedauert und (bei frühzeitiger Bestellung als einfacher Hinflug) kaum vierzig Euro gekostet, das konnte er sich noch gerade so leisten. Den Führerschein hat er zwar kurz nach dem Abitur auf Wunsch (und mit dem Geld) der Eltern gemacht, aber er hat nie einen Wagen besessen und kann sich auch nicht vorstellen, jemals einen zu besitzen. Ein guter Lyriker in einem Opel? In einem VW? In einem Ford? Ach was, das war völlig undenkbar. Zugfahren ginge schon, Busfahren war noch besser, am besten aber war natürlich Fahrradfahren oder ganz zu Fuß gehen. Gute Lyriker gingen nicht allzu schnell zu Fuß, ob er in Rom joggen würde, wusste Peter Ka noch nicht genau.

Eine Sporthose und ein paar Trikots hat er jedenfalls in seinen nicht allzu großen Lederkoffer gepackt. Mit einem einzigen Koffer und einem Rucksack ist er nach Rom aufgebrochen, und er ist sich vorgekommen wie ein Vogel, beinahe ohne Gepäck. Er wird ein Jahr bleiben, ein ganzes Stipendiatenjahr, weit über dreihundert römische Tage, und er hat sich vorgenommen, nur im Fall eines extremen Unglücks (wie etwa einer schweren Krankheit eines der Elternteile) nach Wuppertal zurückzukehren. Passiert so etwas Extremes aber nicht, wird er ohne jede Unterbrechung in Rom bleiben. Kein dauerndes Hin und Her zwischen Italien und Deutschland, keine Lesung hier und eine Diskussion dort, nein, auf gar keinen Fall. Für die Dauer seines

Aufenthaltes in der *Villa Massimo* wird er die Kontakte nach Deutschland auf ein Minimum reduzieren, andernfalls erlebt er ja keine Rom-Kontinuität, kein Hineinwachsen in dieses gewaltige städtische Monstrum, kein Aufgehen in seinen Zonen, kein Verwildern und Sich-abhanden-Kommen. Das aber will er: Rom so nahe an sich heranlassen wie möglich, zu einer Beute der Ewigen Stadt werden. Als ein anderer und nicht mehr wiederzuerkennen will er zurückkommen, um danach ein von *Roma aeterna*[10] Eingeweihter zu sein.

Vom Flughafen Ciampino in die Innenstadt fährt er mit dem Bus, der Bus ist überfüllt, aber er hat noch einen relativ bequemen Platz am Fenster (weit hinten, neben einem jungen Mädchen) bekommen. Er fühlt sich vom Fliegen benommen, zum Glück scheint an diesem Februartag die Sonne nicht stechend, sondern liegt lau und unsicher auf der nebligen Umgebung. Er schaut nicht richtig hin, er dämmert ein wenig, lauscht auf die fremde Sprache, schließt immer wieder die Augen und träumt etwas weg.

Eigentlich fasst er noch immer nicht, dass er es so weit gebracht hat. Als Lyriker aus Wuppertal mitten in das Zentrum des begehrtesten deutschen Stipendienhains! Vor etwa einem Jahr hat er sich auf dem üblichen Bewerbungsweg (über das jeweils zuständige Bundesland, in seinem Fall also Nordrhein-Westfalen) beworben, eine Literatur-Jury hat die Bewerbungen gesichtet und sich für ihn entschieden. Nur zehn Stipendiaten dürfen Jahr für Jahr nach Rom kommen. Im Statut der Akademie (§ 3) hat er nachgelesen, dass die Studiengäste »jüngere, in ihrer künstlerischen Entwicklung noch offene, außergewöhnlich qualifizierte und begabte Künstlerinnen und Künstler der Kunstsparten Bildende Kunst, Architektur, Literatur und Musik (Komposition), die bereits öffentliche Anerkennung gefunden haben«, seien.[11] Er hatte erhebliche Zweifel gehabt, ob er so hohen Ansprüchen gerecht werden könnte, doch kurz nach der Jurysitzung hatte ihn ein Jurymitglied angerufen und ihm zu seiner Wahl gratuliert. Einstimmig sei er gewählt worden, hatte es geheißen, man freue sich schon jetzt auf die lyrischen Früchte seines Aufenthalts!

»Lyrische Früchte« – das hatte sich gar nicht gut angehört, und er hatte auf so einen Kitsch denn auch nicht geantwortet. Der wahre Kern an der Formulierung war aber, dass er dann und wann etwas von seinen neusten Dichtungen würde preisgeben müssen. Während des Rom-Aufenthaltes präsentierten sich die Stipendiaten wohl zu bestimmten Gelegenheiten der Öffentlichkeit, dafür musste er sich noch etwas ausdenken, vielleicht übersetzte er einfach ein paar Zeilen Catull und war damit erst mal aus dem Schneider. Jedenfalls würde er nicht gleich und prompt mit ein paar Rom-Versen herausrücken, und erst recht würde er keine ersten Rom-Eindrücke in diversen Zeitungen oder Zeitschriften präsentieren (es gab kaum Peinlicheres).

Außer ihm würde während dieses Jahres noch ein zweiter Schriftsteller anwesend sein, ein Romancier aus dem Umkreis von Berlin, den er noch nie getroffen hatte. Angeblich war dieser Romancier verheiratet und hatte drei Kinder, Peter Ka konnte sich nicht vorstellen, wie ein Stipendium mit Ehefrau und drei Kindern aussehen würde, nun gut, er würde das noch rechtzeitig erfahren, solche lebenspraktischen Fragen interessierten ihn. Im Statut der Villa (§ 4) war jedenfalls davon die Rede, dass die Studiengäste von ihren Partnern und minderjährigen Kindern begleitet werden konnten, auch Besucher konnte man wohl in seiner Behausung unterbringen.

Peter Ka aber hatte nicht vor, sich besuchen zu lassen. Keine deutschen Freunde, die spröde und langsam über das Gelände der Villa schlurfen und jenen nicht wegzukriegenden *Tagesschau-* oder *Tatort*-Mief in den Kleidern haben würden, den man deutschen Touristen oft schon von Weitem ansah! Keine Gespräche über gesunde Ernährung, Energiesparkosten oder Paarkonstellationen! Und erst recht nicht das obligate heimlichtuerische Gewisper über die neusten und geilsten Drogen und Mittelchen! Am liebsten hätte er über dem Eingangsportal seines Ateliers ein Schild angebracht: »Kein Tourismus! Extragermanische Zone!« Er würde sich aus all diesen Debatten und Diskussionen heraushalten, das aber würde nicht leicht sein, denn bestimmt kamen die Stipendiaten immer mal wieder zu den bereits legendären Stipendiatenrunden zusammen, bei denen es angeblich »hoch herging«. Er hasste es, wenn es in diesem Sinne »hoch herging«, er hatte für solche Mini-Orgien mit viel Alkohol und noch mehr penetranter Musik (»Popmusikpisse« hatte der Philosoph Peter Sloterdijk das einmal genannt) gar nichts übrig. Wie er sich solchen Runden entziehen würde, ohne dann als sogenannter »Einzelgänger« oder »Quertreiber« oder »Außenseiter« (gerade junge Künstler benutzten solche sehr deutschen Begriffe gerne und merkwürdigerweise fast immer in pejorativem Sinn) zu gelten, das musste er sich noch genau vor Ort überlegen.

Partner und minderjährige Kinder ja, Tiere nein! So stand es in der Hausordnung der Villa. Außerdem war dort auch vermerkt, dass die jeweiligen Eltern sicherstellen müssten, dass die anderen Stipendiaten durch die minderjährigen Kinder nicht in ihrer Arbeit oder deren Präsentation gestört würden.[12] Besucher sollten maximal eine Woche bleiben und sich nicht einnisten. Erstaunt hatte ihn, dass seine Behausung einmal wöchentlich von einem besonderen »Reinigungspersonal« gesäubert und in Ordnung gebracht werden würde. Und bei den Hinweisen auf die »Pforte der Villa« und den dort zu bestimmten Tageszeiten betriebenen Pfortendienst hatte er sich gefragt, wie ernst so etwas zu nehmen sei. Saß etwa Tag für Tag und Stunde für Stunde jemand an der Pforte, um jeden zu beäugen, der aus und ein ging?

Und wie war das gesamte Gelände überhaupt nach außen abgeschirmt oder geöffnet?

Peter Ka hat sich mit solchen Details nicht weiter beschäftigt, er hat sich das Statut oder die Hausordnung nur in kleinen Mengen verabreicht und einige Formulierungen auf der Zunge zergehen lassen (wie etwa die, dass die eigentliche Aufgabe der *Deutschen Akademie Villa Massimo* darin bestehe, *»hochbegabten* Künstlerinnen und Künstlern durch einen längeren Studienaufenthalt, eingebunden in das kulturelle Leben Roms und Italiens, die Möglichkeit zu bieten, sich künstlerisch weiter zu entwickeln«). *Hochbegabte* entwickeln – das war doch mal eine angemessene große Aufgabe für eine kulturelle Institution! *Hochbegabte* entwickeln – das klang mutig, fordernd und auch etwas kühn und formulierte genau den richtigen Anspruch.

In der *Villa Massimo* ging es also nicht um Begabtenförderung oder sonst eine kulturelle Folklore, sondern um etwas Extremes! Hochbegabte unter sich, mitten im Drama der Weiterentwicklung und im hocherotischen Austausch mit dem kulturellen Leben Roms und Italiens! Wie draufgängerisch und erobernd sich das anhörte! Und wie gut, dass man jedem Stipendiaten dafür außer einer fürstlichen Unterbringung in einem Atelier mit Wohn- und Schlafräumen auch noch 2500 Euro monatlich zur Verfügung stellte. 2500 Euro, die man ihm einfach so auszahlte, ohne konkrete Gegenforderungen!

Peter Ka hat noch nie in seinem bisherigen Leben so viel Geld zur Verfügung gehabt. 2500 Euro monatlich auszugeben, das wird er kaum fertigbringen, bescheiden, wie er nun einmal zu leben gewohnt ist. Vielleicht wird er einen Großteil dieses Geldes sparen, mal sehen. Oder er wird staunend erleben, wie Rom ihn dazu verführt, das ganze Geld verschwenderisch und freudig rauszuhauen! Jedenfalls wird er genau beobachten, wie die Summe von 2500 Euro von nun an Monat für Monat von Neuem in seinem Kopf tickt und in was dieses Wissen alles so mündet. Zum ersten Mal in seinem Leben fühlt er sich für seine Verhältnisse beinahe reich. 2500 Euro ausschließlich für sich selbst! Keine Partner, keine Kinder, keine Besucher! Allein und frei in jeder Hinsicht wird er während seines Aufenthalts im Geld schwimmen, von den anderen Stipendiaten vielleicht sogar etwas beneidet.

Ankommen 2

Am frühen Nachmittag verlässt Peter Ka die Metrostation an der Piazza Bologna und geht auf das Gelände der *Villa Massimo* zu. Die Piazza Bologna liegt kaum einige Hundert Meter entfernt, und natürlich ist auch sie schon von Rom-Stipendiaten bedichtet worden.[13] Er kümmert sich jetzt aber nicht um dieses Thema, sondern will rasch das Gelände erreichen. Unterwegs kommt er an einem Spielzeugladen vorbei, und während eines flüchtigen Blicks in die Vitrinen fällt ihm die winzige Plastikfigur eines römischen Legionärs auf. Peter Ka bleibt einen Moment stehen und mustert die Figur mit leicht geöffnetem Mund. Warum begegnet ihm hier, in Rom, nach Verlassen der Metrostation, als Erstes ein römischer Legionär in Uniform? Mit Schwert und Speer? Beinahe wie eine Figur aus seiner Kindheit, wie ein alter Bekannter! Er lächelt ein wenig und reißt sich dann von dem merkwürdigen Bild los, er biegt nach links ab und bemerkt sie sofort: die lang gezogene, hohe Mauer, die das Gelände der *Villa Massimo* umschließt. Sie wirkt müde und unendlich gelassen, als ginge die Welt sie nichts mehr an. Der Putz ist an vielen Stellen längst abgebröckelt, aber auf ihrem Halbrundscheitel verläuft noch immer ein alter, rostiger Stacheldraht, wie eine morsch gewordene Drohung von gestern. Um eine hohe Pinie kurvt sie beinahe elegant herum und lässt sie in Frieden, sonst verläuft sie stur und gerade, hier und da von ein paar verblassten Graffiti geschmückt.

Peter Ka geht langsam an ihr entlang und überlegt, welche Wirkung von so einer Mauer ausgehen könnte. Sie hält die römische Welt dieses Stadtviertels zunächst einmal draußen: Kein Durch-, kein Reinkommen möglich, so das Signal! Der Stacheldraht droht reichlich hilflos den Dieben, die auf dem Gelände nach antiken Statuen und anderen Schätzen gesucht haben sollen. Ein paar junge, wendige und geschickte Figuren könnten sie aber mühelos überwinden, das ist klar. Nein, diese Mauer ist weniger eine Drohung als ein deutliches Signal, dass die Menschen hinter ihr nicht gestört werden wollen. Ist das so in Ordnung? Oder wäre es nicht besser, zumindest dann und wann etwas Frischluft hineinzulassen und diese Umgrenzung zu öffnen?

Solche Fragen kann Peter Ka noch nicht beantworten, dafür ist es noch viel zu früh. Er biegt nach rechts in den *Largo di Villa Massimo* ein – und dann sind es nur noch wenige Meter, und er steht vor dem Eingang der Villa. Er schaut auf seine Uhr und merkt sich Stunde, Minute, Sekunde. Er ist jetzt genau dort angekommen, wo er seit etwa zehn Jahren hin wollte. Er bleibt stehen und schaut lange. Es ist ein starkes Bild, das sich hier auftut, sodass er eine Weile regungslos steht, um die Details mitzubekommen. Er setzt den Koffer ab und stellt seinen Rucksack daneben. Aus dem Rucksack nimmt er eine Flasche Wasser und trinkt. Es soll junge Schriftstellerinnen und Schriftsteller gegeben haben, die eigens nach Rom gefahren sind, um sich dieses Entrée anzuschauen. Sie haben vor dem Eingangstor der Villa gestanden, hindurchgeschaut und sich vorgenommen: »Ich will da hinein!«[14] So stark wie bei denen zeigte der brennende

Q. V
VIALE
DI VILLA
MASSIMO

DEUTSCHE AKADEMIE
VILLA MASSIMO

Rom-Wunsch sich im Falle von Peter Ka nicht, aber er hat doch in seinem bisherigen Leben oft an diese Möglichkeit gedacht: Allem Bekannten für ein ganzes Jahr in einer der schönsten Städte der Welt zu entkommen! Lateinisch und Italienisch zu denken und vielleicht auch zu sprechen! Sich mit Römerinnen jedes Alters nächtelang zu unterhalten! Und das alles, um am Ende mit vielleicht (wenn's hoch kommt) drei guten Gedichten die Rückreise anzutreten!

Das kleine Haus rechts vom großen Eingangstor – das wird das Pförtnerhaus sein. Durch diese Tür wird er also Tag für Tag hinaus- und hineinschlüpfen. Durch das große Tor aber werden die Autos auf das Gelände rollen, und es wird sich bestimmt geräuschlos hinter ihnen schließen. Von der Seite betrachtet wirkt dieser Eingang, als wären die vielen Zypressen die Stammeltern des ganzen Terrains. Eltern, die das Gelände beäugen, aber längst nichts mehr dazu sagen. Schon jetzt erkennt Peter Ka, welche starke Versuchung für die Lyrik von solchen Zypressen ausgeht. Es sind feminin Verschlossene, mit einem uralten Geschichtssinn. Dunkle Wesen, egomane Grünpelzmäntel, die sich nie öffnen und offenbaren. Solchen Wesen wollen Lyriker sich unbedingt nähern. Das Feminine und Dunkle lockt zusammen mit dem historischen Fundus, dem sie entstammen und den sie bergen. Vorsicht also, er hat sich geschworen, sich nicht von ihnen einnehmen zu lassen. Aber er wird nachschauen, wie die alten römischen Lyriker (Horaz etwa oder Catull) mit der Zypressenfalle umgegangen sind.

Er nimmt sein Gepäck wieder zur Hand und geht auf das große Tor zu. *Deutsche Akademie* steht links davon und darunter: *Villa Massimo.* Rechts aber ist zu lesen: *Accademia Tedesca.* Die Torpfosten sind hellgrau und werden von auffälligen urnenartigen Tongebilden bekrönt. Er klingelt am Pförtnerhaus, in der Eingangstür befindet sich ein kleines Glasfenster, durch das man die Klingelnden taxieren könnte. Es taxiert ihn aber niemand, vielmehr meldet sich über die Sprechanlage eine Stimme und fragt nach seinem Namen. Er gibt sich zu erkennen, die Tür öffnet sich automatisch, und er geht langsam hinein ins dunkle Pförtnerhaus, das er nach wenigen Schritten durch einen dunklen Flur gleich wieder verlässt. Ein paar Schritte nach links, und er steht vor einer schnurgerade verlaufenden, beeindruckenden Zypressenallee. Wie malerisch!, denkt er sofort, wie von Böcklin entworfen!

Eine Zypressenallee dieses Alters verlangsamt gleich mal den Rhythmus des Gehens. Sie stimmt auf die Umgebung ein, macht nachdenklich und regt zur Konzentration an. Fremder, gib acht, folge meiner Bahn und sammle dich! – so in etwa würde eine Zypressenallee vielleicht ihr ästhetisches Programm formulieren. Und wahrhaftig folgt man ihr geduldig, schaut kaum noch zur Seite, sondern fügt sich ein in den Raumspalt, den sie einem eröffnet. Stefan George hätte das hier genossen, da ist Peter Ka sicher. Zypressenalleen dieses Alters und dieser Stille sind typisches Stefan-George-Terrain. Und schon fällt ihm etwas Parodierendes dazu ein, in der Art des alten Meisters:

Zypressen führen uns im Stillen
Und leiten uns den schmalen Pfad
Verrücken unseren stumpfen Willen
Und ebnen ihm ein tiefes Bad
Von Sonnenseen und Dunkelheiten
Von schwerem Klang und leichtem Rausch … (usw. usw.)

Während ihm solches Gemurmel durch den Kopf schwirrt, ist er auf dem großen Vorplatz vor dem Haupthaus angekommen. Der Platz scheint eine einzige Sonnenoase oder ein weites Sonnenauge zu sein, der Boden von feinem, weißem Kies erhellt. Die

an seinen Rändern verstreut platzierten Zypressen und Pinien werfen schwere Schattengebilde in diese Weite. Seltsam, dass der ganze Platz eher wie ein Empfangsgelände, aber nicht wie ein Verweilraum wirkt. Man wird durch die Zypressenallee auf seine Bühne geführt und bestaunt das gewaltige Haupthaus mit seinem hellen Eingangsportal und den beiden Flügeln rechts und links. An diese Flügel schließen sich noch einmal zwei niedrige Verandenflügel an, sodass das gesamte Haupthaus sich von seiner schweren Mitte nach den Seiten über zwei jeweils kleiner werdende Flügel entlastet. Es wirkt durchaus majestätisch, aber nicht erdrückend oder auftrumpfend.

Wenn man die Zypressenallee hinter sich hat, begegnet man dem Haupthaus nicht frontal, sondern seitlich. Es pirscht sich in seiner lastenden Majestät allmählich heran und begegnet einem dann wie ein alter Hausherr mit starken Manieren, der in die Weite schaut oder von sehr alten Zeiten träumt. So hat es etwas Abwesendes, Stilles, Ruhiges, wie aus einer anderen Zeit, deren Lebensformen und Atmosphären unwiederholbar vorbei sind. Was aber nicht bedeutet, dass man vor reiner Vergangenheit stünde. Nein, dieses Haupthaus lebt durchaus noch, es hat noch einen Atem, wenn es sich auch dem heutigen Besucher entzieht. Sein Atmen wirkt so, wie sich Peter Ka das uralte Rom vorgestellt hat: brütend, von der Gegenwart nicht tangiert, nur noch mit letztem, immer mehr verblassendem Willen auf sie bezogen.

Vorplatz und Haupthaus bilden ein großes, starkes Ensemble. Und um das alles herum stehen die dunklen Zypressen und Pinien wie eine Ehrenformation, oder als wären diese Bäume kurzfristig ausquartierte oder zum Freigang abgestellte Bewohner. Sie verweilen für eine Woche oder noch länger an ihrem jeweiligen Platz, dann bewegen sie sich minimal und verändern unmerklich die Position. Am schönsten aber ist das Spiel von Hell und Dunkel, die Art, wie die Sonne über den Kies fiebert und wie die Schatten dazwischenspringen. Hell und Dunkel beleben die Szene und bringen sehr deutlich eine leichte Unruhe hinein.

Peter Ka steht jetzt mitten auf dem Vorplatz des Haupthauses und hat sein Gepäck wieder neben sich abgestellt. Er ist ein sehr langsamer und genauer Betrachter und Hingucker. Das alles hier imponiert und gefällt ihm, er fragt sich nur, wo die Menschen sind. Nirgends ist jemand zu sehen oder zu hören. Aber dann wird doch oben im Haupthaus ein Fenster geöffnet, jemand winkt ihm zu und bittet ihn hinaufzukommen, nach oben in den ersten Stock, zu den Büros, wo der Direktor der Villa und die Angestellten ihn erwarten. Und so löst er sich von den großen Bildern, greift nach Koffer und Rucksack und betritt durch eine Glastür das Haupthaus.

Einziehen

Einziehen 1

Am frühen Abend befindet sich Peter Ka in dem ihm zugewiesenen Studio, das er nun für ein Jahr bewohnen wird. Diese Studios gehen ohne Abstand oder Unterbrechung ineinander über, schnurgerade verlaufen sie entlang eines schmalen Fahr- oder Gehwegs, sodass ein leichter Reihenhauscharakter entsteht. Das alles hat aber nichts Muffiges, Enges, sondern wirkt – trotz der Bauzeit im frühen 20. Jahrhundert – noch immer modern, praktisch und nach außen hin wohltuend schlicht und bescheiden.

Als lang gezogene Reihe von kleinen, miteinander verwachsenen Parzellen ist der Trakt der Studios das Pendant zum großen, antike Momente zitierenden Haupthaus. Ist das Haupthaus der gealterte Hausherr mit den guten Manieren, so leben in den sich einfach gebenden Studios die quirligen, lebendigen Kinder und Enkel, die wegen ihres jugendlichen Alters noch keine bestimmten Manieren haben.

Steht man vor einem solchen Studio, erkennt man eine kleine Eingangspforte zur Rechten und ein größeres Eingangstor (mit sich darüber weit und hoch auftuenden Fenstern) links. Die Pforte führt (über eine Treppe) in den hinteren Bereich und damit in Küche und Wohnräume. Das Tor aber führt in das große Atelier, dessen Proportionen genau richtig für Künstler oder Architekten sind. In einem offenen, sehr hohen Atelierraum mit den entsprechenden Atelierfenstern können sie ihre Skulpturen, Staffeleien, Tische und Bänke mühelos unterbringen.

Peter Ka ist von diesem für seine Verhältnisse überdimensionalen Atelierraum fasziniert. Er hat sein Gepäck im Flur abgestellt und durchstreift ihn. Ein paar Tische stehen für ihn bereit, Stühle, Schränke, leere Regale (auf Rollen), auch eine Couch und zwei Sessel. Im Grunde braucht er für seine Arbeit höchstens einen schmalen Schreibtisch und einen bequemen Stuhl, die hinterste Ecke dieses maßlosen Atelierraums würde ihm bereits für die Arbeit genügen. Er würde einen Tisch in diese Ecke rücken und gegen die weiße Wand starren, ab und zu würde er sein in römischen Atmosphären gebadetes Haupt erheben und mit leuchtenden Augen durch die Atelierfenster in das strahlende erhabene Grün der hoch aufragenden und durch die Fenster in die Atelierszenen blickenden Bäume vor den Studios blicken.

In der frühen Bauzeit zwischen 1910 und 1913 waren diese Studios ausschließlich für Bildende Künstler gedacht, deshalb hat jedes Studio ein solches Atelier. Längst aber sind die Schriftsteller und Musiker in der Stipendiatenliste hinzugekommen, und die müssen nun schauen, wie sie solchen Proportionen gerecht werden. Viele Komponisten postieren in die Mitte ihres Ateliers einen Flügel, damit ist der Raum immerhin schon ein wenig besetzt. Was aber machen die Schriftsteller? Peter Ka wird sich Gedanken machen und Lösungen finden.

Auf keinen Fall wird er den Raum kahl und halbleer belassen, als könnte ein Lyriker mit großen Raumproportionen nichts anfangen. Lyriker können mit allem etwas anfangen, sie fangen nur etwas ganz Anderes mit den Dingen an als erwartet. Wahrscheinlich stopft der Großepiker mit Ehefrau und drei Kindern sein Atelier mit Bergen von Notizen und Büchern voll. Oder er macht daraus eine Spielwiese für seine Gören. Das alles kommt für Peter Ka natürlich überhaupt nicht in Frage. Keine Bücherstapel, sondern nur sehr wenige Exemplare (aus Deutschland mitgebracht hat er lediglich ein Wörterbuch und den *Dizionario dei modi di dire della lingua italiana*). Von seiner Arbeit wird man in diesem Atelierraum kaum etwas zu sehen bekommen, er wird ihn verblüffend anders inszenieren, ja, genau, er wird ihn behandeln wie eine Installation und daran arbeiten wie an einem Kunstwerk, mit großer Geduld, sodass man ihn irgendwann einmal als *lavoro di pazienza* erkennen wird.

Er geht zurück in den Flur, der Anblick des großen Ateliers hat einen kurzen Freudensprung in seinem Herz ausgelöst, einen Hupfer, ein Anklopfen. Ja, er freut sich auf diesen Raum und darauf, ihn zu bestücken und zu bestellen! Vom Flur aus geht er die kleine Treppe hinauf in die Wohnräume. Die Küche ist nicht besonders groß, aber praktisch und sachlich eingerichtet, mit allem, was man so braucht, ohne jeden Firlefanz. Daneben gibt es ein Bad, einen Schlafraum für einen Gast und den etwas größeren Schlafraum für ihn selbst. Von diesen Räumen aus blickt er auf den hinteren Teil des Villengeländes, der sich entlang der hohen Mauer erstreckt. Er kann ihn über wenige Treppenstufen, die von seinem Flur hinunterführen, betreten.

Auf dem Rasenstück vor diesem hinteren Teil seines Studios steht ein Tisch mit zwei Stühlen, daneben zwei Liegestühle. Beinahe genau dieselben Möbel, die an Ferien, Urlaub und ein lockeres Dahindämmern erinnern, stehen hinter fast jedem Studio. In ihrer Aneinanderreihung erwecken sie die Assoziation eines Camps. Mein Gott, was wird er tun, wenn der gut genährte Epiker mit Ehefrau und drei Kindern vielleicht nur fünf Meter neben ihm seine Ferienmöbel aufschlägt und vielleicht sogar zu grillen beginnt? Bestimmt liebt er Rostbratwürste, und bestimmt trinkt er ausschließlich deutsches Bier, weil er natürlich längst weiß, dass italienisches Bier an das deutsche nicht heranreicht.

Peter Ka nimmt sich nochmals vor, gegenüber Verbrüderungsorgien mit Stipendiaten skeptisch zu bleiben. Die Ferienatmosphäre hinter den Studios könnte in den heißen Sommermonaten dazu führen, dass viele sich mehr hier im Freien (und damit hinter den Studios) als in ihren großen Ateliers aufhalten. Muntere Stipendiatenkinder werden sich in einem Plastikpool tummeln, und sicher wird es auch Schaukeln oder sogar Sandkästen geben. Die unterbeschäftigten Stipendiatengattinnen werden sich umtriebige Gruppenaktionen ausdenken, und so könnte die schöne Stipendienzeit verdampfen und verrieseln, als handelte es sich um lange Ferien.

In kaum einer halben Stunde hat er sein Leichtgepäck ausgepackt und in Schränken verstaut. Das Atelier bleibt vorerst leer, er hat nur die Tische, Stühle und Sessel umgruppiert. Noch einmal ist er durch das ganze Studio geschlichen, wie eine neugierige, Kontakt aufnehmende Katze (*agile come un gatto*). Er mag Katzen sehr, im Gegensatz zu Hunden. Es wäre schön, eine Katze in diesem Studio mit zu beherbergen, aber Tiere sind ja leider nicht erwünscht. Mal sehen, auch in dieser Hinsicht wird er sich etwas einfallen lassen.

Einziehen 2

Der Einzug ins Studio hat Peter Ka glücklich gemacht. So praktisch, bequem und geradezu auf seine Bedürfnisse hin zugeschnitten hat er sich das Ganze nicht vorgestellt. Es gibt nicht das Geringste zu meckern (»meckern« gegenüber ist er sowieso stark allergisch). Vielleicht kommen Stipendiaten mit Großfamilien nicht ganz so gut mit diesen Räumlichkeiten zurecht – doch was schert ihn das jetzt? Sollen sie sehen, wie sie zurechtkommen, das sind nicht seine Sorgen. Von Wuppertal her ist er ein strenges und asketisches Leben gewohnt – hier, in seinem

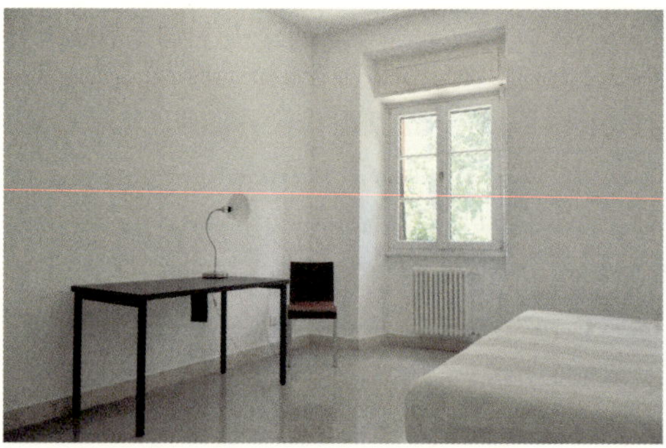

römischen Studio, wird er der Askese neue Glanzlichter aufsetzen und dabei weiter dem schönen Satz Nietzsches folgen: »Die Asketen wissen allein, was Wollüste sind.«[15]

Er öffnet alle Fenster, duscht kurz, zieht sich um und verlässt das Studio. Er möchte einen ersten Gang durch die Umgebung machen, ziellos, wie das so seine Art ist. Seine alte Arbeitstasche (mit Fotoapparat, Smartphone, Notizblock und Stiften) hat er dabei. Er geht den Weg an den Studios entlang und bemerkt, dass einige Ateliers erleuchtet sind. In Studio Zwei spielt jemand Klavier, etwas laufend Abbrechendes, Leises, als traute er sich noch nicht recht. Sonst aber ist es sehr still. Wieder ist kein Mensch zu sehen, die Dämmerung fällt jetzt langsam ein in das Gelände. Er durchquert das Pförtnerhaus und bleibt auf dem *Largo di Villa Massimo* stehen. Vor dem großen Tor blickt er sich noch einmal um. Der Zypressenweg wird jetzt durch kleine Strahler, die sich im Boden befinden, erleuchtet. Er setzt sich in Szene, als wartete er auf ein Filmteam.

Filme würde man auf dem Gelände gut drehen können, schweigsame, stille, mit kurzen, absurden Texten und Dialogen, in der Art von *Letztes Jahr in Marienbad*[16]. Der Direktor der Villa wäre in jeder zweiten Einstellung zu sehen und würde laufend andere Menschen begrüßen. Zu Beginn einer Sequenz würde er sich jedes Mal ein neues Jackett überziehen und jeweils in ein anderes Musikinstrument blasen, und die Begrüßten würden ihr Gepäck fallen lassen und in bequeme Kleidung schlüpfen. Danach würden Direktor und Gäste einen Tanz hinlegen, nichts Feuriges, sondern etwas Gedehntes, Ruhiges, und am Ende einer Sequenz würden alle in Ruhe erstarren und den Blick auf eine üppig gedeckte Tafel freigeben. Letzte Einstellung: Wie den Gästen etwas Speichel aus den weit geöffneten Mündern tropft. Allerletzte Einstellung: Das wissende Lächeln des Direktors.

Einziehen 3

Er ist nach links abgebogen und geht die *Viale di Villa Massimo* langsam entlang. Er kommt an einer Privatklinik vorbei und an einem kleinen Park, neben dem sich ein Gartenlokal befindet. Immer wieder bleibt er stehen und erhält in die hohle Hand kühles Wasser aus den kleinen Wasserspeiern, die sich am Straßenrand befinden. Das Wasser kommt aus dem zinnoberroten Kopf einer römischen Wölfin und läuft anscheinend ununterbrochen. Wie einladend! Und wie gastlich! Peter Ka merkt sich, dass er während seiner Erkundungsgänge eine kleine, leere Flasche mitnehmen sollte. Die kann er dann laufend mit frischem Wasser auffüllen und ist so immer mit Wasser versorgt. Obwohl er Wasser eigentlich nicht mag. Was gibt es Faderes? »Römisches Wasser« ist aber etwas anderes. Es hat einen Ruf, es hat Geschichte, wahrscheinlich sind schon viele Gedichte auf dieses Wasser geschrieben worden.

Er fotografiert den Wölfinnenkopf und trinkt lange, die Reise hat ihn sehr durstig gemacht. Rom und das Wasser – richtig, er erinnert sich an einen antiken Text mit einem Loblied auf Roms Aquädukte und sein Wasser[17], dieser Erinnerung wird er nachgehen und recherchieren, wie er sich überhaupt für das Thema »Römisches Wasser« interessieren wird. Was haben die römischen Dichter dazu gesagt und was die ersten Christen? Schöne Themen und Motive sind das – Peter Ka packt kurz die Euphorie, sodass er sein Smartphone aus der Tasche holt und diktiert: »Rom, sein Wasser, seine Aquädukte. Die alten Dichter und die ersten Christen.« Ha, denkt er sich, das ist ja beinahe schon Arbeit! Kaum bin ich hier, da geht es ganz von alleine los! Rom strömt auf mich ein! Rom nimmt mich gefangen!

Nun rasch noch etwas zu essen, aber nicht lange einkehren, so etwas nicht! Er biegt wieder nach links ab und trifft nach einigen Metern auf eine Weinhandlung: *Uve e forme* heißt sie, und wenn man ein paar wenige Stufen von der Straße hinab in ihren Empfangsraum geht, kommt man an eine Bar und erkennt Hunderte Flaschen Wein in den Regalen ringsum. Es gibt kleine Holztische, an denen man zu zweit (warum meist nur zu zweit und höchstens zu viert?) eine Kleinigkeit essen kann. Käse vor allem, denn neben dem großen Angebot an Wein gibt es hier vor allem ein großes Käseangebot. Perfekt! Das ist für ihn jetzt genau das Richtige! Er setzt sich an die Bar, lässt sich die Karte kommen und studiert sie. Dann bestellt er ein Glas Weißwein aus Südtirol und eine kleine Käseauswahl, Brot und Wasser stehen bereits vor ihm, ohne dass er danach gefragt hätte.

Zum dritten Mal seit seiner Ankunft in Rom spürt er den kurzen Herzsprung eines Glücksgefühls. Was ist denn bloß los mit ihm? Er spürt das Gastliche, Offene und Unvoreingenommene dieser großen Stadt. Dass er seine Bestellung noch sehr holprig aufgegeben hat, interessierte die Bedienung nicht im Geringsten. Sie begriff rasch, was er meinte, und korrigierte seine Sätze ohne Besserwisserei, indem sie seine Worte rasch umstellte oder ergänzte. Wie eine umsichtige Sprachlehrerin, die viel Geduld mit ihren Schülern hat. Und die Wölfin kümmert sich längst nicht mehr um Romulus und Remus, sondern um die Fremden. Indem sie alle Fremden mit Wasser begrüßt, versorgt oder gar tauft, ganz nach Gusto. Eine Stadt, die sich verschwendet und etwas Großzügiges hat. Das spürt er in diesen ersten Stunden sofort, und so etwas zu spüren macht glücklich.

Er holt seinen Notizblock hervor und notiert, während er auf Wein und Käse wartet: »Römisches Glück. Seine (vielleicht auch historischen?) Ursachen. Die Stärke- und Empfindungsgrade. Die Auslöser. Die Beschleuniger. Die Übergänge zum Rausch. Der Widerhall in der Umgebung …« Dann steht ein leuchtendes, leicht beschlagenes Glas Weißwein vor ihm, und er nimmt den ersten Schluck. Der Geschmack des Weins trifft ihn so plötzlich,

dass er die Augen schließt. Es ist ein Genuss, der genau zu seinen ersten Beobachtungen passt. Etwas Kühles, Herbes, Volumenreiches, das vorsichtig, aber entschieden daherkommt, ihn trifft und sofort durchströmt. Wasser, Wein – und vielleicht noch die Olive, das Öl. Zusammen mit gutem Brot könnten das seine Grundnahrungsmittel werden. Dazu viel frisches Obst, etwas Gemüse – und manchmal Fisch. Fleisch muss vorerst nicht sein, gutes Fleisch muss er erst noch entdecken.

Aber diese Wein- und Käsehandlung hier – die wird er an den Abenden häufiger aufsuchen. Sich an die Bar oder an einen der kleinen Holztische setzen, ein Glas Wein trinken, etwas notieren. Beim Genuss von gutem Wein beginnt das Notieren von ganz allein, das weiß er. Aber in Wuppertal gab es nicht die richtigen Räumlichkeiten, um den Wein so zu genießen. Wuppertal ist keine Weinstadt, in Wuppertal trinkt man Wupperwasser, in kleinen Portionen.[18]

Als er den Käse zusammen mit dem frischen, leicht knusprigen Weißbrot (Brotstudien … ja, auch darum wird er sich kümmern …) gegessen hat, bestellt er noch ein zweites Glas Wein. Die Weinhandlung ist jetzt, kurz nach 21 Uhr, fast bis auf den letzten Platz gefüllt. Wahrhaftig sitzen an den meisten Tischen nur zwei Personen, zwei Männer zum Beispiel in sehr angeregtem Gespräch, oder Mann und Frau, diskutierend – und viel seltener auch zwei Frauen, im Einklang. Peter Ka schaut sich heimlich und unauffällig um, um zu schauen, was sie trinken und essen. Sind zwei Männer zusammen, bestellen sie meist römische Pasta, römische Nudeln also in den verschiedensten Formaten und Größen. Sie beugen sich mit dem Kopf tief über die Teller, rollen die Nudeln rasch auf ihre Gabeln und füttern sich dann selbst mit kurzen, ruckartigen Bewegungen, als wären die Gabeln die Schnäbel von Vogelmüttern, die immer wieder in den Schlund der weit aufgesperrten Vogelkindermünder eintauchen.

Plötzlich hat er den Verdacht (und »die Theorie«), dass die Nudeln die eifrig und beflissen essenden Männer mit den weiblichen Sphären der Mutter verbinden. In seinen Augen ähneln die Nudeln nämlich Nabelschnüren, die mit der Mutter Verbindung suchen und aufnehmen. Jedenfalls machen die männlichen Esser sehr deutlich den Eindruck von gehorsamen Kindern, die löffeln und aufgabeln, was man ihnen vorsetzt. Ohne Widerrede! Bis auf die letzte Nabelschnur! Die etwas langsameren und gesetzteren machen sich auch über einen Teller mit Ravioli her. Die schweren Ravioli erscheinen wie gut gepackte Schulranzen oder fest geschnürte Schulpakete – auch sie halten also die Verbindung mit dem Zuhause und der Kindheit.

Für all diese essenden Männer wird es ganz in der Nähe irgendein großes Zuhause geben, das ahnt er, denn dieses Zuhause ist ja überall zu spüren. Es kommt ihm sogar so vor, als wäre diese Wein- und Käsehandlung ein Teil dieses Zuhauses und als bewegten sich die Männer hier so, wie sie sich auch zu Hause bewegen. Peter Ka überlegt, ob sein Studio auch so etwas wie ein Zuhause werden könnte. Diese Frage kann er noch nicht beantworten, jedenfalls hat er in Wuppertal kein richtiges Zuhause, denn sein winziges Zimmer ist höchstens so etwas wie eine »Unterkunft«. »Unterkunft« und »Zuhause« – über diese Begriffe sollte er noch genauer nachdenken und philosophieren. Er notiert sich das gleich, mein Gott, er ist ja wirklich gut in Fahrt, kaum, dass er angekommen ist.

Über eine Stunde hält es ihn im *Uve e forme*, und als er bezahlt, fragt ihn die Bedienung, ob er Ferien habe und sich Rom anschaue. Er entgegnet, dass er gerade angekommen sei und jetzt ein Jahr bleibe, als Stipendiat in der *Villa Massimo*. Da lächelt die Bedienung kurz, gibt ihm plötzlich wie zu einem besonderen Willkommen die Hand und serviert noch einen *Amaro*. Er bedankt sich etwas scheu, weil er noch nicht genügend Worte hat, doch sie redet einfach weiter und weiter, als redete sie für ihn mit. Er versteht kein Wort, aber er nickt und sagt regelmäßig »sì«, und manchmal sagt er auch »certo«, und kurz bevor er hinausgeht, sagt er »benissimo« und meint das dann auch wirklich: sehr gut, ja, sicher, es war wirklich sehr gut.

Einziehen 4

Auf dem Rückweg kommt er noch an einer großen Bar an der Piazza Bologna vorbei. Er bestellt einen starken Caffè und schaut sich etwas um. Zwei ältere Männer teilen sich eine dunkle Zigarre, indem sie den in der Mitte recht dicken Zigarrenleib einfach durchtrennen, sodass jeder von ihnen eine der beiden spitz zulaufenden Hälften erhält. Sie gehen dann nach draußen, vor die Tür, um sie anzustecken, und er beobachtet sie, wie sie die beiden kleinen Zigarrenhälften ins Licht halten und anscheinend über diesen besonderen Genuss sprechen.

In der ganzen Bar verstreut liegen die während des Tages von den Gästen durchgelesenen Zeitungen. Er geht von einer zur anderen und blättert sie durch. Als er versucht, einige der Artikel langsam zu lesen, fällt ihm das schwer. Nein, es ist unmöglich, dieses Italienisch schon jetzt zu verstehen, das ist eine Aufgabe für die bevorstehende Stipendienzeit. Sicher wird er Tag für Tag eine Bar aufsuchen, um Caffè zu trinken, dann hat er nebenbei auch immer wieder Gelegenheit, Zeitung zu lesen. In seinen Notizblock schreibt er: »Zeitungen lesen! *La Repubblica …– Corriere della Sera …– Il Messaggero …*«

Beim Hinausgehen begegnet er den beiden rauchenden Männern. Er riecht den angenehm würzigen Duft der beinahe schwarzen Zigarren und bleibt einen Moment stehen. Einer der

Männer spricht ihn an, aber er versteht wieder kein Wort. Er antwortet, dass er ein Fremder sei, da spricht ihn der Mann auf Deutsch an. Er hat lange in Deutschland gearbeitet und kann sich noch immer gut ausdrücken. Peter Ka erkundigt sich nach den schwarzen Zigarren, und der Mann erklärt ihm, es handle sich um eine *Antico Toscano.* Früher sei es die Zigarre der armen Leute, der Arbeiter und Handwerker, gewesen. Jetzt aber werde sie vor allem von bereits älteren Männern aller Klassen und Stände geraucht. Guter Tabak, eine starke Zigarre, genau richtig zum Plaudern. Dann wird Peter Ka zum zweiten Mal an diesem Abend beschenkt. Er erhält eine *Antico Toscano*, bedankt sich und macht sich auf den Weg zurück auf das Gelände der Villa.

Als er gegen 23 Uhr an den Studios entlanggeht, ist nur noch ein einziges Atelier erleuchtet. Er schließt die kleine Eingangstür zu seinem Studio auf und denkt: Hier wohne ich jetzt, das ist das Studio des Lyrikers Peter Ka. Er holt sich eine Karaffe Wasser und ein Glas und setzt sich in das große Atelier. Kein Licht, keine Geräusche, er will in der Stille sitzen und durch die hohen Atelierfenster ins Dunkel schauen. Die *Antico Toscano* hat er in zwei Hälften geteilt. Eine der beiden Hälften raucht er und beobachtet, wie die Rauchwolken langsam durch das Atelier gleiten.

Ein paar erste Motive, Themen und Arbeitsimpulse hat er nun schon im Kopf. Er erinnert sich, dass er vor einigen Wochen durch Zufall in einer Zeitschrift einen Artikel über den Rom-Aufenthalt des Philosophen Friedrich Nietzsche gelesen hat. Nietzsche hatte in Briefen an Freunde geschrieben, Rom sei nichts für ihn, und er sei auf all das, was die Stadt anbiete, zu wenig vorbereitet. Auch sei er längst zu sehr mit Vorbereitungen zu anderen, eigenen Dingen beschäftigt und könne sich daher auf so viel Fremdes und Neues nicht einlassen.[19] Peter Ka atmet tief durch. Nietzsche ist es falsch angegangen, völlig falsch. In

Rom sollte man nicht mit anderen, eigenen Dingen beschäftigt sein. Dafür ist anderswo Zeit genug, zu Hause oder weit weg. Wenn man nach Rom kommt, sollte man vielmehr alles Eigene beiseiteschaffen, komplett und energisch. Kein Weiterbasteln und Weiterfummeln. Reinen Tisch machen! Alles ausmisten! Ganz von vorne anfangen! Abwarten und dem folgen, was diese Stadt einem anbietet! Das Angebotene vertiefen, sich ganz und gar auf Rom einlassen! Nur das und nichts anderes!

Kurz nach Mitternacht liegt Peter Ka mit offenen Augen auf dem Rücken in seinem Bett. Wohin das alles hier führen wird? Er wird einen guten Rhythmus finden müssen, einen Tagesrhythmus von Unterwegs-Sein, Beobachten, Schauen, Lesen, Schreiben und wieder Unterwegs-Sein. Peter Ka grinst, für einen Moment hält er sich selbst für einen »schlauen Burschen«, in mancher Hinsicht sogar »schlauer« als Nietzsche. Vor allem aber mehr »Bursche«, viel mehr »Bursche« als Nietzsche. Der zwar befand, Rom sei nichts für ihn, dann aber doch ausgerechnet in Rom einer Frau einen Heiratsantrag machte.[20] Peter Ka grinst noch mehr, dann schläft er ein.

Kennenlernen

Kennenlernen 1

Bis Mitte Februar sind nach und nach alle Stipendiaten des Jahrgangs auf dem Gelände der Villa eingetroffen. Peter Ka ist ihnen zunächst eher zufällig begegnet, später gab es dann ein großes gemeinsames Frühstück zum Start der Saison, bei dem alle anwesend waren. Der Direktor präsidierte und war ausgesprochen gut drauf, die Angestellten versuchten, in Hinsicht bester Laune mitzuhalten, okay, das war in Ordnung, wer – außer vielleicht Martin Luther – käme schon auf die Idee, zu Beginn einer so paradiesischen römischen Zukunft schlechter Laune zu sein? War Luther in Rom, fragte sich Peter Ka, wirklich immerzu schlechter Laune? Auch diese Frage musste noch geklärt werden.)

Am häufigsten begegnet er dem dicken Romancier aus Studio Zwei. Er möchte ihm eigentlich gar nicht begegnen, aber sie laufen einander immer wieder über den Weg. Dann muss er sich mindestens eine halbe Stunde mit dem meist etwas wichtigtuerischen Gesellen unterhalten. Männer, die dicke Romane schreiben, reden oft ununterbrochen nicht von den Romanen, wohl aber von den breit angelegten Vorarbeiten des Romanschreibens. Wo und wann sie recherchiert haben, welche Bücher sie lesen, welche Themen alle auf einmal in die Stoffmassen eingehen. Es hört sich an wie die Vorbereitung eines gewaltigen Eintopfs, den man ja meist auch aufsetzt, indem man alle Reste des Hauses einem gewaltigen Topf anvertraut. Auf dass etwas werden und entstehen möge!

Peter Ka empfindet solche Eintopf-Ideen nicht als ästhetisch, sie haben nichts mit Kunst und auch nichts mit Kochkunst zu tun. Typischerweise reden aber ausgerechnet die dicken Romanciers viel über Kochkunst und kochen meist auch noch selbst. Das große Vorbild ihrer Eintopfästhetik ist natürlich Honoré de Balzac, der ihnen die Geburt einer Ästhetik aus dem Geist der Kochkunst vorgemacht hat: Unglaubliches eigenes Leibesvolumen. Fresssucht. Interesse für alle Themen und Stoffe der politischen, sozialen und ökonomischen Welt. Fantasielosigkeit. Detektivische Schnüffel-Recherchen in jedem noch so trüben Winkel der Stadt. (Literaturwissenschaftler nennen so etwas dann »Realismus«.)

Der dicke Romancier hat eine Ehefrau mit einem dicken Zopf, die sich in Rom ganz der Familie widmet. Sie betreut die Kinder und ist die Sekretärin des Romanciers. Romanciers brauchen Sekretärinnen und Hilfskräfte und Büroassistenten, schon wegen der großen Stoffmassen, die sie zu wälzen und zu bewältigen haben. (Hat man je von Lyrikern mit Sekretären gehört?) Lyriker haben niemals Arbeitsbegleitpersonal, sondern Musen. Musen sind schöne weibliche, männliche oder bipolare Wesen, die das lyrische Feuer in einem Lyriker unmerklich (und das heißt: ohne über und von Lyrik zu reden!) entzünden. Nur durch ihr Dasein und durch ihre Gegenwart. Genau das aber ist ästhetisch: der Eingriff von etwas Dunklem, nicht zu Berechnendem in die Entstehung von Wortgebilden – und das Aufgreifen und Weiterführen dieser Dunkelheiten durch den intuitiven Spürsinn des Wortkünstlers. Alles in einen Topf schmeißen und darauf warten, dass es einkocht, eindickt und zu einer mühsam amalgamierten Pampe wird, ist dagegen Steinzeit und damit vor- oder sogar anti-ästhetisch. (Historisch gesehen, beginnt »Ästhetik« zu einem Zeitpunkt, als man zu trennen lernt: Dies gehört hierhin und das dorthin … – die entsprechende Kunst ist die hohe der Unterscheidung.[21])

Der dicke Romancier trinkt zwar nicht (wie erwartet) deutsches Bier, sondern Wein, das aber in solchen Mengen, dass es schon wieder keine Freude ist. Wegen der drei Kinder und des ganzen familiären Aufwands kann er sich auch keinen *guten* Wein leisten, deshalb sieht man ihn dann und wann eine Fünfliter-Bauchflasche aus einer *Enoteca* herbeitragen. In der *Enoteca* wird der Wein aus einem dicken Fass abgefüllt – so etwas gefällt dem Romancier: Bauchflaschen, Weinfässer, das ganze Rumpelpumpel des Mittelalters mit trinkenden dicken Mönchen in dicken Kutten!

In Studio Eins wohnt ein noch relativ junges Architektenehepaar aus dem Fränkischen. Die beiden sehen aus wie schöne Geschwister und benehmen sich auch so. Als würden sie sich morgens gemeinsam vor einem riesigen Spiegel kämmen und ihren Spiegelbildern kurz zulächeln. Als würden sie sich während des Tages immer wieder gegenseitig an den Händen berühren. Streichelnd, sich vergewissernd, dass der andere noch in dem gleichen Rhythmus wie man selbst pulst und schlägt. Sie haben keine Kinder und werden nach Peter Kas Vermutungen auch nie welche haben. Dafür aber haben sie nun wirklich viel zu tun, denn sie entwerfen ein neues Jugendzentrum südlich von Nürnberg, in einem Ort mit einem unaussprechlichen Frankennamen. Das gesamte Atelier haben sie in wenigen Tagen zu einem Architekturbüro umgebaut. Ununterbrochen klingelt ein Telefon oder ein Handy, und man hört, wie einer von beiden mit Baufirmen konferiert und über Dachlattenpreise oder Ofenplatten in Stockwerk Vier spricht. Das alles natürlich leise und unaufdringlich, denn sie schämen sich vielleicht ein wenig, das schöne Atelier als schnödes Büro zu missbrauchen. Ob sie überhaupt etwas mit Rom anfangen werden? Ja, doch, sie werden sich ein paar elegante Neubauten weit außerhalb des historischen Zentrums anschauen und darüber dann »fachsimpeln«. So haben sie es jedenfalls während des Begrüßungsfrühstücks gesagt. Freundlich und offen. Fast leicht errötend.

Außerdem gibt es einen bärtigen Architekten aus Hamburg, der noch auf seine Lebensgefährtin wartet. Die Lebensgefährtin wird ihn häufig besuchen und zwei Kinder mitbringen, das eine haben sie gemeinsam, das andere ist aus der ersten Ehe des Architekten mit einer anderen Frau. Womit sich der bärtige Architekt in Rom beschäftigt, hat Peter Ka noch nicht erfahren.

In Studio Drei wohnt eine Komponistin zusammen mit einer Freundin, die vielleicht auch bereits eine Lebensgefährtin ist. Er hört sie fast jeden Morgen Klavier spielen, seltsamerweise aber nichts Eigenes, sondern relativ bekannte Stücke. Satie, Schostakowitsch, Ravel. Manchmal rauscht es richtig von satten Akkorden und wilden Glissandi – sie passen aber irgendwie nicht zum Erscheinungsbild der Komponistin, die nun wiederum aus dem schwäbischen Raum kommt. War sie mal Internatsschülerin? Oder lebte sie mal in einem Kloster? (In ihrem Fall hält Peter Ka so etwas für möglich, fragt aber natürlich nicht nach.)

Das männliche Pendant zu der Komponistin aus dem Schwäbischen ist ein junger, schwarzhaariger Spund aus dem Pfälzischen, ebenfalls Komponist und Pianist. Als einziger von allen Stipendiaten spricht er fließend Italienisch, weil er in irgendeiner mütterlichen Seitenlinie italienische Vorfahren hat. Er deutet das mit einem Satz an und lächelt ein bisschen dazu, dann ist er schon wieder bei einem anderen Thema. Er spricht sehr schnell und leicht erregt, und er hat schönes, schwarzes, dichtes Haar, in das sich hier in Rom (vermutet Peter Ka) viele Frauenhände verkrallen werden. Wie nennt man so einen wie ihn? Einen Schönling? Nein, das klingt zu abwertend und gehässig. Er ist kein Schönling in diesem Sinn, sondern einfach »ein schöner Mann«. Der schöne, junge Mann von Studio Vier. Ein Ephebe. Eine Modell-Figur für Maler oder Bildhauer, so in der Art.

Peter Ka würde sich gern einmal länger mit ihm unterhalten, das aber gelingt nicht. Der schöne junge Mann fährt jeden Tag Fahrrad und winkt ihm zu, wenn er ihn sieht. Lächelt ein bisschen und winkt. Winkt kurz und knapp, als wären sie beide gute Sportsfreunde, die sich gleich auf dem grünen Rasenplatz vorne links auf dem Gelände zu einem Fußballmatch treffen werden. Er bewohnt das Studio zusammen mit einer Freundin oder Lebensgefährtin oder Partnerin, Peter Ka hat noch keine Geduld für diese sublimen Unterscheidungen, mit denen hier einige Gäste etwas Wind machen. Sie scheint etwas älter als er zu sein und macht eher den Eindruck einer Partnerin. Dazu passt, dass sie Cello spielt. Manchmal hört man den jungen Spund am Klavier, wie er das Cello begleitet. Er summt dazu auffällig laut, vielleicht bereitet er sich auch noch auf eine Karriere als Sänger munterer *Canzoni* vor. Es wäre ihm zuzutrauen, und es würde durchaus zu ihm passen.

Schließlich noch die Künstler. Peter Ka hat das Gefühl, dass man von denen hier am meisten erwartet. Sie sind die Ur-Subjekte der Villa, für sie allein war das alles einmal gedacht. (Hätte man es nicht auch dabei belassen sollen? Also ausschließlich Künstler einladen?! Und gleich zehn auf einmal? Die dann ihre berüchtigten Zerfleischungsorgien abhalten würden? Jeder und jede gegen jeden und jede? Musiker und Schriftsteller sind Ergänzungssubjekte, und die Architekten gehören eigentlich überhaupt nicht hierher. Oder?!)

Ein vierzigjähriger Bildhauer residiert in Studio Neun. Vom Namen her ist er der bei Weitem bekannteste Stipendiat. Es heißt, er verdiene mit seinen Arbeiten so viel, dass er inzwischen selbst den Überblick verloren habe. Mag sein, aussehen tut er jedenfalls nicht danach. Er kleidet sich betont schlicht, tritt in blauer Handwerkerkleidung auf und spricht deutlich und bestimmt. Als liege die Jugend weit hinter ihm. Als habe er die

Terrains der Überfahrt ins gelingende Leben längst abgesteckt. Seine (weibliche) Begleitung erscheint nicht an seiner Seite, selbst nicht beim ersten gemeinsamen Frühstück. Keiner weiß, was genau sie so macht, und man sieht sie auch selten. Wenn man sie aber den Gehweg vor den Studios entlangkommen sieht, trägt sie oft ein Kostüm und setzt sich wenig später in einen alten Lancia, mit dem sie Rom (wonach bloß?) durchforstet. Ist sie auch die Mutter seiner vier Kinder? Eher nicht. Eher seine Managerin, die dann zu seiner Freundin und später zu seiner Lebensgefährtin (ohne Aussicht auf eine Ehe) geworden ist. Von den vier Kindern ist nichts zu sehen, sie sind bereits in hochpubertärem Alter und haben angeblich wie Nietzsche für Rom nichts übrig. Rom ist überholt, Rom ist »old school« (wie jetzt jeder Trottel laufend zu etwas sagt, das seiner Angestellten-Kultur abgeht). Irgendwann werden sie für ein paar Tage vorbeikommen, sich wichtigtun, ihre elektronischen Geräte spazierenführen und auf dem Palatin (mit Blick aufs Kolosseum) abhängen. Drei Jungs, ein Mädchen. Eine Boygroup mit Groupie.

Studio Zehn. Tja, Studio Zehn. Als Peter Ka die Künstlerin aus Studio Zehn zum ersten Mal sieht, durchfährt es ihn kurz (so muss man es leider sagen). Ein Zucken, ein Innehalten, ein Überrascht-Sein. Es geschieht während des Frühstücks, als sie zu spät kommt und dann weit von ihm entfernt am anderen Ende der Tafel Platz nimmt. Was ihn so überrascht? Etwas ganz und gar Banales. Sie kommt a) ohne Begleitung (wie er!), und sie kommt b) mit leeren Händen! Ohne sich an einer Tasche, einem Buch oder irgendeinem Hilfsgegenstand festzuhalten. Sie trägt einen halblangen Rock und eine weiße Bluse, und als sie sich zu den anderen an den Tisch setzt, wirkt sie wie eine Frau voller Vernunft, die den Jüngeren manchmal ein paar Tipps geben wird. Wenig später bemerkt Peter Ka dann aber, wie sie sich leicht zurücklehnt, eine Kaffeetasse in der einen Hand hält und das nackte, linke Knie gegen die Tischplatte presst. Wie ein junges Schulmädchen, genau so. Wie eine Göre, die sich nicht gut konzentrieren kann und zu träumen beginnt.

Und in der Tat. Er kann sie genau beim Träumen beobachten. Sie hört nicht mehr zu, das Gespräch ringsum ist ihr egal. Sie hat etwas anderes im Kopf und hängt ihm nun nach. Wäre sie keine Malerin (wie behauptet wird), könnte sie auch eine Lyrikerin sein. Ja, im Ernst, Peter Ka kommt sofort dieser Gedanke. Eine Malerin als Lyrikerin (oder umgekehrt?). Wenig später steht sie auf und verschwindet nach draußen, und es dauert eine ganze Weile, bis sie sich wieder an den Tisch setzt, erneut an ihrem Kaffee nippt und sich ein wenig unterhält. Nicht passioniert, nicht so, als wollte sie wirklich etwas erfahren. Eher freundlich oder auch höflich und so lange, bis sie dem Ritual entsprochen hat. Dazu passt, dass sie das gemeinsame Frühstück als Erste verlässt. Sie verabschiedet sich nicht einmal, nein, sie verschwindet einfach erneut nach draußen und – bleibt dann einfach fort.

Alles an diesem Auftritt gefällt Peter Ka. Das Ernste, das Jugendliche, das leicht Rebellische, das Solitäre. In den Tagen nach dieser Begegnung versucht er herauszubekommen, ob sie wirklich allein wohnt. Keiner weiß etwas Genaues, doch er lässt nicht nach. Schließlich kommt er auf den genialen Gedanken, eine der Reinemachefrauen zu fragen, die jetzt über das Gelände streifen und täglich ein anderes Studio reinigen. Als eine von ihnen sich bei ihm anmeldet und auch gleich mit der Arbeit beginnt, erklärt er ihr mühsam, dass er allein sei. Allein, *solo*! Die junge Frau lächelt, da fragt er sie dreist, ob die Malerin in Studio Zehn ebenfalls *solo* sei. Ebenfalls?! Ebenfalls! Also doch! Er hat es genau so vermutet! Aber warum? Was deutet denn darauf hin?

Er denkt nicht weiter darüber nach, denn er möchte die gute Nachricht nicht zerpflücken. Es freut ihn einfach, dass es auf dem Gelände mindestens noch eine zweite Person gibt, die wahrscheinlich längere Zeit allein hier lebt und arbeitet. Vor lauter Freude verlässt er sein Studio und kreist etwas durch das Gelände. Schon an einem der ersten Tage hier hat er das einzige Tier entdeckt, das ihm in diesem sonst tierfrei erwünschten Kosmos regelmäßig begegnet. Es ist ein rötlicher Kater mit hellem Bauchfell. Wenn die Kinder des dicken Romanciers ihn sehen, eilen sie hinter ihm her. Er aber verschwindet in solchen Momenten sofort, er lässt sich nicht streicheln oder bemuttern.

Rasch hat Peter Ka erkannt, dass er ein guter Jäger ist. Dieses Gelände gehört nur ihm, und er bewacht und verteidigt es gegen die Konkurrenz aus der Umgebung. Manchmal sieht man ihn gerupft und zerzaust, als hätte er lange, nächtliche Kämpfe durchlebt. Begegnet er einem Menschen, tut er so, als wäre ihm das lästig. Eigentlich, mag er denken, gehören die Menschen nicht in so eine schöne Umgebung und damit in seine Nähe. Sie stören ihn bei seinen Beschäftigungen: Eidechsen in kleine, gut genießbare Teile zu zerlegen, winzige Vögel in den Laubhecken aufzuspüren und in Windeseile zu skelettieren. Er kennt jeden Winkel in diesen Mauern, jedes Schlupfloch, ihm entgeht keine Bewegung.

Die Reinemachefrauen haben Peter Ka erklärt, dass Kater Rosso auf dem Gelände geduldet wird, weil er zu der Familie des Direktors gehört. Das hätte sich Peter Ka längst denken können. Rosso ist ein fürstliches Tier und macht es nicht unter einer Behausung in der Direktorenfamilie. Er denkt in vielen Sprachen und ist das Deutsche längst leid. Sicher ist er der erfahrenste Stipendiat überhaupt, ein ewiger Über-Stipendiat, mit allen Wassern Roms gewaschen. Peter Ka überlegt, wie er ihn zum Freund gewinnen könnte. Das wird eine fast unlösbare Aufgabe sein. Wenn er es aber schafft, wird sich Kater Rosso irgendwann auch in seinem Studio bewegen. Fast unsichtbar. Lautlos. Ein Allesseher und Alleswisser.

Kennenlernen 2

Wieder einige Tage später hat Peter Ka begriffen, wie sich das Kennenlernen auf dem Gelände der Villa in kleinen Etappen fortsetzt. Die meisten Stipendiaten stehen nicht allzu früh auf und fummeln dann einige Zeit in ihren Studios herum. Bis zehn Uhr ist kaum einer mal draußen zu sehen. Sieht man aber mal jemanden draußen, dann höchstens auf dem Weg zur Pforte, ein Fahrrad neben sich her schiebend und mit mindestens zwei Taschen für den Einkauf beladen. Auf dem Platz vor dem Haupthaus dagegen trifft man nur selten einen Menschen, dieser Platz döst vor sich hin, tiefsinnig und in erhabenster Böcklin'scher Manier. Das Haupthaus betreten wird man a) wenn man einen Termin beim Direktor hat, oder b) die Angestellten der Verwaltung etwas fragen möchte. Es gibt Stipendiaten, die fast jeden Morgen hinauf in den ersten Stock des Haupthauses eilen, um etwas zu fragen: Welche Buslinie einen zum Petersdom bringt? Wo es in der Nähe Fisch zu kaufen gibt? Wo man Briefmarken erhält?

Peter Ka findet so etwas peinlich, solche Fragen würde er ums Verrecken nicht stellen, wie er überhaupt findet, dass das Kennenlernen der näheren Umgebung eine Aufgabe ist, die man möglichst ganz allein bewältigen sollte. Autodidaktisch. In lustvoller Eigenregie. Längst hat es auch schon eine Führung für Begriffsstutzige gegeben, daran hat er nicht teilgenommen, nein, so etwas ähnelt in seinen Augen zu sehr einem Schulausflug. »Hochbegabten« muss man doch keine Umgebungen erklären und sie vor jeden Waschsalon führen, um ihnen den Unterschied zwischen einem Waschsalon und einer Reinigung zu erklären. »Hochbegabten« sollte es vielmehr Spaß machen, jeden Meter der Umgebung zu erforschen, jedes Geschäft zu betreten und überall zu versuchen, wenigstens kurz ins Gespräch zu kommen.

»Guten Morgen, ich heiße Peter Ka, ich komme aus Deutschland und lebe nun einige Zeit hier in der Nähe. Darf ich Sie fragen, ob .../was .../wo ...« – die italienischen (betont schulbuchartigen und daher immer komisch, aber gerade deshalb ansprechend wirkenden) Standardversionen solcher Sätze hat er drauf und freut sich jedes Mal, wenn er sie herunterspulen kann. Meist wird rasch und sehr freundlich geantwortet, und meist versteht er auch ein paar Brocken, die er dann wiederholt. Manchmal lässt er auch heimlich das Diktiergerät laufen und zeichnet auf, was die beflissenen Römer ihm sagen. Zu Hause, im Studio, hört er es immer wieder von Neuem ab, bis er mehr und mehr versteht.

Versteht er aber kaum etwas, spielt er die Sequenzen seiner Reinemachefrau vor. Sie heißt Maria (tja, sie heißt wirklich so), und sie ist es, die ihm bei der Bewältigung des Lebens am meisten hilft. Weil sie eigentlich alles weiß. Weil sie Römerin ist (und keine Deutsche wie die meisten Angestellten der Verwaltung). Weil sie Freude an seinen Gängen durch die Umgebung hat und sich mit ihm zusammen viele der Fotos anschaut, die er täglich macht. Die Reinemachefrauen der Villa, das hat er rasch begriffen, sind nicht nur Reinemachefrauen, nein, sie sind Vertrauenspersonen, die einem den direkten Draht zur nahen Umgebung vermitteln. Durch sie lernt man diese Umgebung (und ihre Hintergründe) am besten kennen.

Will man weder den Direktor noch die Angestellten sprechen, so kann man das Haupthaus auch betreten, um sich im Parterre in einen kleinen Leseraum (*Brunnensaal*) zu setzen, in dem die neusten Zeitungen und ein paar Bücher ausliegen. Vor allem die deutschen Zeitschriften und Zeitungen sind hier zu finden und werden eifrig gelesen, Peter Ka hat dafür im Moment aber nur ein begrenztes Interesse. Deutsch, immer nur deutsch! Hier in der Villa ist jetzt doch Gelegenheit, sich davon einmal abzusetzen.

Es gibt Stipendiaten, die eigens eine spezielle Satellitenschüssel mitgebracht haben, um möglichst viele deutsche Fernsehsender tagaus, tagein sehen zu können. Einer (der hier nicht genannt werden soll) behauptet sogar, er könne ohne das Hintergrundgeräusch deutschen Fernsehens nicht arbeiten. Bei Peter Ka wäre er da am Richtigen! Fernsehen im Hintergrund, den ganzen Tag? Niemals. Deutsches Fernsehen in Rom? Kommt nicht in Frage. Italienisches Fernsehen, um die Sprache besser zu lernen? Vorerst nicht, er wird es auf andere, auf *seine* Weise versuchen.

Im linken Flügel des Haupthauses ist eine Bibliothek untergebracht. Dem Raum und der Unterbringung sieht man allerdings an, dass die Literatur auf diesem Gelände eine untergeordnete Rolle spielt. Verglichen mit dem großen Ausstellungsraum (*Mosaiksaal*) für die Kunst unten rechts (gleich neben dem Haupteingang des Haupthauses) führt die Bibliothek nur ein mühsames Durchhalte-Leben. Nicht mal richtige, große Arbeitstische gibt es hier, und die Bücher stehen so schief und lustlos in den Regalen, dass man sich in diesem Raum nicht lange aufhält.

Nun gut, Peter Ka will zu Beginn seines Aufenthaltes nicht gleich Forderungen stellen, es geht ja auch so, dass er sich die Bücher aus der Bibliothek ausleiht und mit in sein Studio nimmt. Das macht er seit dem ersten Tag seines Hierseins. Das kleine Regal im Atelier ist inzwischen mit solchen ausgeliehenen Büchern gefüllt. Die meisten sind Bücher deutscher Rom-Reisender und deutscher Rom-Aufenthalte, denn es interessiert Peter Ka brennend, wie Rom-Reisende früherer Jahrhunderte und kurz zurückliegender Epochen sich Rom angeeignet haben. Aneignung! Durchdringung! Wie haben sie das gemacht? Wie genau? Mit welchen Methoden und Techniken? Mit welchen Aufzeichnungssystemen (um nebenbei mal ein richtig wichtigtuerisches Wort zu gebrauchen, das immer gewaltigen Eindruck macht)?

Im Spaß- und Vergnügungscamp hinter den Studios ist jetzt, im Februar, noch sehr wenig los. Ab und zu schwirren die Kinder des Romanciers durch das Gelände und spielen so etwas Einfallsloses wie Nachlaufen oder Verstecken. Das kommt davon, wenn man einen so fantasielosen Vater hat. Nachlaufen und Verstecken – das ist Kindergartenniveau (oder noch nicht mal das). Im Sommer, befürchtet Peter Ka, wird es ganz anders hier aussehen. Wie viele Kinder und pubertierende Jugendliche dann diesen Teil der Villa bevölkern werden, möchte er momentan lieber nicht ausrechnen.

Das gegenseitige Kennenlernen setzt sich in Zweier-Gesprächen auf dem Weg vor den Studios sowie bei Begegnungen im Zeitschriftenraum oder in der Bibliothek fort (es scheint aber niemand ein großes Verlangen nach Büchern zu haben, seltsam eigentlich). Manchmal führen diese kurzen Gespräche auch zu Einladungen. Peter Ka hat bemerkt, dass auf diese Weise schon die ersten Kungeleien und Gruppenbildungen beginnen. Der vierzigjährige Künstler mit der Managerin und dem ungeheuren Vermögen hat die erheblich jüngere Malerin bereits eingeladen, und der junge Spund hat bereits mit der Komponistin vierhändig gespielt, worauf sie mit der Cellistin ein Trio gebildet haben.

Peter Ka hat sich überlegt, ob er nun seinerseits den dicken Romancier einladen soll, nein, das ist zu früh, und zu was sollte er einen so gefräßigen Typ mit seinem großen Anhang auch einladen? Anders als der Romancier kann er nicht kochen, und anders als die meisten Stipendiaten, die viel davon sprechen, in Rom »italienisch kochen« lernen zu wollen, wird er das gewiss nicht tun. Diese ewige Kocherei und Feinschmeckerei und dieses lüsterne Löffelabschlecken hält er für eine Modeerscheinung. Eigentlich ist er kein Mann der langen Mahlzeiten, sondern ein Freund der Zwischenmahlzeiten. Dies und das, mal hier, mal dort, unterwegs, wenn man etwas Appetit hat. Aber keine dreistündigen Kochmanöver auf vier Herdplatten und in einem Riesenofen gleichzeitig, so etwas nicht!

Trotz dieses Mankos hat er aber bereits über eine erste Einladung nachgedacht. Er könnte die von ihm geschätzte Malerin einladen, und er könnte diese Einladung auch gut begründen. Nämlich so, dass sich auf diese Weise zum ersten Mal die beiden dauerhaft allein Lebenden träfen, oder so, dass es auf diese Weise einmal zu einer interdisziplinären Einladung käme (das Wort »interdisziplinär« würde er natürlich ironisch verwenden, es ist schließlich ein absolutes Unwort, etwas für irgendwo hängen gebliebene Akademiker). Dass er diese Einladung noch nicht ausgesprochen (oder einen kleinen Zettel mit einem handgeschriebenen Text in den Briefkasten von Studio Zehn geworfen) hat, hat mit seiner Scheu zu tun. Er traut sich einfach noch nicht, ja, das ist es, er ist in diesen Dingen so hilflos wie ein stotternder Pennäler, der rot wird, wenn er ein Mädchen ansprechen soll.

Leider war das schon immer so, und leider weiß er nicht, wie man dagegen angeht. Spricht er mit einer Frau, die er nicht weiter kennt, geht das meistens gut und auch ohne Scheu. Aber bei einer Frau, die er schätzt oder in deren Gegenwart er »ganz Auge« (*essere tutt'occhio*) ist, geht es eben nicht. Wäre er mutiger, würde er mit der Malerin ins *Uve e forme* gehen und sie zu Wein und Käse einladen. Das würde ihr hundertprozentig gefallen, da ist er ganz sicher. Warum, verdammt, tut er es dann aber nicht?! Er wird daran arbeiten, ja doch, er wird sich Strategien ausdenken, die ihn voranbringen. Schließlich hat selbst Nietzsche es geschafft, in Rom einen Heiratsantrag zu formulieren. Da sollte dem Lyriker Peter Ka eine kleine Einladung doch erst recht gelingen.

Den Rhythmus finden

Den Rhythmus finden 1

Nach mehr als drei Wochen glaubt er, so etwas wie einen vorläufigen Rhythmus gefunden zu haben. Während dieser Tage hat er noch keinen einzigen Ausflug von dem weit und hoch im Norden Roms gelegenen Villengelände hinab ins historische Zentrum der Stadt unternommen. Erst will er die Umgebung der Villa gut kennen und entscheiden, wo und wann er seine Einkäufe tätigt. Daneben will er wissen, wann genau er welche Bar für einen Caffè und Zeitungslektüren aufsuchen sollte. Auf keinen Fall aber wird er täglich allzu viel Zeit nur in seinem Studio verbringen. Wann immer das Wetter es erlaubt, wird er nach draußen gehen und unterwegs sein. Auch unterwegs lässt sich schreiben, nachdenken, arbeiten. Nietzsche hat angeblich fast sein ganzes Werk im Unterwegs-Sein geschrieben. In kleine Notizbücher. Immer mal wieder drei bis vier Sätze. Eine gute Methode. Gerade und vor allem für Lyriker oder solche, die es (wie der darin aber eher unglückliche Nietzsche) werden wollen.

Wenn es irgend geht, steht er morgens gegen sieben Uhr auf. Er zieht etwas über und geht gleich hinaus auf das Villengelände. Kein Mensch ist zu sehen, nur die Vögel ziehen in kleinen Schwärmen von Baum zu Baum. Er geht die schmalen Kieswege noch im Halbdunkel entlang, vorbei an den vielen Antiken, die kaum jemand beachtet. Viele von ihnen hat er sich schon im Hellen genauer angeschaut, sie stehen hier und da an den Rändern der Wege oder rund um den Hauptplatz.[22] Es gibt große (und manchmal kopflose) Statuen, es gibt Sarkophage und Kapitelle, Menschen- und Tierköpfe.

Besonders rührt ihn ein weiblicher Reliefkopf, eingefügt in eine Außenwand. Es ist keine besondere Arbeit, sondern der Kopf einer bereits älteren Frau, mit Lippen so schmal und fein wie ein beängstigend dünner Strich, mit großen Augen und einer merkwürdigen Frisur, die von den Fachleuten für eine »augusteische Scheitelknotenfrisur (Nodus)« gehalten wird. Dieser Kopf rührt ihn, weil die ältere Frau mit ihrem strengen und doch gelassenen Ausdruck seiner Mutter nicht unähnlich ist. Es gibt da eine geheime Verbindung, in der Form der Lippen und der Zone rund um den Mund, die in ihrer ganzen Ausdrucksarmut das Alter verrät.

Wenn er morgens noch im Halbdunkel so unterwegs ist, glaubt er sich mit diesem antiken Zoo der noch Schlummernden verbunden. Sie atmen noch nicht, denn sie spüren noch nicht den Wind oder die Sonne. Erst wenn es hell wird, werden sie erwachen und die Augen aufschlagen. Dann aber ist er längst wieder in seinem Studio verschwunden. Kurz war er unter ihnen, wie ein Heimlichgänger oder ein Wächter. Heimliche Blutentnahme am frühen Morgen. Vampirismus des Wächters.

Ist es nicht allzu kühl, setzt er sich für ein paar Minuten auf eine der wenigen Bänke. Solche Momente sind eigentlich gute Momente für ein Gedicht. Frische Luft, klares Denken, etwas sinnieren, wegdriften, den Harzgeruch der Pinien einsaugen, das Rauschen des noch schwachen Verkehrs außerhalb wahrnehmen wie eine leise Hintergrundmusik zu diesem noch unangestrengt wirkenden Schönheitsterror ringsum, in der unmittelbaren Nähe.

Später duscht und rasiert er sich kurz in seinem Studio und verlässt das Villengelände danach sofort auf einem alten Fahrrad, das er aus den Beständen der Villa ausgeliehen hat. Bloß nicht in der Frühe in den Mauern des Studios bleiben – und erst recht nicht in der Küche ein deutsches Frühstück zelebrieren, am Ende vielleicht sogar mit Müsli aus dem nahen *Supermercato.* (Er musste grinsen, als er dort wahrhaftig ein großes Müsli-Angebot entdeckte. Welche Römerin und welcher Römer isst denn bloß so etwas Degeneriertes? Vielleicht die älteren, bereits zahnlosen, die den Anblick der römischen Wölfin mit ihren kraftvollen Hauern nicht mehr ertragen.) Vor dem Tor der Villa biegt er nach links ab und fährt dann wieder links, die *Via di Villa Ricotti* entlang. Nach kaum einer Minute erreicht er die breite, viel befahrene *Viale XXI Aprile*, wo er in der *Bar Valerioti* einen ersten Cappuccino trinkt. Ist das Wetter gnädig, stehen draußen ein paar Stühle und kleine Tische, wo er sich hinsetzen, in Ruhe trinken und Zeitung lesen kann.

Am liebsten beginnt er eine solche Lektüre mit *La Repubblica.* Es ist eine durch und durch römische Zeitung, protzend mit großen Lettern und auf den letzten zehn, fünfzehn Seiten ausschließlich mit dem ganzen Schnickschnack beschäftigt, der den Römern anscheinend unverzichtbar erscheint. Die neuste Damen- und Herrenmode. Die Eleganz kleiner Täschchen und Schuhchen. Restaurant-Tipps mit ausgefeilten Rezepten. In dieser Zeitung lebt *Roma* noch mit den aufgefrischten und auf den neusten Stand gebrachten Atmosphären von *La dolce vita.* Viel heller natürlich und durchaus etwas rockig, aber noch immer erstarrt in einem unentwegten Spätbarock, vollmundig, verfressen, taub für alles Fremde, ein Fellini-Idyll (mit Auffrischungsmomenten des neusten digitalen Getues, die aber weiter nicht auffallen).[23]

Schon das besondere, große Format von *La Repubblica* kündigt es an: Leserin, Leser – lass alles andere fallen und sein, blättere meine Seiten um wie ehrwürdige Seiten schwerer Folianten, überfliege mit deinen schlaftrunkenen Augen die Fluren der

VIETATO L'INGRESSO

L'Italia di Dove
DOVE
VIAGGIO
LAVORO

Fori imperiali pedonali
Cresce il fronte del no

vielen bunten (und meist seltsam unscharfen und verwackelten) Bildchen, die man Fotos nicht nennen mag! Ergib dich und folge dem Schönheitsrausch meines Angebots, das Politik, Wirtschaft und Sport mühelos in kleine Geschichten verwandelt und diese Geschichten dann wie Erzählungen für große Kinder präsentiert: hingeflüstert, augenzwinkernd, den satten Ernst immer wieder unterlaufend.

Höchstens eine halbe Stunde (und keineswegs länger) bleibt er in der *Bar Valerioti* und fährt dann weiter zur Piazza Bologna. Noch begegnet man auf dem Innenzentrum des kreisrunden Platzes, wo die vielen Bänke für die alten Herrschaften stehen, niemandem. Später, gegen 11 Uhr, sind bei sehr gutem Wetter aber all diese Plätze besetzt. Oder die alten Herrschaften stehen in kleinen Gruppen herum, rauchen und unterhalten sich unentwegt. An der Piazza Bologna gibt es mehrere kleine Bars, eine von ihnen sucht er als zweite auf und setzt dort seine Zeitungslektüren (nun bei einem Caffè) fort. An manchen Tagen kauft er danach noch etwas Obst (Nicht zu viel einkaufen! Nur kleine Mengen, die essbar sind!). Spätestens gegen neun Uhr ist er zurück in seinem Studio.

Draußen, auf dem Villengelände, sind jetzt schon die Gärtner unterwegs. Der Kies muss geharkt und von den Ländereien der Piniennadeln befreit werden. Hier und da wird etwas gestutzt, gerupft und gezupft. Ab und zu auch ein kurzes, emphatisches Harken. Manchmal lässt er das Tor seines großen Ateliers einen Spalt offen, damit diese Geräusche einer fleißigen Gartenarbeit hereindringen können. Er zeichnet sie auf, minutenlang, denn er hat da so eine Idee. Eine erste, vage, worüber er aber mit niemandem spricht. Natürlich nicht.

Er spricht überhaupt nicht von seiner Arbeit. Als er während des gemeinsamen Frühstücks gefragt wurde, welche Arbeit er sich in Rom vorgenommen habe, antwortete er: »Noch gar keine.«

Wegen einer solchen Auskunft wurde er dumm angeguckt. Meinte er das etwa ernst?! Na klar, absolut, das war kein Scherz. Die meisten anderen Stipendiaten hatten ihre »Arbeit« mit aus Deutschland gebracht. Pläne für ein Jugendzentrum südlich von Nürnberg, an denen es jeden Tag etwas zu erweitern und korrigieren gab. Eine Komposition für Klavier, Cello, Panflöte und Schlagzeug, an der man noch etwas feilen und die man dann in Rom aufführen würde. Sechs mannshohe Skulpturen, über tausend Kilometer von einer darauf spezialisierten Transportfirma in den Süden gebracht, um dort fertiggestellt und (möglichst auch) verkauft zu werden.

Er aber hatte höchstens ein paar seiner Gedichte aus der Heimat im Kopf – und die waren schließlich längst fertig. Aber wie war es mit neuen Gedichten? Vielleicht, vielleicht nicht. Zu erzwingen war da gar nichts, denn er gehörte nicht zu den Lyrikern, die sich Reim, Metrum oder Strophe vornehmen, um dann nach Art der alten Meister etwas halbwegs Lyrisches zusammenzuklöppeln. So etwas war doch keine Lyrik, sondern höchstens ein Seitenfüllen. Lyrisches Seitenfüllen aber hält er für schlimm, richtig schlimm, es ist ein Verstoß gegen den Purismus von Lyrik, gegen ihre Strenge, gegen ihre Ausschließlichkeit. Lyrik sollte nie wie eine Fabrikarbeit erscheinen. Und Lyrik sollte jede Nähe zum Seitenfüllen der Romanciers meiden. Denn in einem guten Gedicht kommt es auf jedes einzelne Wort an. Je weniger es davon gibt, umso besser. (Selbst ein so gutes Gedicht wie *Sprich nicht immer/ Von dem laub/ Windes raub* … ist leider um einige Worte zu lang.)

Von neun bis etwa elf Uhr beschäftigt er sich in seinem Studio. Er probiert vieles aus: Klassik, Jazz – aber all das gefällt ihm nicht, denn es passt nicht in diese Umgebung. Weil Klassik und Jazz diese Umgebung bestimmen und deuten wollen, weil sie zu markant sind, zu autark, weil sie den Raum beherrschen und füllen. Was aber dann? Ein großer Kiosk an der Piazza Bologna bietet allerhand Italienisches an, *Canzoni* also, in allen Varianten. Und auch in der Umgebung des Platzes kann er bei einigen fliegenden Händlern sehr preiswert allerhand Italienisches kaufen. Paolo Conte natürlich, aber auch Lucio Dalla, Gino Paoli oder die unvergleichliche Sizilianerin Etta Scollo, inzwischen hat er eine Sammlung von beinahe dreißig verschiedenen Interpretinnen und Interpreten.

Oft geht er, während eine solche CD läuft, durch das ganze Studio, sehr langsam. Er kommt aus dem höher gelegenen Wohntrakt hinunter ins Atelier, schleicht an den Wänden entlang, schaut durch die hohen Atelierfenster hinaus auf das Dunkelgrün der Pinien und Zypressen. Er horcht, singt manchmal mit, ja, er fühlt sich sehr wohl in diesem Terrain. Dann stellt er die Musik leiser und leiser, und während sie im Hintergrund nur noch summt oder flüstert, beginnt er zu lesen.

In der Bibliothek hat er viel Interessantes entdeckt, das man auf dem Buchmarkt nicht findet. Berichte von früheren Stipendiaten über die in Rom verbrachte Zeit. Penible Projektbeschreibungen von Architekten. Zeichnungen, Skizzen, Gemälde. Gedichte in großer Zahl. Kompositionen in der Handschrift. Er nimmt sich nie allzu viel vor, sondern sondiert diese Stipendiatenprojekte gründlich und genau. Meist macht er sich Notizen, die er mit der Hand schreibt. Kurze Zusammenfassungen tippt er zu einem späteren Zeitpunkt auf dem Laptop ab.

So arbeitet er in diesem frühen Stadium seines Aufenthalts wie ein Archivar: Sammeln, schauen, vergleichen, notieren – den Echoraum orten, den die *Villa Massimo* für ihre Stipendiaten entwirft. Er hat ein schmales Buch entdeckt, in dem eine junge Literaturwissenschaftlerin Gespräche mit ehemaligen Stipendiaten geführt hat. Gefallen hat ihm, was der Schriftsteller F. C. Delius auf die Frage, ob er in der Villa an Isolation gelitten habe, geantwortet hat: »Ich habe nie gelitten! Ich fand es immer albern, wenn sich Stipendiaten über ihre Isolation beschwerten! Ich denke immer, es liegt an den Leuten selber.«[24]

Dass manche Stipendiaten angeblich auf diesem Gelände gelitten haben, hat er schon einige Male zu hören bekommen. Aus der Vergangenheit kommen dann seltsame Gerüchte: wie ein Stipendiat sein Studio tagelang nicht mehr verlassen habe und schließlich durchgedreht sei. Oder wie eine Stipendiatin das Knistern der Heizung in ihrem Studio für Musik von Außerirdischen gehalten und auf der Suche nach deren Wohnsitz halbnackt bis nach Sankt Peter gelaufen sei.

Als Stipendiat sollte man einem Atelierraum von fast hundert Quadratmetern psychisch schon gewachsen sein. Ein solcher Raum hat ein eigenes, starkes Leben und könnte schwache Naturen einfach erdrücken – vorstellbar ist das schon, aber er mag es sich einfach nicht vorstellen. Vielleicht sollte man die zukünftigen Stipendiaten ein paar Monate vor ihrem Aufbruch nach Rom gründlich untersuchen. Durch einen medizinisch-psychologischen Test, wie beim Idiotentest des TÜV. Wer seltsame Verhaltensformen (notorisches Lächeln, häufiges Sich-Kratzen, penetrantes Kopfnicken) an den Tag legt, muss zu Hause bleiben.

Auch der Verleger und Schriftsteller Michael Krüger wurde in dem Interviewband nach seinen Erinnerungen an die *Massimo*-Zeit befragt. Seine Antworten sollte man all jenen Stipendiaten, die sich unsicher oder nicht ganz gefestigt fühlen, gleich zu Beginn ihres Aufenthalts zuschicken. Michael Krüger erzählt nämlich, wie er in Rom den halben Olymp großer Kunst kennengelernt hat: den berühmten Schriftsteller Italo Calvino, die noch berühmtere Schriftstellerin Natalia Ginzburg, den hyperberühmten Komponisten Hans Werner Henze, den weltberühmten Filmemacher Andrei Arsenjewitsch Tarkowski usw.

»Herr Krüger, wie haben Sie das gemacht?«[25] – sollten diese Stipendiaten den Verleger und Schriftsteller Michael Krüger fragen und ihn um eine kurze Einweisung in die Kunst, in Rom den Olymp der Kunst kennenzulernen, bitten. Michael Krüger könnte für eine Woche nach Rom fliegen und ein Fünf-Tage-Seminar halten, und am sechsten Tag würde man sich mit dem Papst, am siebten aber, wie es sich für Rom gehört, mit dem Herrgott persönlich treffen.[26]

Schritt für Schritt wird Peter Ka sich auch an die Geschichte der Villa herantasten, an ihre Entstehung, an ihre Erbauer und Gründer. In den Erinnerungen des Archäologen Ludwig Curtius hat er eine Stelle gefunden, wo Curtius von seiner Antikensuche um 1900 weit außerhalb der alten römischen Stadtmauern berichtet. Damals geriet er in der Nähe der *Via Nomentana* auf die verwaist daliegenden Ländereien des Fürsten Massimo. Einige Pinien und Zypressen, ein bemoostes Brunnenbecken, eingefallene Gartenhäuser, ein paar Eidechsen, eine Schlange und antike Statuen, schon lange von ihren Basen gestürzt. Das Gelände lag hoch und erlaubte eine gute Aussicht bis hin zu den Albaner Bergen. Kein Mensch war zu sehen.[27]

Dieses alte Bild ist für ihn das Urbild des Geländes ringsum: ein verfallener, menschenleerer Park, ein verwunschener, abgelegener, lange nicht mehr gepflegter Garten – etwas Antike, Barock und eine unheimliche Leere. Er stellt sich das alles in Schwarz-Weiß und in schwachen Grautönen vor. Und er versucht sich vorzustellen, wie diese Schwarz-Weiß-Fantasien mit ihren dunstigen Grautönen in den Jahren nach 1910 Farbe erhielten.

Die Geschichte dieser Farbgebung wird er bald genauer studieren, die ersten Planungen, die Ideen, die Hintergründe, die Finanzierung, die Renaissance dieses großen Geländes, in dem noch heute der alte Zustand wie ein vergessener Traum aus Antike und Barock in den Tiefenschichten schlummert. Seit mehr als hundert Jahren stehen die zu Curtius' Zeiten noch umgestürzten Antiken wieder auf neuen Basen, aufgerichtet, zu einem zweiten und dritten Leben erweckt. Aber der alte Zustand ist noch immer zu spüren: das Abgelegene, die Stille, die vor sich hin und in sich hinein brütende Natur.

Den Rhythmus finden 3

Nach Musik und Lektüren bricht er kurz nach elf zu einem zweiten Ausflug in die Umgebung auf, diesmal aber zu Fuß. Beinahe jedes Mal hat er dann nur ein einziges Ziel: die sizilianische *Bar Mizzica* in der *Via Catanzaro*, noch ganz in der Nähe des Piazza Bologna. Längst hat er entdeckt, dass diese Bar die beste des ganzen Viertels ist. Nirgends gibt es einen so guten Cappuccino und einen so kräftigen Caffè, und nirgends gibt es dazu derart luftige, leichte Brioche und derart frische sizilianische *Dolci* in allen nur denkbaren Varianten.[28]

Gegen halb zwölf herrscht in dieser Bar der späte Hochbetrieb des Vormittags. Viele ältere Römer sind kaum aufgestanden und erst jetzt in ihre Lieblingsbar geschlurft, um hier den ersten Kontakt mit der nahen Welt aufzunehmen. Stehen Tische und Stühle draußen, sind sie alle besetzt, und man hat kaum eine Chance, bald einen Platz zu finden. Die meisten Gäste kennen sich, sitzen in kleinen Runden zusammen, nippen lange an ihrem Caffè, tun so, als tränken sie nebenbei auch etwas Wasser, essen und trinken in Wahrheit aber sehr wenig, weil sie eigentlich gekommen sind, um sich zu unterhalten.

Der Zeitpunkt seiner täglichen Ankunft in dieser Bar (zwischen elf und zwölf Uhr) erscheint ihm genau richtig. Für die älteren Gäste ist es später Morgen und damit eine Tageszeit, die erst gegen ein oder sogar zwei Uhr enden wird. Für die jüngeren und all die, die es eilig haben, ist es jedoch früher Mittag. Im Trubel der *Bar Mizzica* begegnen sich die Morgen- und die Mittagsmenschen, stoßen aufeinander, gehen einander aus dem Weg oder verfluchen die Gegenpartei. Die einen wollen endlos draußen an den Tischen sitzen und so tun, als spielte Zeit keine Rolle oder als gäbe sie es gar nicht. Die anderen eilen hinein in die Bar, mustern kurz die frischen Auslagen der großen Glasvitrinen und bestellen dann die kleinen Speisen des Mittags.

Es ist interessant zu beobachten, wie sie das mögen: sich aneinander zu reiben, die sich rasch verändernde Szene im Blick zu behalten und auf die Veränderungen laufend zu reagieren. Fast alle haben einen ausgeprägten sozialen *Sensus*, eine Antenne für das Besondere, Überraschende. Und sie setzen alles daran, diese Entdeckungen des Moments auch zu formulieren. Kurz, bündig, am besten pointenreich.

Was Peter Ka hier sieht und erlebt, ist beste *Commedia dell' arte*. Sprunghaftes, rasches Reagieren und Sprechen. Temporeiche Übergänge. Ein Motiv oder Thema aufpicken, es zerrupfen und voller Verachtung in den nächsten Gossenrand schleudern! Was ist schon die Welt? Nichts, das einen zu sehr beeindrucken sollte! Die Regie sollte man sich nie aus der Hand nehmen lassen. Von keiner Neuigkeit und von keinem Hallodri, der gerade wieder vorbeikommt und seinen Auftritt zelebriert.

Mizzica
Sapori di Sicilia
Bar tipico Catanese

Anders als die süße Begleitung zum Frühstückskaffee (*Cornetto semplice/ Cornetto crema/ Cornetto marmellata/ Brioche/ Pasta di Mandorla/ Cannoli* usw.) erwecken die Speisen des Mittags den Eindruck einer richtigen Mahlzeit. Nicht die einer Hauptmahlzeit, wohl aber die einer sehr schmackhaften, ausreichenden Zwischenmahlzeit. Genau das aber ist etwas für Peter Ka, der nach und nach all diese Speisen probiert hat.

Es gibt kleine Pizzen (*Pizzette*) oder leichte Teigtaschen (*Cartocciate*), mit Mozzarella und Spinat oder mit Schinken und Pilzen gefüllt. Es gibt die klassischen sizilianischen *Arancini* (frittierte Reisbällchen mit Tomaten und Ragù) oder die schweren Teigtaschen (*Bombe al forno*), mit viel gekochtem Schinken und reichlich Mozzarella in mehreren Lagen. Und es gibt schließlich die kaum handtellergroße *La siciliana* (mit Tomaten, Mozzarella und etwas Peperoncino), die kleinste all dieser Gaumenunterhaltungen, die man notfalls auch im Stehen essen kann. Dazu ein kleines Glas sehr kühles Bier. Und danach einen starken (also doppelten) Caffè und zur Wiederbelebung eine *Granita siciliana*, also ein Eis-Sorbet all'italiana, serviert in einem Wasserglas (mit den Geschmacksrichtungen *Mandorla, Cioccolato, Limone, Pistacchio, Fragola* usw.).

Peter Ka findet eine solche (zudem auch noch preiswerte) Speisenfolge für seine Zwecke ideal. Er will mittags nicht kochen (das kostet zu viel Zeit und macht müde), und er kann wegen der saftigen Preise nicht in einem Restaurant essen. Die *Tavola calda* der *Bar Mizzica* ist also genau das Richtige für ihn. Eine oder zwei kleine Speisen, Bier, Caffè und etwas Sorbet – wie klug so etwas doch entworfen ist! Die verschiedensten Geschmacksrichtungen (scharf, bitter, süß) kommen vor, aber nacheinander und in sehr konzentrierter Form. Jede Speise und jedes Getränk stellt für sich eine Kostbarkeit dar, und man kann sie einzeln genießen. Ein einfacher, aber guter und ergiebiger Genuss. Etwas, auf das man sich schon im Vornhinein freut (anstatt zu essen wie ein Leidender, der in sich hineinstopft, was er eigentlich selber nicht mag).

Alles, was hier serviert wird und auf den Tisch kommt, macht auf Peter Ka den Eindruck eines kleinen Geschenks. Ja, all diese Sachen sehen so aus, als wären sie zu einem bestimmten, freudigen Anlass eigens angefertigt. Sie präsentieren sich von einer Schmuckseite, und es wäre kein Wunder, wenn neben jeder Speise oder jedem Getränk ein kleines Zettelchen läge: Nur für Dich, *amore mio!* Das römische Essen und Trinken scheint weit davon entfernt, den Hungrigen, Durstigen zu »sättigen«. Gesättigt wird gar nichts und niemand, denn im Grunde soll es ja immer weitergehen: ein leichtes Kosten und Probieren, den ganzen Tag lang.

Die *Bar* ist als Treffpunkt für alle, die so etwas wollen und verstanden haben, genau der richtige Raum. Sie ist ein Arrangement flüchtigster Nahrungsaufnahme und eines Trinkens, das in einer bestimmten Zeiteinheit geschehen sein sollte. Deshalb nimmt man nicht Platz, sondern steht vorne am Tresen, um vier, fünf Kurzgespräche zu führen und dabei hastig einen winzigen Caffè zu schlürfen, der aber nicht mehr ist als ein kleiner Potenzschuss oder eine rasche Injektion, deren Stoffe gerade mal ein Stündchen wirken.

Auf dem Rückweg kommt er an der Piazza Bologna vorbei. Jetzt, gegen Mittag, stehen hier die älteren Herrschaften und diskutieren. Ist es nicht zu kühl, setzt er sich auf eine Bank und liest in einer Zeitung, die er irgendwo hat mitgehen lassen. Meist ergibt sich dann eine Unterhaltung mit einigen Männern, und meist ist ein Stichwort, das er nebenbei mitbekommt, der Anstoß. Er steht auf, geht auf sie zu, fragt nach, und sie antworten immer geduldig und leicht amüsiert. Was dieser Deutsche alles so wissen will! Und wie er sich durch das Italienische quält! Er aber hat Freude an diesen Unterhaltungen, und sie ergeben sich von Mal zu Mal leichter, weil man ihn kennt und sogar damit rechnet, dass er häufig vorbeikommt. Da ist er ja wieder! Und was hat er heute zu fragen?!

Er hat begriffen, dass bei solchen Begegnungen der erste Auftritt eine wichtige Rolle spielt. Man nähert sich nicht unscheinbar und verlegen, nein, man geht lächelnd und mit offenem Blick auf die anderen zu. Jeden einzeln anschauen und grüßen, nicht auf den Boden schauen. Und dann eine erste, launige Bemerkung, eine Spur Humor, etwas, auf das sich leicht etwas erwidern lässt. (Diese älteren Römer hier auf der großen Piazza sind fast alle Dramatiker. Oder, noch besser: Es sind Drehbuchschreiber. Nicht mehr das Theater, sondern der Film ist ihr Metier. Ein kurzer Auftritt, ein rascher Dialog, die anderen fallen mit ein, das Sprechen macht die Runde …)

Fragen ist übrigens gut und wichtig, nichts ist besser, als unermüdlich Fragen zu stellen und auf diese Weise viel zu erfahren.[29] Geschichten aus der Umgebung, Aktuelles, aber auch Früheres, längst Historisches. Zum Beispiel: Dass man dieses Stadtviertel (*Nomentano*) noch immer das Viertel des Duce nennt, weil er a) ganz in der Nähe (auf dem Gelände der *Villa Torlonia*) gewohnt hat und b) viele der hohen Miethäuser ringsum aus der faschistischen Ära stammen. (Steile Betonkästen mit großen Innenhöfen und vielen Balkonen sind das. Grell, nervös, leidend und unbefriedigt schimmern sie in der Abendsonne.) Interessant ist auch, dass es in diesem Viertel noch einige martialische historische Monumente mit Texten gibt, die man längst hätte beseitigen müssen. Und dass auch der Großbau der Post aus weißem Travertin (*Ufficio postale*), der die Piazza Bologna mit dem gewaltig konkaven Schwung seiner Fassade dominiert, aus der Zeit des Faschismus stammt. (Bietet der unschuldig wirkende Spielzeugladen kaum hundert Meter entfernt deshalb so viele kleine römische Legionäre aus Plastik an?)

Es ist oft schon zwei Uhr, wenn er zurück in sein Studio kommt. Er trinkt noch etwas Wasser, lässt wieder eine CD (leise) laufen und legt sich im oberen Wohnbereich auf das Bett des Gästezimmers. Eine kurze Siesta. Für ein paar Minuten die Augen schließen und die vielen Eindrücke zur Ruhe kommen lassen. Und wie geht das?

Fragen also wie etwa: Wen würdest du gerne einladen, hierher, in dieses Studio, als deinen Gast? Die Sängerin Etta Scollo natürlich, aber auch die junge Claudia Cardinale aus dem Film *La ragazza con la valigia* (*Das Mädchen mit dem leichten Gepäck*). Von männlicher Seite auf jeden Fall den römischen Legionär, der ihm in Form einer Spielfigur aus Plastik schon früh aufgefallen ist. Er hat diese Figur längst gekauft, sie steht etwas verloren unten im Atelier auf einem Schreibtisch. Reckt die linke Hand, ein Schwert in der Faust, hält in der rechten einen Speer.

Am schönsten ist das Löwenfell, das der Typ sich über den Kopfhelm gestreift hat. Der Rachen des Löwen ist so weit geöffnet, dass in diese Öffnung Kopf und Helm genau hineinpassen. So bilden Fell, Kopf und Helm eine bedrohliche Einheit. Kaum auszudenken, wie so eine Erscheinung zum Beispiel auf harmlos gestrickte Germanen gewirkt haben muss! Als träfen sie auf übermenschliche Wesen! Als wären diese römischen Kämpfer mit mächtigen Geistern und Tierseelen im Bunde!

Im Einschlummern glaubt Peter Ka zu sehen, dass der kleine Plastik-Legionär sich bewegt. Er macht ein paar Schritte hin und her auf der Stelle, wie ein unruhiges Tier, das um Auslauf bettelt. Ist ja gut, am Nachmittag wird er mit ihm hinausgehen, diesmal mit dem Fahrrad. Für eine Tour durch die Umgebung. Er wird den Legionär in seinen Rucksack stecken und ihm so den ersehnten Auslauf gönnen. Hier und da wird er ihn an die Luft holen, zum Beispiel auf dem Gelände des Duce, der *Villa Torlonia.* Soll er sich dort doch wie ein Gladiator mit den faschistischen Gespenstern herumschlagen. Er giert ja geradezu danach.

Den Rhythmus finden 4

Nach der kurzen Siesta liest er noch etwas oder hört Musik. Gegen 16 Uhr packt er seinen Rucksack und schiebt dann das Fahrrad nach draußen, auf die Straße. Bis zum Parkgelände der *Villa Torlonia* fährt er kaum fünf Minuten. Er mag dieses Gelände sehr, denn es ist die Gegenwelt zum menschenleeren Parkgelände der *Villa Massimo*. Hier nämlich können sich die Besucher bewegen, wohin auch immer sie wollen, ohne jede Einschränkung. Sie können schmale und kurvige Spazierwege nehmen oder sich auf große Rasenflächen legen, sie können Ball spielen oder einen Kinderwagen eine Anhöhe hinaufschieben. Es gibt ein Bambus- und ein Palmenwäldchen und seltsame fremdartige Gewächse, deren Namen er nicht kennt. Und es gibt mehrere sehr historisch anmutende Gebäude wie etwa das *Casino nobile,* in dem in der Tat Benito Mussolini beinahe zwanzig Jahre (von 1925 bis 1943) gewohnt haben soll.

Das *Casino* macht mit seinen klassizistischen Säulen und einer breit angelegten Treppenanlage zwar durchaus etwas her, aber den Spaziergängern, Joggern und sonstigen Sportlern ist das ziemlich egal. Kaum jemand redet davon, dass hier einmal der Duce gewohnt hat, so etwas ist höchstens ein Randthema. Viel wichtiger ist die muntere Gegenwart: dass dieser Park einfach Menschen jeden Alters und aller sozialen Klassen aufnimmt. Von den Scharen der spielenden Kinder über die Kindermädchen und Großeltern bis hin zu den Läufern, die unentwegt ihre Strecken zurücklegen, anhalten, ein paar Gymnastikübungen einschieben und weiterlaufen. Es wird viel Musik gehört und auch ein wenig gelesen, es wird vorsichtig, aber ungeniert geküsst (Peter Ka kann nicht lange hinschauen, wenn er so etwas sieht) – so triumphieren hier alle Spielarten der Freizeit.

Er lehnt sein Fahrrad an eine Bank und holt sein Smartphone heraus, er legt sich irgendwo auf den Rasen und hört italienische *Canzoni.* Nach einer Viertelstunde swingt er in den munteren und leichten Rhythmen dieses Geländes mit. Es wirkt wie eine offene, weite und doch abwechslungsreiche Insel. Der Himmel liegt flach und besänftigend auf allem hier, und die besonders hohen Pinien machen nicht den Eindruck von uralten Wächtern, sondern den von freundlichen, gesetzten Herren, die alles gewohnt sind und denen nichts mehr unmöglich erscheint. Leise und unauffällig tauschen sie sich über alles aus, was sie bemerken und sehen.

Auf einem solchen Gelände erscheint man befreit von jeder Verpflichtung. Das Leben jenseits der umgrenzenden Mauern spielt keine Rolle. Vielmehr nehmen alle, die sich hier aufhalten, teil an einem einzigen, unendlich vielfältigen Spiel. Das Gehen, Spazieren, Laufen und Turnen, ja selbst das Küssen wirkt hier wie ein Spiel. Als versteckte sich oben, auf der Anhöhe des *Casino nobile*, ein Filmregisseur, der das alles inszeniert. Und als wären die vielen Anhöhen und Hügelchen mit lauter Kamerateams von Ettore Scola besetzt. Richtig, ja, Ettore Scola wäre der passende Regisseur für dieses Treiben.[30]

Peter Ka hat das Gefühl, als entführte ihn dieses Gelände auf tranceartige, unmerkliche Art. Und wohin? Er vergisst die Zeit, er lässt die Minuten und manchmal auch Stunden vergehen, ohne sich zu fragen, was als Nächstes kommt. Stattdessen spürt er eine starke Beruhigung in den Schläfen, ein Nachlassen des kerzengeraden Wollens und Sollens. Als legten Himmel, Wind und Luft eine dünne Decke auf ihn, unter deren nachgiebiger

Fläche er sich kaum noch bewegt. Allmählich wird er zu einem Inselbewohner, fast glaubt er, irgendwo einen See rauschen oder murmeln zu hören.

Wenn er sich dann leicht fühlt und seltsam geborgen, reißt es ihn derart mit, dass er nicht mehr liegen, hören und schauen will. Er möchte einfach mitmachen und sich einreihen in dieses Vergnügen. In Wuppertal ist er seit Jahren nicht mehr gelaufen, es kam ihm einfach zu affig vor. Kaum ein Winkel war dort ja noch sicher vor all den Joggern, die tagsüber stundenlang hinter ihren Monitoren sitzen und eine unnötige Mail nach der andern beantworten. Je mehr die digitalen Clownerien sie im Griff haben, umso mehr laufen sie. Nicht zu glauben, dass sie sich von denselben Clownerien auch noch zwingen lassen, in der wenigen verbleibenden Tagesrestzeit durch die Gegend zu hampeln. Tagsüber der Krampf vor den Monitoren, abends der Kampf mit den Pulsuhren – was für ein Leben!

Er holt seine rot-blaue Sporthose aus seinem Rucksack und zieht die Jeans aus. Manchmal streift er auch ein rot-blaues Trikot über und läuft dann – ganz in Rot-blau – los. Er muss aber sehr munter und gut drauf sein, um so etwas zu machen, denn schon ein paar Mal haben einige Parkbesucher angenommen, er komme aus Barcelona und trage zum Jogging die Vereinsfarben. Das kam hier nicht immer gut an, und es half nicht, dass er erklärte, es handle sich in seinem Fall nicht um die Vereinsfarben des FC Barcelona, sondern um die des Wuppertaler SV. (Stadion am Zoo. Fünfte Liga. Toller Verein. Peter Ka ist ein Fan.)

Er läuft nicht schnell und nur solange er den Swing des Geländes noch richtig spürt. Das dauert zwanzig oder auch dreißig Minuten, dann kehrt er zu Fahrrad und Rucksack zurück, die er unter der Aufsicht irgendeiner freundlichen Großmutter mit Enkelkind zurückgelassen hat. Noch nie ist etwas passiert, jedes Mal hat er alles, was er dabeihat, wieder erhalten. Inzwischen

denkt er überhaupt nicht mehr daran, dass er bestohlen werden könnte, wie er überhaupt nicht mehr glaubt, dass ihm hier in Rom etwas zustößt. Man darf die familiären Räume nur nicht verlassen, und man sollte sich hüten, irgendwo eine große Nummer abzuziehen. Das aber ist ja sowieso nicht seine Art, weswegen er eigentlich kaum etwas oder gar nichts zu befürchten hat. (Er erklärt es jedes Mal seinen Eltern, mit denen er einmal wöchentlich telefoniert. Sie glauben ihm aber nicht, weil sie ihm nicht glauben *wollen*. Rom ist für sie schon beinahe Sizilien, und Sizilien ist für sie das »Land ohne Gesetz«.)

Etwa eine Stunde verbringt er auf dem Gelände der *Villa Torlonia,* dann verlässt er es durch den Ausgang zur *Via Nomentana.* Auf der schnurgeraden, antiken Straße fließt heute der rege Verkehr in mehreren Spuren. Er radelt sie über Bürgersteige seitlich entlang, um nicht zwischen die Autos zu geraten. Nach wenigen Minuten erreicht er das große Stadttor der *Porta Pia*, an die sich nach beiden Seiten die alte römische Stadtmauer anschließt. So markiert dieses Stadttor den Eintritt ins historische Zentrum. Würde er es durchqueren und weitergehen, würde er sein Quartier verlassen und langsam hinab zum Tiber gelangen.

Am 20. September 1870 haben die *Bersaglieri* der italienischen Einigungsbewegung genau das getan. Sie haben sich einen Weg durch die Mauer gebahnt und sind hinab ins Zentrum gezogen.[31] Die Aktion war das Ende des päpstlichen Kirchenstaats und der Beginn des modernen, geeinten Italiens. Das Denkmal eines *Bersagliere* steht heute genau vor dem alten Stadttor, und auch dieses *Monumento* stammt nicht zufällig aus der faschistischen Ära.

Die Figur des soldatischen Kämpfers ist aus Bronze und mehr als vier Meter hoch. Geduckt und sprungbereit stürmt er voran, eine kleine Fanfare in der einen, ein Gewehr in der anderen Hand. Peter Ka gefallen besonders die Fanfare und der schmucke

Hut mit den Hahnenfedern, der dem Ganzen etwas Pittoreskes verleiht. Als steckte in diesem Infanteristen noch ein kleiner Jäger, der nebenher noch ein paar Fasane erlegt und das als freudige Nachricht gleich auch mit Hilfe des Jagdhorns in die Welt posaunt.

Er kehrt um, nein, er will noch immer nicht hinab zum Tiber. Zuerst das Quartier (*Nomentano*), dann das historische Zentrum, daran hält er fest. Und so radelt er wieder zurück und durchstreift noch einige Zeit die nähere Umgebung der Villa, bis er am frühen Abend die Kirche *Santa Costanza* erreicht.

Den Rhythmus finden 5

Die Kirche *Santa Costanza* ist nach einer Tochter des Kaisers Konstantin benannt. Sie hatte an dieser Stelle, weit draußen und außerhalb der römischen Mauern, wohl ein Landgut. Auf diesem Landgut ließ sie für die heilige Agnes eine Kirche bauen, die aber später verfiel. Für sich selbst ließ sie ein Mausoleum errichten, in dem später auch ihre Schwester Helena begraben wurde. Um dieses Mausoleum geht es Peter Ka, denn der stille Innenraum dieses uralten, frühchristlichen Baus ist einer der schönsten und ergreifendsten Orte, die er bisher betreten hat.

Ist er hineingeschlüpft, steht er in einem nur schwach durch das Sonnenlicht erleuchteten Rundbau. Er blickt auf den Altar in der Mitte, der von einem Umgang eingefasst wird. Zwölf Doppelsäulen tragen die leichten Arkaden, die den Kuppelzylinder stützen. Es ist, als stände man in einem Säulenwald und als beleuchtete das einfallende Licht immer nur ein winziges Detail dieses Dunkels. Wie ein Fingerzeig und wie ein unendlich vornehmer Kontakt zu den himmlischen Sphären tritt es in Erscheinung. Wie überhaupt der gesamte Raum etwas Vornehmes und Zurückhaltendes hat.

Jedes Mal bleibt er vor Überraschung einen Moment stehen. Die Augen müssen sich erst an dieses Dunkel gewöhnen, in das die letzten Sonnenstrahlen des Abends gerade noch hineinspielen. Oft setzt er sich zunächst, denn die Gewöhnung braucht einige Zeit. Der geschlossene, unversehrt erscheinende Rundbau wirkt auf ihn wie eine große Glocke, die sich auf alle Sinne legt. Sie dichtet sein Sehen und Hören ab, als wollte sie einen anleiten, sich aufs Äußerste zu konzentrieren. Eine ungeheure Stille füllt jetzt den Raum, ein Absorbieren von allen Bildern, die er tagsüber gesehen. Was bleibt, ist nur noch das schlichte Dasein dieser Säulen, Kapitelle, Steine und Mauern. Eine einfache, einleuchtende Architektur. Eine, die eine Gemeinde wirklich um den Altar versammelt, anstatt sie in hierarchisch geordnete Kirchenzonen zu zwingen.

Als er die Kirche zum ersten Mal besuchte, war er nach dem ersten überwältigenden Schock sicher, dass sie keine Bilder enthielt. Bilder aus einer so frühen Zeit? Und vor allem – wo?! Auf den ersten Blick war nichts zu entdecken, der Bau wirkte puristisch und klar und in all seiner Vornehmheit auch etwas streng und ausschließlich (als hätte er Bilder nicht nötig). Dann aber entdeckte Peter Ka während seines Rundgangs an den Decken des Umgangs und in seinen Nischen die wundervollsten Mosaiken, die er in seinem bisherigen Leben zu sehen bekam. Mit bloßen Augen konnte er sie kaum richtig erkennen, deshalb ist er schon mehrmals mit einem Fernglas hierhergekommen, um sich in jedes Detail zu vertiefen.

In den beiden Nischen begegneten ihm zunächst lauter biblische Motive, wie er sie auch aus vielen anderen Kirchen bereits kannte. Christus, sitzend auf einer Weltkugel, in der Kleidung eines römischen Kaisers. Petrus, an seiner Seite, der von ihm die

Schlüssel erhält. Oder: Christus, stehend, in leichter Bewegung, wie ein noch jugendlicher Wanderer. Und Petrus, an seiner Seite, der von ihm das Gesetz empfängt. Lämmer, Hütten und Palmen, der irdische Mittelmeerraum, als kleine Kulisse.

Im Umgang aber ging es dann los, und er konnte kaum fassen, was er da sah: Mosaike in den leuchtendsten Farben, und so verschwenderisch, als wäre man nicht in ein Grabhaus, sondern in das Haus eines großen Lebensfestes geraten. Die biblischen Motive waren denn auch plötzlich verschwunden, und man sah Unglaubliches: bunte Papageien, aber auch Pfauen und Fasane, denen gegenüber die Tauben und Hühner fast hilflos wirkten. Kunterbunt daruntergemischt, wie auf einer großen Tafel, dann lauter Früchte: Feigen, Melonen, Trauben, Granatäpfel, Orangen, Zitronen. Und neben und zwischen ihnen lauter Trinkgefäße sowie kostbare Schalen und kleine Öllampen.

Das alles war aber nicht nach bestimmten Perspektiven geordnet, sondern schwirrte herum, wie von einem gewaltigen Sturm durcheinandergebracht. Einige Ähren, nur sparsam gebündelt, wollten anscheinend etwas Ordnung in diesen Sturm bringen, doch es gelang ihnen nicht. Und so schwebten auch sie in einer seltsamen Schwerelosigkeit vor dem Weiß des Grundes, als spielte das alles irgendwo weit oben im Weltall. Ja, genau das war der Eindruck: Als erlebte man eine Szene im Weltraum, befreit von jeder Schwerkraft und anderen irdischen Fesseln. Losgelöst zu einem einzigen rauschenden Wirbel, voll des Glücks der Befreiung.

Auf einem zweiten, größeren Mosaik erkannte er dann Szenen der Weinernte. Fleißige, kleine Eroten fuhren die geernteten Trauben zu einer Kelter und stampften sie auch gleich mit nackten Füßen. Über ihren Köpfen aber öffnete sich wieder das All. Wild schlangen sich Weinranken durch das Weiß des Hintergrunds. Einige Eroten kletterten an ihnen hinauf, und Vögel durchflatterten das Dickicht oder pickten hier und da an den Trauben.

Er kann sich nicht sattsehen an diesen so besonderen und einzigartigen Mosaiken, und er hat allmählich auch verstanden, warum. Sie haben nämlich, wie er nach einiger Zeit festgestellt hat, eine Tendenz hin zur Musik. Ja, sie wirken durch ihre Loslösung von Perspektive und Schwerkraft wie ein Cluster. Großes Orchester, immerzu dieselben Tonfolgen variierend. Und in diese Orgien hinein, auf- und abtauchend wie Signalleuchten im stürmischen Meer: Elektronische Musik!

Könnte er so etwas komponieren? Nein, leider nicht, aber er könnte einem guten Komponisten ein paar Hinweise geben, ja, er hätte da einige durchaus präzise Ideen. (Ob die Komponistin aus dem Schwäbischen dafür empfänglich ist? Eher nicht, aber er kann sich auch irren. Der junge Spund aus dem Pfälzischen dagegen, den könnte er einmal hierher entführen. Vielleicht schriebe er dann kurze *Momenti costantiensi*, jedes *Momento* gerade mal drei Minuten lang und zwölf Stück hintereinander. Wegen der selbstverständlich tiefen Zahlensymbolik. Und weil Zahlensymbolik sich in Musikstücken immer gut macht.)

Hier, in *Santa Costanza*, überfällt ihn also ein (ha!) »interdisziplinärer« Impuls. Dabei wäre es doch eigentlich *seine* Aufgabe, diese Mosaiken kunstvoll zu bedichten. Das aber hält er für ganz und gar ausgeschlossen. Niemals. Auf gar keinen Fall. Und warum nicht? Weil weil weil … – er kann es nicht genau begründen. Er spürt nur, dass es einfach nicht geht. Diese himmlische Schwerelosigkeit wehrt sich gegen ein ödes Vers- und Strophengemurmel. Große, rauschende Cluster lassen sich nicht in Verse pressen. Die Tendenz hin zu weiter Musik widerstrebt dem lyrischen Puzzeln. Vielleicht hätte Stefan George so etwas noch gekonnt und gepackt. (Nach längerem Nachdenken: Nein, wahrscheinlich doch nicht. Denn auch und gerade Stefan George hat sich beim Bedichten von Sarkophagen, Tempeln und Domen manchmal ganz übel verhoben …)

Den Rhythmus finden 6

Abends geht er häufig ins *Uve e forme.* Er bestellt immer andere Sorten Käse und trinkt immer einen anderen Wein, genau zwei Gläser. Setzt er sich vorn in den Thekenbereich, kommt er fast jedes Mal mit einer zweiten Einzelperson ins Gespräch. Inzwischen kennt man ihn schon, und die Begrüßungen durch das Personal werden von Mal zu Mal herzlicher.

Er probiert einen leicht salzigen *Pecorino del pastore* (aus Schafsmilch) oder einen *Marzolino*, ebenfalls ein Hirtenkäse aus der Region *Lazio* (vor allem aus Ziegenmilch). Er isst den Käse sehr langsam, in winzigen Mengen, und er trinkt dazu immer einen ebenfalls kleinen Schluck Wein. Um sich einen Überblick über die guten Weinsorten zu verschaffen und Informationen über ihren Anbau zu erhalten, blättert er im neusten *Gambero Rosso,* der die besten *Vini d'Italia* vorstellt. Solche Bücher liegen im *Uve e forme* in großer Zahl aus, Bücher über Brot, Wein, Käse und Öl.

Er hat Zeit, er will nicht irgendetwas essen, sondern etwas aus dieser Region, das er genauso gut kennenlernen will wie die Mosaiken in *Santa Costanza*. Und wie zu den Mosaiken, die er mit dem Fernglas geduldig und immer wieder studiert, macht er sich auch zu Käse und Wein kurze Notizen. Seine Gesprächspartner vorn an der Theke amüsiert das, sie nennen ihn den »fleißigen Deutschen« (er hält sich selbst aber gar nicht für fleißig, fleißig will er nicht sein, wohl aber gründlich). Er grinst dazu kurz und fragt weiter nach, die meisten Weintrinker hier kennen sich exzellent aus, besser und genauer als der *Gambero Rosso.*

Fast alle haben nämlich Verwandte in der Region, die noch Wein anbauen oder etwas Landwirtschaft betreiben. Und viele hatten Vorfahren, die noch in der weiten Campagna rings um Rom wohnten und die Verbindung zu diesen Ländereien nie verloren. Mit halber Seele sind sie römische Großstädter, barock, vital und neugierig, mit der anderen Hälfte aber sind sie noch Bewohner des Umlandes, Agrarier, zäh und ausdauernd. Beides ergänzt sich sehr gut, und er ist oft erstaunt, wenn er Männer seines Alters genauso interessant von den Problemen des römischen Busverkehrs wie vom *Frascati*-Anbau in der Region des antiken *Tusculum* sprechen hört.

Es kommt aber auch vor, dass er allein an der Theke sitzt und still in den ausgelegten Büchern liest. Manchmal trinkt er dann auch noch ein drittes Glas Wein. Er mag es, wenn der Essraum im *Uve e forme* voll ist und an den kleinen Tischen Gespräche in hohem Tempo verlaufen. Am liebsten würde er diese in Hochform plaudernden Redner mit all ihren Posen fotografieren. Auch für ihn selbst gehören zu einem guten und gelungenen römischen Tag ja immer einige Gesprächszeiten mit den Bewohnern des Viertels. Mittags, auf der Piazza Bologna, und abends, hier im *Uve e forme* oder in einer anderen *Enoteca*, da unterhält er sich gern. Dem Tag und der Gegenwart aktuellen Stoff entnehmen, Geschichten, Hintergründe, Verweise. Damit das gelingt, muss er zuvor zumindest eine halbe Stunde eine Zeitung durchblättern. Dann hat er Stichworte genug auf Lager, die sich in den Gesprächen wiederum vertiefen lassen. (Auch Gespräche sollten vorbereitet sein, wie Improvisationen, die auch nur glücken, wenn sie vorbereitet sind.)

Seit er in Rom angekommen ist, spricht er viel mehr mit den Einheimischen als mit den anderen Stipendiaten. Er hat sich sogar schon dabei ertappt, ihnen vor lauter innerer Ungeduld nicht mehr zuhören zu können, wenn er einer oder einem von ihnen begegnet. Er hat die Vermutung, dass man ihm so etwas ansieht, sie müssen doch bemerken, dass er sich bei vielen Stipendiatengesprächen (über das römische Wetter, die römischen Sitten, die römischen Geschäfte, den römischen Verkehr) langweilt. Das meiste glaubt er schon viele Male gehört zu haben. Es handelt sich um sehr ungenaue Beobachtungen oder um wenig Konkretes, das lustlos dahererzählt wird, um den Eindruck von Beschäftigung mit der Fremde zu erwecken. Als könnte man sich auf diese Weise beruhigen, als hätte man gerade mal kurz mit einem kleinen Schwamm über die Windschutzscheibe gewischt.

Soll er sich so etwas anhören, tritt er von einem Fuß auf den andern. Ein solches Reden enthält nur sehr selten wirklich Neues und wirkt abgestanden. Es ermüdet ihn, sodass sich seine Bewegungen ungewollt verlangsamen. Schließlich steht er schläfrig vor einem Studio und schleicht dann, als hätte er große körperliche Anstrengungen hinter sich, in sein Atelier. Es steht noch immer weitgehend leer, nur kommen alle paar Tage neue Bücher aus der Hausbibliothek hinzu.

Bewährt hat sich die Idee, in dem großen Raum spät in der Nacht einen Film zu sehen. Er hat sich einen Beamer geliehen und schaut sich alle paar Abende eine DVD an. Inzwischen hat er sich auf italienische Filme spezialisiert, die in Rom spielen. Er sieht sie in der Originalsprache und wenn möglich mit deutschen Untertiteln. Das hilft ihm bei seinen Italienisch-Übungen, ja, wirklich, mit der Zeit stellt er fest, dass sein Italienisch sich dadurch verbessert. Vor ein paar Wochen hätte er eine solche Behauptung noch bloß für eine Behauptung des guten Willens gehalten, fern jeder Realität. Es funktioniert aber doch, weil er jeden Film (mit einem Abstand von einigen Tagen) zweimal anschaut. Beim ersten Mal kommt er gerade so mit, beim zweiten Mal hat er die Zügel schon ein wenig besser in der Hand.

Das Filme-Schauen als gute Einstimmung auf Rom und Italien ist als Thema auch bei den Stipendiaten angekommen. Alle paar Wochen wird jetzt ein Film gezeigt, und man sitzt dann zusammen in großer Runde und kommentiert jede Szene. Er mag das Kommentieren überhaupt nicht und sagt während einer Vorführung kein einziges Wort. (Nicht entgangen ist ihm, dass auch die Malerin aus Studio Zehn kein Wort sagt.)

Fortschritte in der Annäherung an dieses ebenfalls relativ isoliert lebende Geschöpf hat es noch keine gegeben. Dabei sieht er sie durchaus dann und wann. Sie schiebt ihr Fahrrad den Weg vor den Studios entlang und grüßt ihn lächelnd, wenn sie durch das leicht geöffnete Tor seines Ateliers zu ihm hineinschaut. Sie bleibt aber nicht stehen, sondern geht weiter. Vielleicht will sie ihn nicht stören, weil sie sieht, dass er gerade ein Buch liest oder etwas notiert. Vielleicht interessiert sie sich aber auch nicht im Geringsten für ihn. Ein Lyriker aus Wuppertal?! Was soll sie mit einer solchen Erscheinung anfangen, die in Rom etwas geradezu Groteskes hat?

Einmal war er am späten Vormittag in der kleinen Jugendstilmarkthalle an der Piazza Alessandria unterwegs, wo er häufig einkauft (Obst, Salate, Gemüse). Er ging langsam durch die Reihen und entzifferte die Preisschilder, auf denen meist noch die Anbaugebiete der ausgelegten Waren notiert waren. Als er sich wegen eines Remplers zur Seite drehte, sah er die Malerin aus Studio Zehn plötzlich im hinteren Bereich der Halle, schräg gegenüber. Sie erkannte ihn nicht, nein, sie ging beinahe genauso langsam und geduldig wie er an den bunten Ständen entlang und schien (genau wie er) an den Texten auf den Preisschildern interessiert. Vielleicht bildete er sich das aber auch nur ein, denn viel wahrscheinlicher war ja, dass sie nicht die Texte, sondern vor allem die Farben interessierten. Vielleicht malte sie gewaltige Zucchini oder Auberginen auf hellblauem Grund. Er beobachtete sie jedenfalls eine Weile heimlich, ging aber nicht zu ihr hin. Es sah fast so aus, als wäre ihr Gang durch die Markthalle kein Einkauf, sondern Teil ihrer Arbeit, und bei der Arbeit wollte er niemanden stören, auf keinen Fall.

Am nächsten waren sie sich gekommen, als er an einem regnerischen Abend schon etwas früher als sonst ins *Uve e forme* geschlüpft war. Er hatte wieder an der Theke gesessen und im *Gambero Rosso* gelesen, und er hatte den typisch römischen Regen beobachtet, der ihn in seiner Gewalt schon oft überrascht hat.

Römischer Regen erscheint ihm nämlich mit keinem Regen in Deutschland vergleichbar. Er kündigt sich mit starken Windböen an und schickt zunächst nur ein paar lahme, flüchtige Tropfen, die dann aber sehr plötzlich, wie gehetzt oder getrieben, etwas Hartes und beinahe Brutales bekommen. Schließlich treibt der Wind die kraftvoller werdenden Tropfen zusammen, sodass ein böiger Regen entsteht. Ein solcher Regen schlägt richtig zu und zieht durch die Straßen mit einer Macht, dass man am besten sofort einen geschützten Platz aufsucht. Wie aus Schleusen oder Stauseen ergießt sich das Wasser, in flackernden, hin und her gondelnden Strömen, sodass in wenigen Minuten wilde und zickige Bäche die Bürgersteige fluten. Kein Regenschirm hilft bei solch einem Regen, denn er kommt nicht brav, reguliert. Vielmehr strömt und sprudelt das Wasser aus allen nur denkbaren und nicht erwarteten Richtungen, von der Seite, aber eben auch von ganz unten, aus den Kanälen und Schlünden unter der Erde.

Peter Ka blickte also kurz auf, als er den Beginn eines solchen Regens draußen vor der Tür des *Uve e forme* bemerkte. Da sah er, dass die Tür sich öffnete und die Malerin aus Studio Zehn hereinkam. Ihre Haare waren schon etwas durchnässt, aber sie hatte es gerade noch geschafft, sich vor dem mächtiger werdenden Unwetter in Sicherheit zu bringen. Sie kannte den Laden anscheinend noch nicht, denn sie schaute sich länger um. Mit

einiger Verzögerung wurde sie auch ihn gewahr, wie er vorne an der Theke saß und sie anstarrte. Sie lächelte wie meist und fuhr sich mit der rechten Hand durchs Haar, als wäre es ihr peinlich, den Raum mit nassen Haaren zu betreten. Er lächelte, grüßte zurück und erhob sich von seinem Platz. Nein, er ging nicht auf sie zu, aber er machte eine unmissverständliche Geste, indem er ihr den leeren Stuhl neben sich anbot. Sie lächelte wieder und kam sofort zu ihm, aber das Ganze verlief dann nicht wie von ihm erhofft. Sie klammerte sich nämlich einen kurzen Moment mit beiden Händen an die Lehne des leeren Stuhls und sagte dann: »Schade, aber ich habe wirklich gar keine Zeit. Ich muss zurück ins Studio. Ein andermal, ja?«

Sie wartete keine Antwort ab, sondern drehte sich sofort wieder um und ging dann wahrhaftig hinaus in den Regen. Sie ist wahnsinnig, hatte er kurz gedacht und sich dann korrigiert: Sie ist verdammt eigensinnig. »Ein andermal, ja?« Ja, ja und nochmals ja! Warum aber hatte sie ihm keine Zeit gelassen, das auch zu sagen? Warum hatte sie unbedingt diesen raschen Abgang hinlegen müssen? Aber noch schlimmer. Als wollte sie ihren exzentrischen Abgang noch toppen, hatte sie sich am Eingang einen Regenschirm genommen. Irgendeinen, den nächstbesten, den sie im dicht gefüllten Schirmständer zu greifen bekam. Sie hatte sich nicht einmal umgeschaut, und erst recht hatte sie nicht gefragt, wem dieser Schirm gehörte. Sie hatte sich ihn geschnappt und war dann nach draußen verschwunden, so, als wäre es ihr gutes Recht, sich jederzeit und überall einen Regenschirm zu greifen.

Als sie fort war, hatte er lachen müssen, so skurril hatte ihr Auftritt gewirkt. Doch nach dieser kurzen Verwunderung hatte ihn das alles geärgert und sogar leicht verstimmt. Er hatte keine Lust mehr gehabt, vorn, an der Theke zu sitzen, und so hatte er diesen bei römischem Regenwetter geradezu idealen Ort aufgegeben und war nach eiligem Bezahlen einfach nach draußen gegangen. Mitten hinein in diese unflätigen Nassduschen und hemmungslosen Überflutungen! Nein, *er* hatte sich keinen Schirm genommen, denn er wusste ja, dass Schirme bei römischem Regen nur eine lächerliche Dekoration waren. Man konnte diesen Regen nicht abwehren oder sich vor ihm schützen, man musste ihn aushalten. Wie eine harte Strafe dafür, dass diese Stadt eine Spur zu überheblich und größenwahnsinnig war.

All das liegt nun auch schon eine Weile zurück, und er hat versucht, es zu vergessen. Wollte er seinen Zustand beschreiben, so würde er sagen, dass er sich gut eingelebt hat. Er schreibt noch immer keine neuen Gedichte, aber er notiert viel und macht auf sich selbst den Eindruck eines Lyrikers bei der Arbeit. In wenigen Tagen wird es einen Rundgang der Stipendiaten durch die Studios geben, bei dem jeder Stipendiat seine Projekte den anderen Stipendiaten vorstellt. Das ist für ihn insofern kein Problem, als er einige seiner alten Gedichte vorlesen und dann etwas Theoretisches über »Kurze Gedichte« sagen wird.

Anhand von zwei oder drei sehr bekannten Gedichten der lyrischen Tradition wird er nämlich zeigen, wie sie nach gutem Start im Sand verlaufen. Durch eine unnötige, fatale Länge. Den leichten und schwerelosen Anfang verspielt, einfach in Metrum und Rhythmus weitergedrechselt, bis sich alles in lyrisches Kompott verwandelt. Er wusste genau, dass solche Bemerkungen die Zuhörer sehr irritierten (er hatte das schon während mehrerer Lesungen getestet). Selbst gut informierte Lyrikkenner bekamen etwas Nervöses und Oppositionelles, wenn sie ihn so respektlos über Gedichte von Goethe oder Mörike reden hörten. Gerade das reizte ihn aber an der Sache, und so hielt er an seiner Poetik der Kürze fest. Er würde sie allerdings nicht wortreich gegen Einwände verteidigen. Was er gesagt hatte, hatte er gesagt, Wiederholungen von Argumenten entsprachen nicht seinem Ideal der Kürze.

Nach diesem Rundgang der Stipendiaten ist dann wohl bald die abendliche Veranstaltung der *open studios* dran. Dazu ist Publikum geladen, und meist kommen bei dieser Gelegenheit anscheinend viele Besucher aus ganz Rom und hören sich an, was der frische Stipendiatenjahrgang präsentiert. Er ist noch dabei, seinen Auftritt zu planen, denn es ist ausgeschlossen, dass er an einem solchen Abend seine alten Gedichte vorliest und sich über die unstimmigen Längen noch älterer, jahrhundertealter Gedichte mokiert. Nein, das wird nicht gehen. Er will sein Atelier vielmehr wie eine Installation präsentieren. Das Wuppertal bei der Arbeit in Rom. Einen vorläufigen Titel für das Projekt hat er schon: *R – W. Eine Berührung.*

Auftreten

Auftreten 1

Ganz unerwartet, dann aber unübersehbar erscheint auf dem Gelände der Ehrengast. Peter Ka weiß anfangs nur, wie er heißt und dass er ein Schriftsteller ist. Er kennt den Namen, hat aber noch nie etwas von diesem bereits älteren Mann gelesen. Seltsam ist, dass er ihn seit seinem Erscheinen nun fast täglich sieht. Der Ehrengast durchwandert das gesamte Gelände immer aufs Neue, in einer unnachahmlich langsamen Art. Er trägt einen Strohhut und ein weißes, etwas zu weites Hemd, eine beige Leinenhose mit einigen deutlich sichtbaren Falten und die schönsten Schuhe, die Peter Ka seit Langem gesehen hat. Im Grunde besteht das Bild, das der Ehrengast von sich entwirft, vor allem aus diesen Schuhen, einem schimmernden Hellbraun und einer Gediegenheit und Festigkeit, die ihrem Träger einen sofortigen Eintritt in die Salons der besten Kreise verschaffen würden.

Das Gehen und Herumstreifen des Ehrengastes ist etwas, das Peter Ka immer wieder heimlich beobachtet. Der langsam Schreitende und »Wandelnde« (in diesem Fall passt das entsetzliche Wort) hält ein schmales Buch in der linken Hand, in dem er manchmal mit einer tief nachdenklichen Miene liest. Eine halbe Minute, nicht länger, vertieft er sich in ein paar wenige Zeilen, sodass Peter Ka sicher ist, dass es ein philosophisches Werk ist. Nietzsche? Konfuzius? Oder gar Platon? Er wüsste zu gern, um welches Werk es sich handelt, auch das Buch ist von einer so gepflegten Erscheinung, dass man es sofort berühren und seine Aromen inhalieren möchte. Dunkelrotes Leinen mit weißen

Buchstaben, ein Buch, das man nicht liest, sondern ausschlürft, wie schweren Wein.

In den Lektürepausen bleibt der Ehrengast häufig für wenige Minuten stehen und schaut. Die hohen Zypressen und Pinien in seiner Nähe verwandeln sich in solchen Momenten in alte Freunde. Er scheint sie alle seit Jahrzehnten zu kennen, es ist, als kämen sie aus seiner Liga, aus dem Kreis derer, die Bescheid wissen, wie es steht mit der Welt und worauf es ankommt. Ja, das ist das Wunderbare an diesem bereits älteren Mann: Er scheint Bescheid zu wissen, endgültig und für immer, sodass er all das Gerede darüber, dass der Mensch zur »tiefsten Wahrheit« nie finden wird, nur noch verachtet.

Die »tiefste Wahrheit« besteht für ihn in der genauen Kenntnis von den ästhetischen Valenzen der Welt. Er weiß genau, wo man dieses schimmernde Hellbraun der Schuhe herbekommt und von wo das Dunkelrot eines Buchcovers. Seit Jahrzehnten hat er die Welt nach solchen Feinheiten durchstöbert, und jetzt hat sie sich für ihn gerundet, wie ein edler Kosmos, in den er täglich mit großem Behagen und gelassener Zufriedenheit eintritt. Schon frühmorgens singt es in ihm, leicht, säuselnd, *a cappella*, Peter Ka ist sehr irritiert, dass er diese Schwingungen selbst aus der Ferne noch mitbekommt, als wäre der Ehrengast ein Wohlgefühl ausstrahlender Sender, der auf dem außergewöhnlichen Gelände der Villa zur Hochform aufläuft.

Denn diesem Mann (und das ist für jeden Außenstehenden unübersehbar) kommt genau dieses Gelände entgegen. Es ist nicht nur für ihn geschaffen, sondern es ist sein Gehege, das er im Grunde gar nicht mehr zu verlassen braucht. Was soll er außerhalb, draußen, auf diesen oft verlodderten Straßen, mit all ihrem Lärm und ihrem Vespa-Schnickschnack? Eigentlich müsste er sich in einer Sänfte mit zugezogenen Gardinen durch Rom tragen lassen, um nur an den exquisitesten Plätzen auszusteigen und sofort in der Dunkelheit eines Palazzo zu verschwinden. Dort würde er mit römischen Patriziern einige Worte wechseln, sich zwei, drei alte Gemälde anschauen, ein Glas Wein trinken und sich später nebenbei adeln lassen. Adeln im römischen Sinn, als Connaisseur. Versehen mit der höchsten Auszeichnung, die römische Patrizier zu vergeben haben: der vergoldeten römischen Wölfin.

Peter Ka war anfänglich sicher, dass der Ehrengast in seinem geräumigen Studio im Haupthaus allein lebt. Abseits von den Stipendiaten, in der Nähe der Direktion, der er alle paar Tage einige kleinere Zettel mit lauter extravaganten Beobachtungen zukommen lässt. Er überbringt sie nicht selbst, denn natürlich vermeidet er es, die Treppe im Haupthaus Schritt für Schritt hinaufzusteigen, um im Obergeschoss dann vielleicht von niemandem sofort und auf der Stelle empfangen und begrüßt zu werden. Deshalb hält er Kontakt mit einer jungen Praktikantin, die seine Meldungen und Offenbarungen persönlich von ihm erhält und dann hinauf, ins Allerheiligste, tragen muss.

Die junge Praktikantin behandelt er mit einer Freundlichkeit, die dieses frische, lebenslustige Wesen gar nicht gewohnt ist. Die Stipendiaten gehen jedenfalls nicht so mit ihr um, höchstens die anderen Büroangestellten im Haupthaus. Die Kontakte mit dem Ehrengast übertreffen aber selbst diese Nettigkeiten, denn sie kreisen um immer neue Themen, die der ältere Mann unversehens aus dem Zauberhut seiner Kenntnisse zupft. Wofür Pinienöl gut ist. Wie die alten Römer Honig anrührten. Warum es auf diesem Gelände kaum Vögel gibt. Wie man herumstreunende, freiheitsliebende Katzen an sich gewöhnt.

Der jungen Studentin (Italianistik, Kunstgeschichte, Kulturmanagement im fünften Semester) steht jedes Mal der Mund ein wenig offen, wenn sie das Studio des Ehrengastes verlässt. Was für ein feiner, gut gelaunter und gepflegter Mann! Und wie er

duftet! Als hätte er sich schon im Morgengrauen in Wolken von Duschschaum gesalbt und das noch straffe Gesicht leicht tätschelnd mit kühlen Tupfern von Rasierwasser verwöhnt. Rasierwasser aus den Ländereien der römischen Umgebung, mit dem Odeur von regendurchtränkter Schafwolle. Mit so einem Mann würde sie auch gern zusammenleben, aber natürlich nicht jetzt, sondern in einigen Jahrzehnten, spätestens ab dem Fünfzigsten. Sie würde ihn auf seinen Touren durch die Welt begleiten und ihm, wie man so sagt, »den Rücken freihalten«.

Erst einige Tage nach der Ankunft des Ehrengastes hat Peter Ka dann bemerkt, dass er gar nicht allein in seinem Studio lebt. Es gibt nämlich eine weibliche Begleitung von nur schwer zu bestimmendem Alter. Vielleicht ist sie gerade vierzig geworden, vielleicht ist sie aber auch erheblich älter. Sie trägt lange, monochrome Kleider mit sehr wenig Schmuck. Eine Holzkette, ein Armreif, eine Haarnadel, wenn sie denn die Haare hochgesteckt hat. Meist ist das nicht der Fall, meist hängen sie fließend und lang und verteilen sich wie sorgfältig geeggte Feldstreifen auf ihrem Rücken.

Nie begleitet sie den Ehrengast während seiner Wege auf dem Gelände der Villa. Sie verlässt das Studio und eilt gleich zum Ausgang, sie verschwindet, als führte sie ein eigenes Leben und als träfe man sich später unten, im Zentrum der Stadt, an Plätzen, von denen niemand sonst wissen darf. So bekommt man die beiden kaum zu zweit zu sehen, nur einmal war das der Fall gewesen, und Peter Ka hatte die denkwürdige Szene genau beobachtet. Sprachlos waren die beiden nebeneinander hergegangen, langsam und schlendernd, wie nach einem mittelschweren Streit. So hatte es jedenfalls ausgesehen, obwohl Peter Ka sich nicht vorstellen konnte, dass die beiden zu so etwas fähig waren. Nein, auf gar keinen Fall, er hatte sich getäuscht, wahrscheinlich hatten sie zuvor so viele gewichtige Worte miteinander gewechselt, dass nun etwas Stille geboten war. Oder sie vermieden es, auf dem Gelände der Villa miteinander laute Worte zu wechseln, um von niemandem interpretiert zu werden.

Das war es wohl: Die beiden wollten nicht interpretiert werden, sondern einfach für sich sein. So suchten sie auch zu den Stipendiaten keinerlei Kontakt, sie lebten in ihren eigenen Sphären, die sie allen aufdringlichen Blicken entzogen. Wahrscheinlich lasen sie sich hinter den oft zugezogenen Vorhängen ihres Studios Abend für Abend etwas vor, oder sie hörten gemeinsam Gesänge von Monteverdi oder Orlando di Lasso, möglich war aber auch, dass die weibliche Begleitung unbestimmten Alters in diesen Stunden zeichnete oder malte. Oder (kühner Gedanke): Sie war die Tochter des Ehrengastes! Das einzige, seit den frühsten Tagen mit allen Bildungswassern des Abendlandes verwöhnte Kind!

Ach, seit der Ankunft des Ehrengastes interessierte sich Peter Ka für kaum jemanden auf dem Gelände so sehr wie für diesen Menschen. Er hätte sich gerne einmal mit ihm unterhalten, aber er kam einfach nicht an ihn heran. Einmal hatte er ihn unten im Haupthaus im Brunnensaal sitzen sehen, eine deutsche Tageszeitung durchblätternd. Peter Ka hatte diesen Raum sofort aufgesucht, die beiden hatten sich kurz gegrüßt, dann aber hatte der Ehrengast seine Zeitung mit einer kurzen Geste der Übermüdung oder Verachtung auf den Zeitungstisch zurückgeworfen, um den Raum gleich zu verlassen. Als wäre es unzumutbar, in Gegenwart eines anderen (und noch dazu eines jungen Lyrikers aus Wuppertal) zu lesen. Oder als müsste deutlich gemacht werden, dass deutsche Tageszeitungen wahrhaftig nicht seine eigentliche Lektüre waren.

Ein Mann wie er las sicher mindestens einmal in der Woche Zeilen von Dante oder Petrarca, obwohl er keine Lyrik schrieb. Er schrieb Romane und Essays, die in der Hausbibliothek auch vorhanden waren. Peter Ka wollte sie aber nicht lesen, nein, er wollte dem Ehrengast nahe bleiben, ohne zu viel von ihm zu wissen. Und so begann er, über diesen seltsamen Menschen, der nun einige Monate auf dem Gelände leben würde, Notizen zu machen. Wie er sich kleidete. Wann er ihn »wandeln« sah. Was er wohl aß und trank. Wie er sich (nur vermutet) mit seiner schönen Begleitung unterhielt. Vielleicht spanisch? Oder französisch? Ja, auch das war nicht ausgeschlossen und musste zumindest angedacht werden: ob diese schweigsame Frau vielleicht gar keine Deutsche war. Eine solche Vermutung hatte einiges für sich, mit der Zeit nistete sie sich in Peter Ka ein. Eine Russin? Eine Kroatin? Oder eine Frau aus der französischen Schweiz?! Nach einigem Nachdenken tippte Peter Ka auf »französische Schweiz«, aber er hätte niemandem erklären können, wie er genau darauf gekommen war.

Auftreten 2

Dann kommt es endlich zum Rundgang der Stipendiaten. Inzwischen kennen sich die meisten recht gut und haben bereits unzählige Male in den verschiedensten Konstellationen miteinander gesprochen. Die künstlerische Arbeit jedoch spielt in diesen Gesprächen kaum eine Rolle, fast alle gehen mit solchen Informationen vorsichtig um, als könnten sie sich verraten oder etwas ausplaudern, das ihre Arbeit bloßstellen würde. So waren bisher nur die Architekten offen und auskunftsbereit, sie hatten nichts zu verbergen, sondern konnten – im Gegenteil – mit all den vielen Daten, die ihre Arbeit begleiten, vorteilhaft prunken.

Das geschwisterähnliche Architektenpaar aus dem Fränkischen legt zu Beginn des Rundgangs denn auch munter los und zeigt an einer weißen Querwand des Studios lauter Skizzen des Jugendzentrums südlich von Nürnberg. Angeblich geht es darum, den praktischen Erfordernissen eines solchen Zentrums so gerecht zu werden, dass sie sich in einer gewissen Ästhetik auflösen und unaufgeregt zur Ruhe kommen. Plastizität, das Gebäude als jugendlicher Körper, in dem sich die Jugendlichen mit ihren leibhaftigen Körpern wiederfinden.

Wiederfinden, sich wiederfinden, etwas (meist Bedeutendes) wiederfinden – das ist die immer wiederkehrende Leitvokabel ihres Vortrags, den sie zusammen zelebrieren, indem jeder von ihnen zwei, drei Minuten spricht und dann an den neben ihm stehenden Partner übergibt. Mit einem kurzen Lächeln, das Peter Ka, wie man so sagt, »durch Mark und Bein« geht. Nicht für alle Rompreise der Welt möchte er von einer Partnerin so angelächelt werden, und das erst recht nicht, wenn es doch bloß um Stützsäulen, fragmentarische Bögen und dehnungskonforme Regenrinnen geht.

Zum Glück begleitet der Direktor der Villa den Rundgang. Als ein auch in psychologischen Dingen erfahrener Mann weiß er, worauf es ankommt: »Danke für diesen interessanten Vortrag« zu sagen und darum zu bitten, ins nächste Studio zu ziehen. Bitte keine langen Debatten und Unterredungen, jeder Stipendiat hat hier maximal zwanzig Minuten, dann sollte er sein Vortragslatein präsentiert haben.

Die Gruppe zieht denn auch langsam und flüsternd hinter ihm her, rasch werden ein paar Boshaftigkeiten ausgetauscht, und der bildschöne Komponist aus dem Pfälzischen fragt Peter Ka grinsend, wo *er* sich denn so überall »wiederfinden« möchte. »Im römischen Frühling«, erhält er zur Antwort, was den Komponisten einen Moment irritiert. Vielleicht glaubt er jetzt, Peter Ka habe keinen Humor oder vertrage keine Witze, doch das stimmt natürlich nicht. Aber er möchte auch nicht, dass man diesem

Rundgang von vornherein einen Stempel aufdrückt. Marke: Das geht mich alles nichts an. Oder: Das hier ist sowieso nur saukomisch.

Klar wird dann auch, womit der bärtige Architekt aus Hamburg beschäftigt ist: mit einem gigantischen Ausstellungspavillon für VW, der auf irgendeiner Automesse für vierzehn Tage zum Einsatz kommt. Danach wird er in Wolfsburg in einen Kinderhort für Werksmitarbeiter verwandelt. Der bärtige Architekt braucht in seinem ruhigen, sonoren Tonfall nicht darauf hinzuweisen, dass es sich um ein schwieriges, anspruchsvolles Projekt handelt, das mit der Aufgabe, ein schlichtes Jugendzentrum südlich von Nürnberg zu bauen, nicht zu vergleichen ist. Der weibliche Part des jungen Architektenpaars aus dem Fränkischen nagt daher während dieses extrem kurzen Vortrags mit den Schneidezähnen massiv an der Unterlippe, während das Projekt Jugendzentrum, ohne noch länger erwähnt zu werden, langsam in eine sehr ferne Villenumlaufbahn gerät. Für so etwas, das ist in dieser Minute vollkommen klar, wird sich in diesem Stipendiatenjahr niemand außer den beiden Franken selbst noch interessieren.

Peter Ka fragt sich, wie sie mit dieser Niederlage umgehen werden. Er braucht aber nicht lange nachzudenken: Sie werden noch während ihres Rom-Aufenthalts ein Kind zeugen. Und das Kind wird genau dann zur Welt kommen, wenn das Jugendzentrum fertig ist. Zur Einweihung wird es die Ehrengäste begeistern und ein paar kreischende Laute ausstoßen, und die junge Architektin wird es auf den Arm nehmen und an ihren Mann weiterreichen, mit einem Lächeln, das niemandem mehr »durch Mark und Bein« gehen, sondern von den Zuschauern als »rührend« eingestuft werden wird.

Die Auftritte der beiden Stipendiaten aus der Sparte Musik gleichen sich sehr und sind auch vergleichbar langweilig. Der schöne Spund aus dem Pfälzischen setzt sich ebenso wie die schwäbische Komponistin (mit eventueller Internats- und Klostervergangenheit) an ein Klavier. Sie spielen beide ein paar sehr kurze Stücke, und sie nennen danach höchstens die Titel, um dann auf einige Vorbilder zu verweisen. Seltsam auch, dass beide betonen, sich ungern zu ihrer Musik äußern zu wollen, Musik sei mehr als Worte, sagt der junge Pfälzer und fährt sich bei diesem Satz heftig mit der Rechten durchs schwarze Haupthaar. Die schwäbische Variante dieses Axioms zielt darauf, dass die Musik zuerst eine Sprache der Natur, der Dinge und des Kosmos und erst in zweiter Linie eine Sprache des Menschen sei. »Na bitte«, denkt Peter Ka und gibt sich recht: In der schwäbischen Komponistin steckt eine Theologin.

Das Grausen packt ihn dann aber, als man im Studio des dicken Romanciers ankommt. Bis in den letzten Winkel ist es vollgestellt, mit prall gefüllten Taschen, Tüten und lauter Klimbim, als wäre es eine Abstellkammer. Der gewichtige Autor scheint diese Verscheußlichung aber gar nicht zu bemerken, er nimmt vielmehr sofort auf einem beängstigend luftigen Klappstühlchen Platz und liest ein, wie er sagt, »gerade fertig gewordenes Kapitel« seines neuen Romans. Während er liest, beugt er den schweren Oberkörper laufend nach vorn und nach hinten, sodass auch das Stühlchen in befremdliche Schwingungen gerät. Alle schauen dieser Angespanntheit zu, es ist kein erfreulicher Anblick, vor allem verhindert diese Motorik, dass man den Worten des Meisters folgt. Man überhört sie und gerät ins Glotzen: Was treibt dieser Typ gerade da, und warum um Himmels willen schreibt er an einem langen Roman, der an der Ostseeküste unter lauter Extremschwimmern spielt? Hat dieser Mann eine Ahnung vom Schwimmen oder gar vom Extremschwimmen? Eindeutig nein. Und was ist das überhaupt für ein Roman? Etwas Historisches? Etwas Gesellschaftliches?

Als der Vortrag vorbei ist, sagt er nur noch, dies sei ein Roman über Wellen und damit auch ein Roman über das Meer, keineswegs aber ein Roman über ein südliches Meer wie die Adria, sondern ein Roman über ein nördliches Meer wie die Ostsee. Im Grunde aber gehe es nicht pauschal um das Meer, sondern »um die Erfahrung der Welle«. Da begreifen alle, dass er sich vielleicht wegen dieser »Erfahrung der Welle« laufend hin und her bewegt hat, er hat ein wenig »Welle« gespielt, dieses Spiel aber selbst gar nicht bemerkt. Spricht das nun für seinen Text oder dagegen?

Beim Verlassen des Studios fragt der pfälzische Komponist Peter Ka, was er von diesem Ostseeroman hält. »Das ist Dünnpfiff«, antwortet Peter Ka und redet unbeirrt weiter: »Das ist klebriger, schwammiger, auf den Wellen der Ostsee treibender Romandünnpfiff!« Der Komponist erstarrt einen Moment, auf so etwas Scharfes war er nicht gefasst. Er versucht zu lächeln, doch das Lächeln missrät ihm, vielleicht denkt er darüber nach, wie Peter Ka wohl seine *Vier römischen Scherzi op. 23a* etikettieren würde.

Danach ist »unser Lyriker aus dem Wuppertal« (der Direktor) dran. Peter Kas Studio ist vollkommen leer, kein einziger Gegenstand steht im Weg, für diesen Anlass hat er alles beiseitegeräumt. Es gibt nur einen kleinen weißen Tisch vor einer Querwand. Peter Ka setzt sich auf die Vorderkante und nimmt seine Notizen zur Hand. Er liest zunächst zwei kurze Lieder von Stefan George und zum Schluss sein George'sches Lieblingslied: *An baches ranft/ Die einzigen frühen/ Die hasel blühen./ Ein Vogel pfeift/ In kühler au./ Ein leuchten streift/ Erwärmt uns sanft/ Und zuckt und bleicht./ Das feld ist brach·/ Der baum noch grau../ Blumen streut vielleicht/ Der lenz uns nach.*[32]

Er liest ruhig, nicht zu betont, kein Singsang, sondern ein schreitendes, selbstverständlich wirkendes Mitgehen mit diesen Silben. So vermeidet er das bedeutsam tuende Bronchialröcheln, das viele Lyriker überfällt, wenn sie ihre Sachen vorlesen. Bleiern, staubschwer, als versenkten sie sich in die Bodensätze der Welt. Nichts ist ihm verhasster als dieses Getue. Gottfried Benn hat es vorgemacht, und selbst Ingeborg Bachmann hat diesen Altmännerwortschmelz kopiert. Weit ab vom normalen Sprechen, ein Daherschreiten auf lyrischen Stelzen im Basso continuo.

Als er die letzte Zeile ausklingen lässt, ist es sehr still. Er belässt es eine Weile dabei. Stille. Da hineinhorchen. Dann spricht er mit leiser Stimme in wenigen Sätzen von seinem »Ideal der Kürze«. Dass er das Langgedicht nicht mag, weil es die Lyrik verwässert habe. Dass es in einem Gedicht auf jede Silbe ankomme und dass jedes Gedicht sich selbst im Prozess seiner Entstehung die genaue Zahl von Silben vorschreibe. Dass ein erfahrener (und damit hochmusikalischer) Zuhörer die überflüssigen Silben sofort erkenne. Dass gute Dichtung genau, einfach und exakt sei und damit weder Wortgetüftel noch Stimmungstheater noch überhaupt irgendeine Verbiegung.

Gute Lyrik entstehe nur mit Hilfe höchster Musikalität. Das Furchtbarste, Schrecklichste, die Gattung Vernichtende seien daher unmusikalische Lyriker, die nicht einmal ahnten, wie unmusikalisch sie seien. Gehörlos. Ohne Sinn für Klang, Rhythmus und Phrase. Schwebearm. Lyrische Schnorrer und Monologisierer. Und von denen gebe es leider reichlich, mehr als man denke. Überhaupt seien mehr als fünfundneunzig Prozent der heutzutage veröffentlichten Lyrik überhaupt keine Lyrik. Sondern Wort- und Phrasentheater in Zeilen. Leicht verdampfende, aber sich gewaltig spreizende Wichtigtuerei. Abstrakte, ungenaue Wortwellness oder Anbiederung an falsche, undurchschaute Melancholien.

Es ist immer noch sehr still, als er das alles sagt. Er bemerkt, dass diese provozierenden Sätze durchaus wirken. Er hat sich ganz bewusst so schlicht und deftig ausgedrückt. Vor ihm stehen schließlich keine Kenner der Lyrik, sondern einfache Zuhörer. Zu denen muss man einprägsam sprechen. Sodass sie nicht gleich wieder vergessen, was er angedeutet hat. Eine gewisse Spannung soll nachhallen, ein minimaler Akzent: Die Arbeit an einem Gedicht ist mit der an einem Jugendzentrum südlich von Nürnberg nicht zu vergleichen. Und erst recht ist die Arbeit an einem Gedicht kein Angebot für die Öffnung emotionaler Schließmuskeln.

Aber wo ist die Malerin aus Studio Zehn? Wie reagiert sie? Peter Ka kann sie nicht entdecken, verdammt, vielleicht hat sie diesen Rundgang längst abgebrochen und sich in ihr Studio zurückgezogen, um sich auf ihren eigenen Auftritt vorzubereiten. Das würde genau zu ihr passen, »haargenau«, flüstert Peter Ka plötzlich in die Stille hinein, und seine Zuhörer lauschen: Was hat er denn nun wieder gesagt? »Haargenau«? Stimmt noch alles mit ihm?

Er beschließt seinen Auftritt mit drei Gedichten, die noch in Wuppertal entstanden sind. *Kacheln, bergisch 1-3* sind sie betitelt und bestehen jeweils nur aus wenigen Zeilen. Er liest sie in die Stille hinein und fügt nach einer erneut längeren Pause hinzu: »Demnächst mehr und ganz anderes, hier aus Rom.« Noch einmal ist es sehr still, und es kommt ihm so vor, als hätte er gerade eine kleine Bombe gezündet. »Anderes«, »demnächst«, »hier aus Rom« – das klingt vermessen und bestimmt, als hätte er schon so etwas wie einen lyrischen Schlüssel für diesen Aufenthalt gefunden. Etwas in seinen Augen Bahnbrechendes, eine »Umwälzung«.

Als die Gruppe sein Studio verlässt, drängelt der dicke Romancier sich in seine Nähe und fragt: »Welches Instrument spielst du denn so?« Er blickt pfiffig, als hätte er Peter Ka bei einer Schwäche erwischt oder als könnte er ihm nachweisen, sich vergaloppiert zu haben mit seiner Forderung nach absoluter Musikalität.

»Akkordeon reicht«, sagt Peter Ka, und als der Romancier ihn noch weiter anstarrt, setzt er hinzu: »Im Bergischen ist das Akkordeon ja beinahe zu Hause. Vielleicht interessiert dich das. Da könntest du einen Roman drüber schreiben.« Da sagt der Romancier nichts mehr, sondern weicht etwas zur Seite hin aus. Und dann steht der Gruppe der Höhepunkt dieser Führung bevor, der Auftritt der beiden Künstler: des Großmoguls aus Studio Neun und der Geheimnisvollen aus Studio Zehn!

Auftreten 3

Schon beim Betreten des Großmogul-Studios spürt Peter Ka, was für eine professionelle Nummer jetzt folgen wird. Der vierzigjährige Bildhauer, dessen Namen die halbe Kunstwelt bereits kennt, hat sein Studio minutiös ausgeleuchtet. In der Mitte steht ein großer, kreisrunder Tisch, auf dem einige Holzmodelle seiner Arbeiten ausgestellt sind. Im Grunde sind es winzige, höchstens zwanzig bis dreißig Zentimeter hohe Gebilde, zerklüftete, sich steil erhebende Torsi oder Gestalten, abstrakt natürlich, aber auch mit einer Anwandlung von Körperlichkeit. Öffnungen, Löcher, Streben – alles ist da, was zum einen an menschliche Leiber, zum anderen aber auch an Fassaden großer Kathedralen erinnert.

Der Meister bittet darum, sich »in loser Reihung« rund um den kreisrunden Tisch zu postieren. Er trägt die blaue Handwerkerkleidung, die er meist anhat, und macht – angesichts seiner enormen Berühmtheit – einen unerwartet sympathischen, lässigen Eindruck. Ja, er wirkt sogar freundlich, unbekümmert und etwas kindlich, als wäre er keineswegs vierzig, sondern noch ein blutjunger Anfänger, der sich gerade erst aus seiner Atelierhöhle herausgetraut hat.

Direkt neben ihm aber steht seine weibliche Begleitung (oder Lebensgefährtin? Oder Managerin?). Sie hat beide Arme hinter dem Rücken verschränkt, was ihr eine gewisse Strenge verleiht. Und sie blickt durch eine sehr auffällige Brille mit einem betont schwarzen Rabengestell ununterbrochen auf die kleinen Modelle, als wäre sie Mitglied einer Jury, die darüber zu entscheiden hat, ob das alles hier etwas taugt. Auffällig ist auch ihr rotes Kleid, es wirkt leicht fehl am Platz oder overdressed, andererseits ist es ein typisches Kleid für solche Gelegenheiten wie Kunstvernissagen oder Kunstmessen, bei denen sich die Besucher ja meist halbwegs Mühe geben, mit den ausgestellten Objekten ästhetisch mitzuhalten.

Wie sie so dasteht und starrt und hochkonzentriert wirkt, lenkt sie Peter Ka ab. Er muss sie dauernd anschauen, im Grunde ist sie durchaus eine starke Dominante in diesem Kreis. Mit anderen Worten: Er hat sie bisher unterschätzt und für eine Art Sekretärin des Meisters gehalten. Die im Lancia durch Rom fährt und Kontakte zu Galerien herstellt. Das aber ist sie wahrscheinlich nur teilweise, denn sie besitzt offensichtlich sehr viel eigene, autonome Power, und das in beträchtlichem Maß. Was ist mit ihr? Wie wird sie den Auftritt des Meisters begleiten?

Der Großmogul um die vierzig spricht von seinen kleinen Holzmodellen wie von niedlichen Errungenschaften, die auch in Kinderzimmern als Spielobjekte zum Einsatz kommen könnten. Er gibt ihnen kindliche Vornamen und wiegt seine Zuhörer in Sicherheit, wenn er vom Modell »Paule« als einem harmlos aussehenden »Gestell« spricht, das man sich durchaus (»zum Draufrumturnen«) auf Kinderspielplätzen vorstellen könnte. Dann grinst er und macht eine Pause, um den Schwenk hin zur großen Ästhetik und damit zum Kunstmarkt einzuleiten.

Denn selbstverständlich ist »Modell Paule« kein Objekt für Kinderspielplätze, sondern »die Verifikation einer Baumtextur«, die bald, in Bronze gegossen und etwas über sechs Meter hoch, auf einer Piazza in Verona stehen wird. »Verifikation«, »Baumtextur«, »Piazza«, »Verona« – mein Gott, Peter Ka schauert es richtig. Eine perfektere Reihenfolge von lauter Stimulanz-Worten ist ja kaum denkbar! Herrlich, wie aus diesen kleinen Modellen mit Hilfe einiger hingestreuter Reizvokabeln monströse Objekte der abendländischen Kunstgeschichte werden! Man sieht sie schon vor sich: in irgendeinem Kunstkatalog, schwarz-weiß, von einem Meisterfotografen auf der Piazza von Verona »in Szene gesetzt«.

Dieser Auftritt ist wirklich stark, Peter Ka empfindet einen großen Respekt. So etwas sitzt bis ins letzte Detail, selbst die Worte, mit denen sich die Künstler doch oft so lächerlich schwertun, passen und sitzen genau. Und daneben die klug durchdachte Beleuchtung. Kleine Strahler an den Wänden zielen auf die Modelle und lassen sie satte Mini-Schatten werfen. Als wären es Spielzeuge und als wären es andererseits kleine Traumwesen, die sich bald aus ihrer Traumstarre befreien und wachsen, recken und dehnen werden! Modelle im Aufbruch! Kunst im Werden!

Der Großmogul möchte noch etwas zu seinen anderen Modellen sagen, die alle bereits in Arbeit sind und alle bereits einen Platz für die Ewigkeit (in Verona, Berlin, Köln und selbstverständlich auch hier in Rom) gefunden haben. Er setzt auch schon an, zum zweiten Modell (»Das ist Lisa, meine Freunde, das ist die muntere Lisa, mein Mädchen«) überzugehen, als ihn die weibliche Begleitung in rotem Kleid unterbricht. Die ganze Zeit hat sie weiter die Modelle angestarrt und keinen Anwesenden auch nur eines Blickes gewürdigt. Und auch jetzt, als sie spricht, schaut sie niemanden an und erst recht nicht zur Seite, zum Meister, sondern redet, indem sie weiter die Modelle ins Auge nimmt.

»Bei Paule, wie du ihn nennst, würde ich im oberen Bereich noch etwas mehr Schwere zusetzen. Eine Spur. Eine Nuance. Das täte ihm gut«, so spricht sie. Es ist mucksmäuschenstill. Sollen diese Sätze bedeuten, dass sie den Meister jetzt und hier, vor allen anderen Stipendiaten, korrigiert? Ist das ihr Ernst? Korrektur? Kritik? Der Meister ist aber offenkundig kein bisschen verblüfft oder irritiert. Er starrt das fragliche Modell jetzt selbst laufend an, nickt, streicht sich mit der Rechten durchs Gesicht und sagt: »Du meinst, es darf sich nach oben hin nicht verlaufen?« Die weibliche Begleitung im roten Kleid nickt ebenfalls schwer und langsam, und dann sind beide still und starren gemeinsam, und alle Anwesenden in diesem Raum spüren, was hier jetzt für eine Glanznummer läuft.

Ein Paar, das sich ergänzt! Ein Paar, das an einem Strang zieht! Er ist der Meister und Handwerker, und sie ist die Kritikerin und Ästhetin! Eine Theoretikerin von hohen Graden! Natürlich, jetzt hat Peter Ka diese besondere Konstellation begriffen. Die weibliche Begleitung in Rot ist eine Kunsthistorikerin und Medienexpertin, die das Werk des Meisters bei seinem Auslauf aus dem kurzfristig angelaufenen Hafen der *Villa Massimo* in die weiten, globalen Welten der Kunst wahrhaftig »begleitet«. Liefert er den Rohstoff des Materials, so überzieht sie diesen materiellen Rohstoff mit theoretischen Glanznummern! Tage- und nächtelang werden sie an der kompletten Vereinigung von Praxis und Theorie arbeiten, eine einzige ästhetisch überhöhte Kopulation!

Peter Ka, der sich stets für einen extrem neidfreien und von Eifersucht weitgehend verschonten Menschen gehalten hat, spürt in diesem Moment, wie so etwas wie hässlicher Neid an ihm nagt. Dass der Meister mit seinen Arbeiten weltweit so großen Erfolg hat – das gönnt er ihm, und das ist ihm auch herzlich egal. Neid aber empfindet er angesichts der weiblichen Begleitung, die so bestimmt, nüchtern und aufmerksam wirkt. Wie schön wäre es, mit einem weiblichen Wesen dieser Art gemeinsam durch Rom zu ziehen! Und sich ununterbrochen auf ästhetisch ausgereiztem

Niveau über die banalsten Dinge zu streiten! »Streitkultur« – endlich hätte das blöde SPD-Wort mal einen Sinn!

Er bemerkt, dass er dem Meister gar nicht mehr zuhören kann, so beschäftigt ist er jetzt mit seinen eigenen Fantasien über ein anderes Leben. Schlimm, wie allein er sich durch die Welt schlagen muss! Schlimm, dass es auf dieser Welt wahrscheinlich kaum zehn Theoretikerinnen für Lyrik (die selbstverständlich selbst keine Lyrik schreiben dürften) gibt, die aber nicht in Deutschland, sondern (er vermutet jetzt mal) in Frankreich, den USA, Indien und Pakistan leben. Ja, genau diese Länder hat er im Verdacht, solche Wesen hervorzubringen. Er kann sich das gut vorstellen, er hat schon Bilder von ihnen vor Augen!

Und so steht er unter den anderen Anwesenden mit leicht geöffnetem Mund und starrt jetzt ebenfalls stumpf auf die kleinen Holzmodelle, die von der weiblichen Begleitung Stück für Stück mit einem einzigen Satz noch weiter illuminiert werden, nachdem der Meister ihr Dasein und ihre Bestimmung für die Kunstwelt kurz skizziert hat.

Durchatmen. Ausatmen. Peter Ka schwindelt es etwas. Was für eine armselige Anstrengung das Gedichteschreiben doch ist, angesichts dieser bildhauerischen Größen- und Werkstattverhältnisse! Ein Nichts ist es, ein hilfloses Werkeln! Er spürt, wie die Stimmung in ihm sich verfinstert und er langsam gereizt wird. Sollte er diesen Aufenthalt nicht abbrechen, jetzt, in diesem Stadium, wo es langsam ernst wird? Endlos wird er sich hier in Rom nicht mit täglichen Notizen abfinden, und wenn er ehrlich zu sich selbst ist, muss er sich sagen, dass er noch nicht die geringste Ahnung hat, wie dieser gewaltigen Stadt mit Gedichten beizukommen wäre.

Sollte er an etwas ganz anderem arbeiten? Nein, auf keinen Fall. Er ist hierher mit dem erklärten Ziel gekommen, diesem uralten Menschheitsraum Gedichte von einer Schönheit und

Klarheit abzunötigen, wie sie lange kein deutscher Lyriker mehr geschrieben hat. »Das, Peter, ist die Aufgabe! Hörst du! Alles klar!«, herrscht er sich im Stillen an, als wäre er sein eigener Erzieher und Lehrer. Dann geht er ein paar Schritte zurück und verlässt rückwärts das Studio des Meisters, in dem gerade die weibliche Begleitung in Rot noch ein paar letzte, lose Bemerkungen macht: »Wie das hier wirkt, wird man erst richtig sehen, wenn Uwe es fotografiert hat.«

Uwe? Wie bitte?! Wer ist nun der noch?!! Peter Ka steht draußen, vor dem Studio, als er den Direktor sprechen hört. »Uwe« ist ein weiterer Stipendiat, der sehr verspätet noch zur Truppe hinzustoßen wird. Uwe ist Fotograf und gegenwärtig noch mit einer Arbeit in Sri Lanka beschäftigt. Bald, spätestens aber aus Anlass der *open studios* wird er da sein. Pünktlich (in gewissem Sinn …, denn erst mit den *open studios* tritt das Leben hier in seine Werkphase).

Uwe, bekommt er dann noch zu hören, ist ein sehr guter Freund des Meisters und der weiblichen Begleitung. Die auch noch kurz, und ganz nebenbei, verrät, mit welchen Aufgaben und Ideen Uwe seine Stipendienzeit in der *Villa Massimo* antreten wird. Uwe wird nämlich die Entstehung der großen Skulpturen des Meisters fotografisch begleiten, Schritt für Schritt. Unter Anleitung der weiblichen Begleitung. »Was für ein Trio infernale!«, denkt Peter Ka gerade noch finster, dann aber nimmt man Abschied, und die Runde verlagert sich hin zum Ende des Rundgangs in Studio Zehn.

Auftreten 4

Was kann jetzt noch kommen, das nicht verblassen würde nach diesem Auftritt? Peter Ka ist ein wenig erleichtert, dass Studio Zehn nicht minutiös illuminiert ist, sondern man anscheinend erst nach den Kunstwerken suchen muss. Und er freut sich geradezu, dass er die Malerin nun endlich einmal aus der Nähe und in Ruhe zu sehen bekommt. Sie steht bei Ankunft der Gruppe in der Mitte des leer geräumten Studios, an dessen Wänden wohl einige größere Bilder lehnen, die aber mit schweren Planen verhängt sind. Sie trägt wieder ihre weiße Bluse und dazu schwarze Hosen, sie ist weder geschminkt noch trägt sie Schmuck, sie wirkt eher wie eine Führerin durch ein Museum, die mit der Gruppe von einem Bild zum anderen streunt und jedes Mal etwas Inspirierendes zu erzählen weiß. »Stimmt, sie spielt eine Museumsführerin«, bestätigt sich Peter Ka, froh, auch diesen ästhetischen Code rasch geknackt zu haben.

Und nun? Was kommt nun? Wird sie allen Ernstes ihre Werke erklären? Aber wo sind die überhaupt? Peter Ka schiebt sich hinein in das Studio und erschrickt einen Moment. Schon mehrfach glaubte er ja Parallelen zwischen ihrem Verhalten und dem seinen entdeckt zu haben – so auch jetzt. Die Ähnlichkeit besteht in dem Purismus, der einem begegnet. Das Weiß der Wände – sonst nichts. Ähnlich wie er will sie anscheinend nichts preisgeben, sondern hält sich zurück. Daher würde es ihn nicht wundern, wenn sie gar nichts zeigt. Kein Bild, keine noch so kleine Kunstgeste! Das wäre was! Das wäre allerhand!

Und wahrhaftig, sie wartet und wartet, bis die Gruppe ganz zur Ruhe gekommen ist. Dann sagt sie nur »Ich begrüße euch alle« und macht eine kurze Bewegung hin zu einer Wand, an der sich nichts als eine fast leere Leinwand mit einigen farbigen Signaturen befindet. Links unten – eine dunkelgelbe Woge, mit einigen helleren Punkten durchsetzt! Rechts außen – eine Mischung aus Weiß und Gelb, wie Sprühnebel! Und in der Mitte einige rot flackernde Lichter – als schwebten sie über einem imaginären Horizont!

Das ist schon alles? Sie hält ein Blatt Papier in der Rechten und beugt sich ein wenig nach vorn. Dann sagt sie, dass »momentan« gerade mehrere Arbeiten entstehen oder, wie sie lieber sagen würde, »schon in der Entstehung« sind. Ein noch sehr flüchtiges Modell dieser Entstehung hänge hier als Einzelobjekt an der Wand. Gerade erst begonnen, eine kurze Emphase. Dazu habe sie ein paar Sätze formuliert, die man jetzt oder auch später nachlesen könne. Jeder könne sich ein Blatt nehmen, dort, von dem Stapel, gleich an der Tür.

Neben der Tür steht ein kleiner Tisch, den Peter Ka erst jetzt bemerkt. Und darauf befindet sich in der Tat ein Stapel von Blättern. Er steht wieder mit leicht geöffnetem Mund da, fasziniert von der Anti-Nummer, die gerade hier abläuft. Der Großmogul und die Geheimnisvolle – wahrhaftig, an diesen Etikettierungen ist etwas dran. Sie versagt einen tieferen Einblick, sie lässt die Gruppe durch ihr leeres Studio streunen, um sich einige Farbspritzer auf einer sonst leeren Leinwand anzuschauen. Und auf dem Blatt, das Peter Ka sich beschafft hat, stehen nur ein paar wenige Sätze, einzeln, untereinander, durchnummeriert. Überschrieben mit dem schlichten Wort »Expertise«.

»Genial!« – denkt Peter Ka. Sie lässt den Großmogul abblitzen, sie spielt den Gegenpart. Und als sollte nun gleich gezeigt werden, dass der Krieg eröffnet ist, verlässt die weibliche Begleitung in Rot das Studio Zehn als Erste. Ohne länger auf den Bildentwurf an der Wand zu schauen. Ohne sich ein Blatt zu nehmen. Der Großmogul selbst aber ist noch nicht so weit, sich etwas derart Brüskierendes, Freches zu leisten. Er steht noch ein wenig herum, tut desinteressiert, blickt aber immerhin ab und zu auf das unfertige Werk. Vorsichtig, von der Seite, als wäre er durchaus darauf gefasst, dass dieser Leinwand plötzlich eine Bestie entspringt, um ihn zu würgen.

Peter Ka kommt es sogar so vor, als verschaffte der Großmogul sich ein wenig Luft, indem er den obersten Knopf seines blauen Handwerkertalars öffnet. Er steht da und dreht sich im Kreis. Dann sagt er plötzlich »Das war's dann wohl. Oder?« Er sagt es sehr laut, und es klingt ein wenig erregt, als wollte er jetzt doch ausholen zu einer Abrechnung. Alle im Raum spüren auch genau das: Jetzt ist es so weit, jetzt kommt es zu der ersten scharfen Konfrontation, einem großen Fight, wie man ihn von Stipendiaten dieser Villa während ihres Aufenthalts immer wieder erwartet. Ohne große Fights kein Stipendium! Je mehr Fights, desto besser! Oder – andersherum: Wer den Fights entgeht, hat es geschafft, sich auf diesem Gelände unsichtbar zu machen.

Noch ist es aber nicht so weit. Denn neben der Malerin von Studio Zehn steht der Direktor, und genau auf ihn kommt es jetzt an. Und was sagt er? Ganz einfach. Er sagt: »Ja, das war's jetzt. Ich danke euch allen! Und jetzt lasst uns alle zusammen einen Schluck trinken.« Peter Ka lächelt. Was für ein Glück, dass es Menschen gibt, die in diesen Abläufen und Dingen erfahren sind und mit zwei Sätzen den Dampf aus diesen sich anbahnenden Kriegshandlungen lassen! Ja, das war's, vielen Dank! Und spielt euch jetzt bloß nicht auf! – solche Sätze sind exakt die Sätze eines guten Direktors, der Stimmungen, Gefühlsumbrüche und Katastrophen wittert. Mit ein paar wenigen Sätzen legt er den Hebel um – und wahrhaftig ziehen nun alle hinaus und beginnen, sich wieder zu unterhalten.

»Wird es morgen regnen? In letzter Zeit gab es erstaunlich viel Regen! Man bringt Rom immer mit einem wunderbaren Licht und strahlender Sonne in Verbindung – und dabei regnet es durchaus häufig!« So in *der* Art. Manisch. Beruhigungsgeschwätz, um sich von den angestauten Emotionen zu befreien. Und danach gibt es etwas zu trinken. Aber nicht zu heftig und zu viel, sonst brechen die Aggressionen, die sich während des Rundgangs in den unterschiedlichsten Varianten gemeldet haben, aus und ins Freie!

Peter Ka aber möchte das Studio Zehn nicht so schnell verlassen. Er ist der Letzte, der noch ausharrt, als die Gruppe schon auf dem Vorplatz des Haupthauses angekommen ist. Wie ein geduldiger Schüler hält er das Blatt Papier in der Hand und liest Satz für Satz, immer wieder von oben nach unten. »Du brauchst aber lange für ein paar wenige Worte«, sagt die Malerin und setzt sich auf den Stuhl, den sie aus einer Seitenkammer geholt hat. »Hast du dir auch *meine* Präsentation angeschaut?«, fragt Peter Ka. Die Malerin schweigt und steht wieder auf. »Ich hole dir auch einen Stuhl«, sagt sie ruhig.

Der Moment ist schöner als je erwartet. Von einem Augenblick auf den andern ist Peter Ka wieder sicher, weiter in Rom bleiben zu wollen. Er spürt sogar einen gewissen Schwung, der von diesem Satz der Malerin ausgeht. Also los, jetzt nicht verkrampfen, sondern genau das Richtige sagen. Peter Ka schaut durch das geöffnete Studiotor nach draußen, wo es gerade wieder leicht zu regnen beginnt. »Wir könnten auch ins *Uve e forme* gehen«, sagt er, »es regnet gerade so schön.« O mein Gott! Was redet er denn da für einen Unsinn! Es regnet gerade so schön – ist doch kompletter Unfug, und er wollte eigentlich auch etwas ganz anderes sagen. Er wollte sagen, dass ihm der Regen nichts ausmacht und er auch ohne Regenschirm ins *Uve e forme* gehen würde. Das Ganze ist aber durch die Erinnerung an die kurze Begegnung zwischen der Malerin und ihm vor Kurzem im *Uve e forme* durcheinandergeraten. Und dieses Durcheinander hat dann zu diesem Schwachsinnssatz geführt.

Peter Ka korrigiert sich nicht, sondern blickt noch einmal auf das Blatt Papier. Dann schaut er kurz zur Seite, wo jetzt neben ihm die Malerin steht und ebenfalls in den Regen schaut. »Das *Uve e forme* ist etwas für dich. Stimmt's?«, sagt sie. Er ist erstaunt, dass sie so etwas sagt. Es hört sich an, als wäre sie eine Lehrerin. »Ja, Frau Lehrerin«, antwortet er, »ich mag das *Uve e forme*. Spricht aus Ihrer Sicht etwas dagegen?« Er hört sie kichern. Na bitte, sie hat ihn verstanden. »Okay«, sagt sie, »dann gehen wir doch in dein *Uve e forme*. Ich habe eh noch einen Regenschirm hier, den ich dort ausgeliehen habe. Den kann ich dann zurückgeben.«

Sie verschwindet noch einmal in der Seitenkammer. Peter Ka aber faltet das Blatt Papier sorgfältig zusammen und steckt es in seine Hosentasche. Dann atmet er aus und geht hinaus in den Regen.

Open studios

Open studios 1

Nach dem Rundgang der Stipendiaten verändert sich die Stimmung auf dem Gelände. Die Begegnungen auf dem breiten Gehweg entlang der Studios werden kürzer und erscheinen flüchtig, als hätte man plötzlich kaum noch Zeit füreinander und als gäbe es stattdessen Wichtiges und Dringendes zu tun. Auch die dunklen Studiotore bleiben jetzt häufiger geschlossen, als sollte vorläufig nicht mehr viel nach draußen dringen. Der Wagenpark mit den aus Deutschland mitgebrachten Autos oder Motorrädern ist ständig in Bewegung, laufend ist jemand unterwegs, oder fremde Fahrzeuge fahren vor, und es wird etwas abgeladen und rasch verstaut.

Vor allem rund um das Studio des Großbildhauers ist es unruhig und bleibt es fast täglich geschäftig. Manchmal fahren Autos vor, aus denen meist mehrere Gestalten aussteigen und sofort im Studio verschwinden. Auch kleine Laster machen vor diesem Studio halt, die Ladeklappen werden geöffnet, und anscheinend schwere Gegenstände werden hineingetragen. Kein Wunder, dass es jetzt viele Gerüchte gibt, die Peter Ka nur ungern zur Kenntnis nimmt und am liebsten sofort wieder vergessen würde. Aber so leicht geht das nicht, die Gerüchte kreisen in seinem Kopf, sie beunruhigen ihn, und sie drängen ihm Fragen von der Art auf, ob und wie er sein römisches Leben verändern müsste.

So heißt es, die Lebensgefährtin der schwäbischen Komponistin sei abgereist, weil diese sich ganz auf ihre Präsentation im

Rahmen der *open studios* konzentrieren wolle. Der Großbildhauer dagegen erwarte mindestens zwei seiner Kinder, die ihm angeblich beim Aufbau seiner Präsentation behilflich sind. Das fränkische Architektenpaar hat wohl die politischen Größen des Landkreises südlich von Nürnberg nach Rom eingeladen. Wenn man schon hier in Rom nicht reüssiert, dann doch zumindest in der regionalen Heimat, wo man mit einer Rom-Präsentation reichlich Punkte sammeln kann.

Auch der bärtige Architekt aus Hamburg erwartet seine Partnerin und eins seiner Kinder, ja es gibt sogar das Gerücht, dass er vorhabe, in Rom zu heiraten. Peter Ka hatte ihm so viel Snobismus und Sentimentalität eigentlich nicht zugetraut, doch es heißt, er spreche viel davon, dass er jetzt einen »Zenit« seines Lebens erreicht habe und diesen »Zenit« durch eine Heirat krönen wolle. Rom, die *Villa Massimo* und der Ausstellungspavillon von VW ergeben auch in den Augen von Peter Ka zweifellos einen »Zenit«, zumal ein Ausstellungspavillon von VW weitere Großaufträge ähnlicher Art nach sich ziehen wird (auch von ihnen ist gerüchteweise längst die Rede).

Was der junge Komponist aus dem Pfälzischen treibt, bekommt niemand genau heraus. Er spricht nicht von seiner Arbeit und erst recht nicht von sich selbst, sondern ist mit seiner Freundin viel im Zentrum der Ewigen Stadt unterwegs. Dann aber erscheint plötzlich und unversehens eine Gruppe von mindestens zehn Personen jüngeren Alters (zwischen zwanzig und dreißig, so wird geschätzt) und verschwindet in seinem Studio. Dessen Tore werden kurz darauf geöffnet, und wenig später hört man auf dem ganzen Gelände einen wunderschönen Gesang, der in jeder römischen Kirche gut zur Geltung kommen würde.

Peter Ka weiß sofort, was der gerissene Bursche vorhat. Da er so schnell nicht an Konzertauftritte in Rom herankommen wird, hat er sich auf die Kirchen verlagert. In Rom, na klar, gibt es

Hunderte von Kirchen, jeder kleinere Platz hat im Grunde seine eigene Kirche. Und in jeder dieser Kirchen könnten einige Hymnen und Gesänge aufgeführt werden, zur Erbauung nicht nur der Gläubigen, sondern aller Besucher, die etwas übrig haben für Konzerte in Kirchen. In Rom haben viele Touristen und Einheimische für solche Konzerte etwas übrig, meist sind sie gratis, und meist helfen sie, den durch touristische Parforcetouren während des Tages völlig durcheinandergeratenen Kopf am Abend wieder etwas zu ordnen und ins Gleichgewicht zu bringen.

So strickt jeder Stipendiat, meist begleitet von einer kleinen, ihm zur Seite stehenden Crew, an seiner Präsentation für die *open studios.* In einem solchen Ensemble, das nun tagaus, tagein hämmert, tönt, sägt und singt, fühlt Peter Ka sich fremd. Was hat denn ein Lyriker unter solchen Handwerkern und Spartenvollprofis zu bieten? Nichts als ein paar Zeilen, die ihm weder VW noch ein Museum noch eine Galerie noch das musikbegeisterte Pfarramt einer römischen Kirche abkaufen werden. Im Grunde ist er der überflüssigste Kunstakteur in dieser Profiphalanx, den man höchstens dazu verwenden könnte, sich auf den römischen Plätzen und Straßen mit seinen Gedichten hinter einer Drehorgel auf Italienisch und Deutsch zu präsentieren.

Warum ist er auch derart allein, und warum denkt er natürlich mit keinem Gedanken daran, Verwandte oder Bekannte zu dieser verdammten Präsentation nach Rom einzuladen? Seiner früheren Freundin würde Rom sehr gefallen, da ist er sicher, andererseits passt sie aber ganz und gar nicht in dieses Gelände und zu den anderen Stipendiaten, die sie mit lauter naiven Fragen und kreuzdummen Feststellungen nur irritieren würde.

Was nun wiederum die schöne Malerin aus Studio Zehn betrifft, so war die erste etwas längere Begegnung im *Uve e forme* nur mäßig erfolgreich. Kennengelernt hat er eher ihre Eigenarten als sie selbst, und diese Eigenarten erscheinen ihm seit dieser

Begegnung beträchtlich und sehr erstaunlich. Zunächst spricht sie nicht viel, und wenn sie überhaupt etwas sagt, dann redet sie meist in Kürzeln (»Ist das so?«/ »Glaubst du das wirklich?«/ »Aha, na denn.«). Daneben wirkt sie manchmal sehr abwesend, indem sie den Raum der näheren Umgebung mustert und dabei den Anschein erweckt, nur noch zu schauen und dem Gegenüber kaum noch zuzuhören. Sie schaut und schaut und scheint dann plötzlich aus diesem Schauprozess zu erwachen. Dann sieht man ihr an, dass sie kein Wort des Gegenübers mitbekommen hat. Was sie sofort auch zugibt, indem sie fragt: »Was hast du gesagt?«

Die Unterhaltung mit ihr, fand Peter Ka, war daher extrem anstrengend, sie kam nicht richtig voran, und erst recht war von ihr kein einziges privates Detail zu erfahren. Sodass er sich ebenfalls mit privaten Details zurückgehalten hat. »Wie ist es denn so im Wuppertal?«, hatte sie in einem unerwarteten Anfall von grenzenloser Direktheit dann doch einmal gefragt, aber der spöttische Ton dieser Frage hatte Peter Ka weder begeistert noch animiert, sodass er nichts Bedeutendes preisgegeben, sondern etwas Anekdotisches erzählt hatte. Von seinen Kindertagen im Wuppertaler Zoo. Von der dortigen Schwimmoper, in der er das Schwimmen gelernt habe. Von der Wupper selbst als einem von Friedrich Engels besungenen Fluss.

Er wusste längst, dass sie aus Aachen stammte und wohl auch noch in Aachen (oder war es Düsseldorf oder sogar Köln?) wohnte, aber als er sie fragte, wo sie jetzt wohne, antwortete sie nur: »Tut das etwas zur Sache?« Nein, natürlich nicht, es tat nichts zur Sache, das alles war vielleicht nicht von Bedeutung, hier in Rom ging es um die Förderung der hochbegabten Talente vor Ort und nicht darum, Erinnerungen an die Heimat auszugraben. Ihre Rückfrage erschien ihm dennoch unfreundlich und auch ein wenig verstiegen – Herrgott, worüber sollte man sich unterhalten, wenn sie einem selbst noch den letzten Blütenzweig aus der deutschen Heimat vor die Füße warf?

Mit anderen Worten: Sie erschien ihm »sehr seltsam«. Die Minuten mit ihr vergingen zäh, und man musste immerzu auf eine unerwartete Wendung der Dinge gefasst sein. Hinzu kam, dass sie angeblich weder gern Käse aß noch gerne Wein trank und auf seine Frage, *was* sie denn gerne esse und trinke, nur antwortete: »Muss ich das jetzt so direkt sagen?« Wer immer wieder so antwortete und zurückfragte, war Peter Ka unheimlich. Nicht, dass er Diskretion nicht verstanden hätte (er selbst war ja in hohem Maße »diskret«). Den Wunsch, vieles für sich zu behalten, konnte er durchaus verstehen, er hatte sich aber seit einiger Zeit eingebildet, dass sie beide, die Malerin und er, in manchen Momenten ähnlich dachten und fühlten. War das wirklich so? Nein, wahrscheinlich nicht, er hatte sich etwas vorgemacht, wie er sich überhaupt anscheinend in all diesen letzten Wochen in Rom viel vorgemacht hatte. Jetzt saß er allein da und kam vorerst nicht weiter.

Und so beneidete er den bereits älteren Ehrengast, der weiter unbeirrt von alldem seine Runden auf dem Gelände drehte, aus edlen Büchern ein paar Zeilen aufpickte, sich als einziger Mensch auf dem gesamten Terrain hier und da niederließ, sich der Sonne entgegenreckte und dabei weder schrieb noch notierte noch aquarellierte. Als ein bekannter und hochgeachteter Schriftsteller jenseits der sechzig brauchte er niemandem mehr etwas zu beweisen. Kein handwerkliches Fummeln, kein Besuch von Auswärtigen, die Podeste und Podien bauten. Und keinerlei Kenntnisnahme von dem, was in den Studios der Jungprofis gerade so alles geschah.

Den Rundgang der Stipendiaten hatte er angeblich »verpasst«, und auch sonst zeigte er sich nicht daran interessiert, wer ihm gerade begegnete. Selbst die Namen der Stipendiaten waren ihm nicht geläufig, vielleicht hielt er so manche Lebensgefährtin sogar für eine Stipendiatin und so manchen Stipendiaten für einen der Gärtner. Solche Verwechslungen waren ihm durchaus zuzutrauen, wenn man ihm länger dabei zusah, wie gemessen und in sich ruhend er dieses Gelände für sich und seinen Geisterkosmos reklamierte. In seinem Hirn mochten sich Dante, Nietzsche und George begegnen – da war kein Platz für Jugendzentren, Chöre oder Ausstellungspavillons! Auch seine Gefährtin ging weiter ihre eigenen Wege, saß aber jetzt manchmal auch neben ihm auf einer Bank.

Einmal war sie vor Peter Kas Studio aufgetaucht. Sie waren sich vor dem Studiotor zufällig begegnet, und er hatte sich kurz vorgestellt. Sie hatte geantwortet, dass seine Gedichte ihr sehr gefielen und sie viele von ihnen genau kenne. »Ach wirklich?«, hatte er etwas verlegen geantwortet, aber sie hatte diese Verlegenheit gleich durch die Frage, ob diese Gedichte bereits ins Italienische übersetzt seien, verdrängt. Nein, natürlich waren seine Gedichte noch nicht ins Italienische übersetzt, wer sollte sie schon übersetzt haben? »Wenn Sie nichts dagegen haben, würde ich mich daran versuchen«, hatte sie geantwortet, »nur so, zum Vergnügen.«

Er hatte ihr gedankt und war erneut etwas verlegen geworden. Dann hatte er sie gefragt, wo sie wohne und woher sie komme. Sie kam aus der französischen Schweiz und wohnte jetzt in der Nähe von Sils Maria. Sie sprach fließend Französisch, Italienisch und Deutsch, und sie war nicht die Lebensgefährtin, sondern die Übersetzerin der Werke des Ehrengastes. Hier in Rom besprachen sie sich und verhandelte sie mit dem italienischen Verlag, der seine Werke edierte. »Wollen Sie uns nicht einmal besuchen?«, fragte sie. Ja, Peter Ka würde gern einmal zu einem Besuch in das Ehrengaststudio im Haupthaus kommen. Nach den *open studios,* wenn dieses ganze Theater vorbei wäre.

Open studios 2

Dann aber gibt sich Peter Ka einen Ruck und entscheidet sich, die Sache rasch hinter sich zu bringen. Er stellt sich vor, wie die *open studios* verlaufen werden. Die römische Besucherwelt wird ins Studio des Großbildhauers drängen und seine Arbeiten umschwirren. Bei einem *Prosecco* oder einem *Aperol Spritz* wird man ein wenig den Chören des Pfälzers lauschen und die Klaviermelancholien der Schwäbin hinter sich lassen. Die Entwürfe der Architekten wird man kurz mustern und überfliegen und sich dann erschöpft den Romanekstasen an der Ostsee aussetzen. Ist da irgendwo noch ein Platz für Gedichte?

Er entscheidet sich, eine kleine »Installation« aufzubauen. Dafür kommen die beiden großen, gegenüberliegenden weißen Wände seines Studios zum Einsatz. Auf der einen Wand wird er einen Film abspielen, der eine Fahrt durch das Wuppertal aus der Fahrerkanzel der Schwebebahn zeigt. Das hier in Rom wahrscheinlich noch weitgehend unbekannte Verkehrsmittel schwirrt langsam über der Wupper entlang, Windung für Windung folgend, während zu beiden Seiten Fabrikanlagen, Wohnhäuser oder Straßen auftauchen. Auf der anderen Wand des Studios aber wird man Hunderte von Fotos sehen, die er inzwischen in der Umgebung der Villa gemacht hat. Fotos von den Verkäuferinnen und Verkäufern in den kleinen Läden, Fotos von den Bewohnern draußen auf den Straßen, Fotos von Parks, Plätzen und kleinen Ruheinseln, jedes Foto in einem anderen Format. Die große Wand wird sich in eine Art Bildrelief verwandeln, das sich aus vielen unterschiedlichen Fotoformaten zusammensetzt. Eine kleine, sich von Meter zu Meter verwandelnde Galerie. Ein Flickenteppich, der sich laufend neu zusammensetzt.

Die beiden visuellen Präsentationen (das Wuppertal aus der Perspektive eines Schwebebahnfahrers und die Umgebung der

Villa aus der Perspektive eines Alltagsfetischisten) werden begleitet von Peter Kas Stimme, der dreißig Minuten aus seinen Notizen vorliest. Er selbst ist nicht zu sehen, sondern nur aus dem Off, von einer CD, zu hören. Das ganze Spektakel von Film, Fotos und Stimme bildet so ein Ensemble: *Rom – Wuppertal. Eine Berührung.*

Vielleicht hätte er sich nicht getraut, eine solche Film-Foto-Laut-Kombination zu installieren, wenn er nicht Uwe, den Fotografen, kennengelernt hätte. Uwe, der noch zu den bisher hier lebenden Stipendiaten hinzugestoßen ist, fotografiert nämlich keineswegs nur die Arbeiten des Großmoguls, sondern interessiert sich auf sympathische und ehrlich erscheinende Weise auch für die Arbeiten der anderen Stipendiaten. So ist er auch bei Peter Ka vorbeigekommen, um ihn zu fotografieren. Sein Studio, seinen Schreibtisch, seine Küche, überhaupt alles. Die beiden sind ins Gespräch gekommen, und da Uwe aus Duisburg kommt (und Duisburg mit Wuppertal zumindest ein wenig verwandt ist), haben die beiden ab und zu zusammen in ihren Studios gesessen und etwas getrunken.

Uwe ist bereits weit über vierzig, lebt allein und hat die halbe Welt bereist, um sie zu fotografieren. Er wirkt überhaupt nicht wie ein Stipendiat, sondern wie einer, der hier höchstens einige Wochen bleiben wird, um ein wenig Ruhe zu finden. Er redet Peter Ka manchmal mit »mein Peter« an und macht sich über seine Strenge und Zurückhaltung lustig. Tagsüber ist er ununterbrochen im römischen Zentrum unterwegs und kommt mit Hunderten von Fotografien zurück, von denen, wie er behauptet, dann vielleicht »zwei oder drei« etwas taugen. Das aber entscheidet sich anscheinend nicht sofort oder zügig, sondern erst nach einigen Wochen. Dann ist nämlich erst der Blick frei für das »Straffe, Sitzende, Kompakte« und damit das Ende des »Flattrigen, Schwammigen, Zerlaufenden« gekommen.

Peter Ka hört ihm gerne zu, wenn er die Umgebung mit seinem eigenen Vokabular bestückt. Er wirkt, obwohl sein Name doch sehr bekannt ist, noch immer wie ein Autodidakt, der sich eine eigene Sprache zurechtgelegt hat, um sich die Akademiker vom Leibe zu halten. Keine Bildwissenschaft! Und erst recht keine Fototheorie! Vor so viel Wissenschaft oder gar Essayistik hat er regelrecht einen Abscheu, denn für ihn zählt nur das, was er »das Machen, die Praxis, die Linse« nennt.

Er lebt sehr einfach und ernährt sich jeden Tag anders. Manchmal öffnet er zwei, drei Konserven, schüttet alles in einen Kochtopf und isst von dem erwärmten Produkt dann zwei Tage. Dann wiederum kauft er sich irgendwo ein großes Stück Pizza, trinkt ein Bier dazu und geht dann zum Wodka über. In Restaurants zu essen kommt für ihn nicht in Frage. Weil er nicht lange herumsitzen und auf das Essen warten will. Und weil er mit humorlosen Kellnern nicht zurechtkommt.

Anfänglich hatte er es auf die Reinemachefrauen der Villa abgesehen und versucht, einige engere Kontakte aufzubauen. Er hatte ihnen vorgeschlagen, mit ihm gemeinsam »römisch zu kochen«, aber das Projekt war an der Zurückhaltung der meist recht lebenslustigen Frauen gescheitert. Entweder waren sie liiert, sodass ein Abend allein mit einem Stipendiaten ihren Lebensgefährten zu Morddrohungen veranlasst hätte, oder sie hüteten sich vor zu viel Privatheit, weil sie ihren Job und ihren guten Ruf nicht verlieren wollten. Uwe hatte es dennoch mehrmals versucht, gab dann aber schließlich zu, gescheitert zu sein.

An der Präsentation der *open studios* nimmt er nur sehr verhalten teil. Er stellt genau sechs Fotos in gleich großem Format aus und legt einfach einen Stapel seiner vielen Fotobücher auf einen Tisch. Das muss reichen, mehr Gedanken will er sich nicht machen. »Seinem« Peter Ka aber ist er beim Aufbau der Installation sehr behilflich. Er weiß genau, wie man das Licht des

Schwebebahnfilms auf das Licht der gegenüberhängenden Fotos abstimmt, er kümmert sich um die Beleuchtung des Raums insgesamt, und er wählt – zusammen mit Peter Ka – jene Fotos aus, die man mit gutem Gewissen ausstellen kann. »Schnappschüsse müssen es sein«, sagt er, »Ruhemomente im Chaos, konkrete Augenblicke, keine Kunstfotos!«

Und so streunt Peter Ka in diesen Tagen vor der Präsentation weiter durch die Umgebung der Villa, fotografiert, unterhält sich mit den Bewohnern und bekommt dabei zu hören, dass Ettore Scola, der Filmregisseur, in dieser Umgebung gedreht habe. In einem seiner Filme hätten Sophia Loren und Marcello Mastroianni die Hauptrollen gespielt, und der Film habe in einem der großen Wohnbauten aus der faschistischen Ära in der Nähe der Piazza Bologna gespielt.[33]

Diese, aber auch viele andere, interessante Informationen erhält er seit Neustem von einer Römerin mittleren Alters, der er draußen, an einem Tisch der *Bar Mizzica*, begegnet ist. Sie raucht ununterbrochen, trinkt viel Kaffee und kennt fast alle Menschen, die vorbeikommen. Angeblich lernt sie gerade im Goethe-Institut Deutsch, weil sie »schon immer« Deutsch hat lernen wollen. Warum aber hat sie es nicht früher getan? Weil die Stunde dafür angeblich noch nicht gekommen und sie noch nicht dazu bereit gewesen war. Jetzt aber ist sie bereit.

Der Film mit Sophia Loren und Marcello Mastroianni spielt am 8. Mai 1938 und damit an dem Tag, als Adolf Hitler in Rom zu Besuch war und zusammen mit Benito Mussolini sogar in Rom sprach. Hitler in Rom! – das war doch eigentlich unvorstellbar, oder? Peter Ka bekommt zu hören, dass er sich diesen Film anschauen müsse. Wie die Massen geradezu geil auf diese närrischen Führerstimmen gewesen seien! Wie die gesamte Akustik während dieser Zurschaustellungen der Macht etwas Massives, Überreiztes und geradezu wollüstig Abgedrehtes bekommen habe. Und wie sich die alten römischen Kulissen darüber verwandelt und ein zynisches Monumentalfilmgrinsen aufgesetzt hätten.

Die Römerin mittleren Alters hat Peter Ka versprochen, ihm eine DVD dieses Films zu beschaffen. Und als sie ihm dann tatsächlich die Kassette nach einem sehr späten Frühstück im *Mizzica* schenkt, hat er sie zu einem Besuch der Villa eingeladen. An einem Nachmittag ist sie für zwei Stunden auf das Gelände gekommen. Er ist mit ihr über die fein geharkten Kieswege »gewandelt«, und der ebenfalls herumwandelnde Ehrengast ist sogar kurz stehen geblieben, hat sie beide freundlich gemustert und (zum ersten Mal während einem seiner Rundgänge) den Strohhut gezogen.

Später hat sich das Gerücht verbreitet, Peter Ka habe seine Mutter nach Rom eingeladen, zur Präsentation der *open studios*. Einige Stipendiaten fragen nach, ob das stimme, aber Peter Ka antwortet nur ausweichend. Vielleicht ist sie seine (römische) Mutter, vielleicht ist sie aber auch etwas ganz anderes (wie zum Beispiel eine Vertraute). Das sollte vorerst offen bleiben. Denn alles, was auf diesem Gelände ungeklärt und unbestimmt blieb, trug zur Fantasiebildung bei.

Open studios 3

Vom Verlauf der *open studios* ist Peter Ka anfangs positiv überrascht. Er hat nicht mit einem so großen Zuspruch von Besuchern gerechnet, und er hat sich dieses Publikum viel snobistischer vorgestellt, als es dann eigentlich ist. Die vielen römischen Gäste zeigen sich sehr beflissen, geben sich aufmerksam und gehen ein Studio nach dem andern ab, während die eher oft bereits eingeweiht tuenden deutschen Besucher oder Touristen sich zur längeren Betrachtung vor allem das heraussuchen, was sie für »die Rosinen« des Ganzen halten.

Die höchste Power-Stufe geht natürlich vom Studio des Großbildhauers aus, der allen anderen Stipendiaten auf einen Schlag zeigt, wie er das Rom-Projekt angehen wird. Zwei monumentale Skulpturen sind bereits fertig und stehen in gleißender Bronze wie überdimensionale Türhüter vor dem Eingangstor des Studios, während sich im Innern sehr wirkungsvoll zwei weitere Skulpturen noch im Zustand der Ausarbeitung befinden. Nackt, aber bereits aus allen nur erdenklichen Richtungen mit allen nur erdenklichen Hieben traktiert, räkeln sich die beiden Holzarbeiten wie mächtige Rohlinge, an denen sich eine zügellos-heftige Kreativenergie ausgetobt hat.

Die kleinen Holzmodelle aber, die man noch während des Rundgangs der Stipendiaten zu sehen bekam, sind längst verschwunden. So verstehen die anderen Stipendiaten ganz nebenbei, dass der Meister die zweite Raketenstufe seiner Umlaufbahn um die Villa längst gezündet hat. Er hat abgehoben, kraftvoll und mit allem Elan – jetzt ist es Zeit, die Meisterwerke an möglichst vielen Orten Italiens für eine Weile zu zeigen oder sogar endgültig unterzubringen. Dafür aber ist seine weibliche Begleitung in Rot genau die richtige Person. Man sieht sie ununterbrochen reden und erläutern und wohl bereits Termine oder sogar Preise aushandeln, während der Meister seine Power allmählich ausbremst und, eine kubanische Zigarre rauchend und in einem Herrschaftssessel sitzend, den kinderlieben Vater spielt (die beiden angekündigten, sehr behilflichen Kinder sind inzwischen in Rom eingetroffen).

Peter Ka hat das alles erwartet, deshalb erstaunt es ihn nur wenig. Die großen Skulpturen gefallen ihm, eine tiefere Wirkung hinterlassen sie bei ihm aber nicht. Anders aber ist das mit den

Arbeiten, die er in Studio Zehn zu sehen bekommt. Die blonde Malerin hat nur zwei Bilder ausgestellt und an die beiden Querwände ihres Studios gehängt. Doch diese bereits fertigen Bilder in sehr ungewohnt großen Formaten wirken auf ihn so stark, dass er das Studio in regelmäßigen Abständen immer wieder betritt, um sich in diesen Farbpanoramen zu verlieren. Sie machen den Eindruck von Weltraum- oder Tiefseebildern und bringen so etwas wie eine magische Ferne in den Studioraum, die ihn noch heller, weiter und größer macht. Jedes hat eine einzige dominante Farbe, ein Grün und ein Rot, und beide Farbflächen sind dann durchsetzt von kristallin oder organisch erscheinenden Gebilden, von denen man wegen ihrer abstrakten Darstellung aber nicht sagen kann, ob sie Lebewesen darstellen.

Die blonde Malerin ist nicht zu sehen. Sie hat zu der bereits bekannten Methode gegriffen, keine mündlichen Erklärungen abzugeben, sondern alles, was ihr wichtig erscheint, auf einem einzigen Blatt Papier mitzuteilen. Peter Ka versucht, sie unter den vielen Menschen zu entdecken, sie ist aber anscheinend verschwunden und hat ihre Präsentation sich selbst überlassen.

Auch Peter Ka hält sich nicht in seinem Studio auf, sondern schlendert nur manchmal daran vorbei, um mitzubekommen, ob sich wirklich einige Besucher bei ihm einfinden. Seine Notizen sind ohne Unterbrechung zu hören, sodass seine Präsenz keineswegs notwendig ist. Erstaunt bemerkt er, welchen Eindruck die Schwebebahnbilder machen. Sie sind genau das richtige Gesprächsangebot für die Römer, die schon bald darüber diskutieren, ob eine solche Bahn den römischen Verkehr nicht mit einem Schlag von seinem Chaos befreien könnte. Direkte, rasche, oberirdische Verbindungen von Süd nach Nord, von West nach Ost. Darunter der dann wohl gnadenlos provinziell erscheinende Autoverkehr. Keine Busse und Straßenbahnen mehr. Die Schwebebahnen etwa in Höhe des dritten Stocks der sie umgebenden Wohnhäuser oder Palazzi. Tag- und Nachtfahrten im Fünf-Minuten-Takt.

Seine Fotos von der Umgebung der Villa interessieren die Römer dagegen kaum, sie sind vor allem etwas für die deutschen und die anderen ausländischen Besucher, die sich, obwohl sie gerade Rom besuchen oder sogar länger in Rom leben, an Rom einfach nicht sattsehen können. Als müsste man immer wieder hinschauen, welche Schönheiten einem entgangen sind. Oder als müsste man den ewigen Winckelmann spielen, um ein paar Datierungen von Gebäuden oder Figuren von sich zu geben.

Peter Ka fragt sich manchmal, ob die Deutschen all den angeblichen »Sehenswürdigkeiten« vielleicht deshalb verbissener als andere Völker nachsteigen oder in den Pelz klettern, weil sie immerzu etwas zum Datieren, Messen und Einordnen brauchen. Viele machen einen zufriedenen Eindruck, wenn sie irgendein lausiges Fundstück in einer Künstlervita oder einer Kunstepoche untergebracht haben. Sie recken sich auf, als erstarkten sie durch all diesen fanatischen Historismus, und sie erlauben sich eine römische Mahlzeit und einen römischen Wein (worauf sie doch letztlich mehr als auf alles andere scharf sind) erst, wenn sie am Tag eine beträchtliche Flotte solcher »Sehenswürdigkeiten« erlegt haben.

Peter Ka hat sich vorgenommen, mit dieser Art von Bildungstourismus in keinem Moment anbändeln zu wollen. Bald schon wird er sich auch im römischen Zentrum auf seine eigene Art bewegen. Er wird nichts auslassen, das nicht, er wird auch die römischen Museen und Kirchen in seine Gänge einbeziehen. Aber er wird nirgends, aber auch an keiner Stelle und keinem Ort, eine Weiterbildungshilfe in Form eines Führers benutzen. »Rom« soll für ihn der große, unermessliche Bilderschatz bleiben und nicht zu einem einzigen großen Museumsgelände erstarren. Rom – das ist ein Fest für die Augen und keine Galerie, in der

man Bild für Bild mustert und dann einen Schritt zur Seite tritt, um auch noch die Bildtitel zu lesen.

Und so studiert er die Besucher, die sich in den Abend und die Nacht hinein auf dem Gelände verlaufen. Er spaziert unter ihnen herum, als wäre er einer von ihnen (und eben doch im Stillen ein ganz anderer). Er hört sich an, was sie sagen, notiert einige Fetzen dieser Gespräche und Diskussionen und legt sich in einem dunklen Winkel eines Rasenstücks am Rand des Geländes auf den Boden, als die Hymnen des pfälzischen Komponisten zu hören sind, die sich wie schwere, schwebende Wolken auf die Umgebung legen.

Mochten die Absichten des Typs, sich mit diesen Gesängen in möglichst viele römische Kirchen zu schmuggeln, leicht durchschaubar sein (und letztlich zu kalkuliert erscheinen), die Musik selbst wirkt an diesem Abend doch grandios. *A cappella*, ohne störende Begleitinstrumente, die ja meist alles verderben. Röhrende Klarinetten, näselnde Oboen – und dann erst die Violinen! Mischen sie sich in Chorgesang, sind sie einfach nicht zu ertragen. So aber hat das Ganze etwas Glasklares, und man hört sofort, es handelt sich um eine Komposition für sechs Stimmen, die einander beobachten, begleiten, besuchen und voneinander Abschied nehmen. Ja, das alles ist sehr gut und lässt den Klavierstücken der schwäbischen Komponistin, die von ihr selbst zu jeder vollen Stunde gespielt werden, nicht den Hauch einer Chance.

Die Arbeiten der beiden Architekten fallen wie erwartet nicht weiter auf, werden aber geduldig zur Kenntnis genommen. Auch Uwes Fotos sind nicht die Sensation dieses Abends (und sollen es ja auch keineswegs sein), während die Lesungen des dicken Romanciers, der sich dreimal auf seinen viel zu fragilen Stuhl setzt, um die Ostseewellen in Bewegung zu versetzen, freundlichen Beifall erhalten und wie dieser Beifall nach ihrer Aufführung sofort wieder vergessen werden.

Die beiden Bilder der Malerin aus Studio Zehn und die Hymnen des Pfälzers – das sind, sagt sich Peter Ka, die Highlights. Er selbst hat sich gut behauptet und ist keineswegs auf den abgeschlagenen Plätzen gelandet. Spät am Abend hat er von einem jungen Römer sogar eine Einladung in einen Club nahe dem Tiber erhalten, um dort die Wuppertal-DVD zu zeigen und einige Gedichte über das Bergische Land vorzutragen. Na bitte, was will er mehr? Seine Installation hat zumindest in diesem Fall erfolgreich gezündet. Er will keineswegs in den üblichen deutschen oder ausländischen Kulturinstitutionen lesen, nein, er will sich hier möglichst staatsfern präsentieren. Staatsfern und romnah, eingeladen von den Römern selbst, ohne Kontaktvermittlung, nur durch Zufall oder durch eine unerwartete Nebenwirkung seiner Arbeiten.

Als es in der Nacht dann endlich stiller wird, geht er wieder in sein Studio zurück, stoppt die CD, schließt die Tore und öffnet die kleine Tür nach hinten, ins rückwärtige Gartengelände. Kater Rosso sitzt auf einer der Stufen, die hinab ins stille Dunkel führen. Er scheint sich hierher geflüchtet zu haben und hungrig zu sein. Peter Ka geht in die Küche zurück und füllt eine Schale mit Milch, die er in die Küchentür stellt. Ohne zu zögern strolcht der Kater zu ihm herein. Peter Ka wartet, bis er eifrig zu trinken beginnt, dann geht er wieder hinaus, die Stufen hinunter, um ein paar Schritte durch das schwarzdunkle Gartenrevier zu machen.

Er ist sehr erleichtert, das alles hinter sich zu haben. Größere Ansprüche auf Kontaktvermittlung und weitere Präsentationen verbindet er mit diesem Aufenthalt nicht. Er will sich Rom aussetzen, das ist sein Projekt. Sowieso bald wieder ins Leere laufende Kontakte mit italienischen Verlagen oder römischen Kulturinstitutionen interessieren ihn nicht. Er überlegt, ob er noch eine Runde durch die Umgebung der Villa drehen sollte. Ja genau, das ist jetzt das Richtige. Er geht in sein Studio zurück und lässt die Hintertür zum Gartengelände offen, damit Kater Rosso, wann immer er will, das Studio wieder verlassen kann. Als er nach dem Tier sucht, entdeckt er es dann aber in seinem Schlafzimmer, auf seinem Bett. Es scheint zu schlafen oder zu ruhen, jedenfalls bewegt es sich nicht. »Na bitte«, sagt Peter Ka, ohne dass ihm klar ist, warum er das gerade jetzt sagt und worauf es sich bezieht.

Er will sein Studio verlassen, als er die Malerin bemerkt, die gerade daran vorbeigeht. Auf den ersten Blick weiß er, dass sie genau dasselbe vorhat wie er: Sie will die Villa verlassen und einen Gang durch die Umgebung machen. Er muss lächeln und fragt: »Darf ich mitkommen? Oder willst du lieber allein sein?« Sie lächelt nicht zurück, sondern sagt im Weitergehen: »Mein Gott, was fragst du so penetrant? Wer will denn schon allein sein?« Er antwortet nicht, sondern schließt zu ihr auf, und dann verlassen sie die Villa und gehen eine Weile, ohne miteinander zu reden, durch die Umgebung.

Er spürt, wie gereizt und gehetzt sie wirkt, irgendetwas mit ihr stimmt nicht, aber er hütet sich, noch weiter Fragen zu stellen. Es ist wohl am besten, sie schweigend zu begleiten, ohne sich in ihren Gefühlshaushalt einzumischen. Plötzlich aber bleibt sie stehen und schaut ihn an. Er zieht ein wenig die Schultern hoch, weil ihm ihr Anblick nicht gefällt. »Sag mal, merkst du nicht, wie beschissen es mir geht?«, fragt sie laut. »Du läufst wie ein dummer Trottel neben mir her.« Er kann nichts antworten und blickt sie an, als müsste er erst erforschen, was genau sie meint.

»Was schaust du denn so?«, schreit sie da beinahe. »Was schauen mich alle den ganzen Tag an? Hört das denn niemals auf? Nie? Nirgends?!« Die Kontakte mit den Besuchern haben sie völlig durcheinandergebracht, denkt Peter Ka. Aber gab es überhaupt solche Kontakte? Er hat sie doch zu keinem Zeitpunkt in ihrem Studio reden oder in einer Unterhaltung gesehen. »Du hast mit zu vielen Menschen gesprochen, das bringt einen oft durcheinander«, sagt er leise. »Na toll!«, schreit sie weiter, »ich habe mit zu vielen Menschen gesprochen! Du musst es ja wissen! Ich habe mit niemandem gesprochen, mit keiner einzigen von diesen Besucherekelfiguren!«

Er steht weiter steif vor ihr. Was macht er hier für eine idiotische Figur! »Na denn!«, sagt er und setzt noch rasch hinzu: »Ich lasse dich jetzt mal lieber allein.« Er dreht sich um, als sie ihn mit beiden Händen an den Schultern packt und durchschüttelt. »Du lässt mich auf keinen Fall allein, du Feigling! Du machst jetzt genau, was ich von dir verlange!« – »Und was verlangst du von mir?«, fragt er, während sie ihn weiter festhält. – »Wir gehen uns jetzt besaufen!«, sagt sie. »Wir besaufen uns die ganze Nacht lang. Und du redest kein Wort von deinem lächerlich dämlichen Wuppertal, sondern hältst einfach die Klappe! Und wage es nicht, mich noch einmal in deinen Lieblingskäseladen mit Weinabfertigung einzuladen, du Spießer! Wir trinken keinen Wein, und wir trinken kein Bier, wir trinken jetzt das, was ich aussuche. Harte Sachen. Hast du verstanden?«

Er überlegt kurz, kommt aber nicht weiter. Soll er sie hier stehen lassen und allein weitergehen? Nein, das geht doch nicht. Es ist wohl am besten, sie zu begleiten und nichts mehr zu sagen. Sie ist in einem gefährlichen Zustand, hart an der Grenze. Sie hat dieses ganze Präsentationstamtam nicht gut überstanden. Er schluckt kurz, dann sagt er: »Also los! Dann gehen wir! Der Spießer begleitet dich!«

Sie bleibt aber regungslos stehen und bewegt sich auch nach mehrmaliger Aufforderung nicht von der Stelle. Er macht ein paar Schritte auf sie zu und versucht, sie zu umarmen. Sie hat den Kopf tief gesenkt und gibt keinen Laut von sich. Als sie sich an ihn lehnt, weiß er, dass sie weint. Er sagt nichts, es ist (auch für ihn) ein wenig zu viel. Solchen Situationen ist er immer aus dem Weg gegangen. Für psychische Detonationen hat er überhaupt nichts übrig, nicht einmal in der Literatur. Und jemand an seiner Seite, der ihn beschimpft, bloßstellt oder sonst aus einem Hinterhalt angreift, braucht er am wenigsten. Nein, er hat – verdammt noch mal – mit sich selbst genug zu tun. Und er weiß selbst, wann und in welch besonderen Graden er ein dummer Trottel oder ein Spießer ist.

Er sagt aber nichts, sondern wartet, bis sie sich etwas beruhigt hat. Dann zieht er mit ihr los, auf der Suche nach einem passenden Ort, an dem man sich gut betrinken kann. Stunden später landen sie in einem Club in der Nähe des Tibers. Während sie tanzt, steht er am Rand und sehnt sich danach, wieder allein zu sein. Und als er sie kurz darauf im dunkleren Abseits des Schuppens mit einem anscheinend Einheimischen entdeckt, den sie heftig küsst, macht er sich wirklich allein zurück auf den Weg in die Villa.

Gereizt

Gereizt 1

Mit der Präsentation der *open studios* hat er all seine frühere Gelassenheit verloren. Er ist jetzt ununterbrochen gereizt, abgelenkt und weiß nicht mehr weiter. Heftige Aggressionswellen durchlaufen ihn schon am frühen Morgen, und er denkt darüber nach, ob er nicht für einige Zeit irgendwo im römischen Hinterland verschwinden sollte. Denn alles, was er in dieser aufgeladenen, negativen Stimmung sieht, stört ihn, ist im Wege, gefällt ihm nicht mehr oder sollte anders, ganz anders sein.

Es ist recht warm geworden, die heftigen Regengüsse der ersten Monate sind in den Norden abgezogen, eigentlich könnte er glücklich sein, wenn er am frühen Morgen nach dem Aufstehen durch die Fenster seines Studios in einen wahnwitzig blauen Himmel starrt, der wie eine mühelose Kunstübung eines Barockmalers die gesamte Umgebung durchleuchtet. Er empfindet aber kein Glück, sondern ist mit lauter Randerscheinungen beschäftigt.

Wenn er zum Beispiel frühmorgens gegen acht sein Studiotor öffnet, sind schon die Rasensprenger in Aktion. Alles automatisch und pünktlich. Leider verläuft sein Schreiben und Dichten keineswegs so beflissen und ordentlich! Nach nur wenigen Schritten hinaus ins Freie beginnt er zu schwitzen, das widert ihn an, dieses frühe Schwitzen bekommt ihm nicht, es macht ihn schlaff und raubt ihm viel von der nötigen Aufmerksamkeit.

Auch der allgegenwärtige Kies auf dem Villengelände scheint jetzt auf infame Art Druck auszuüben. Das feine Zeug empfängt einen und sagt: Mach langsam, pass dich an, zeig, dass du hierher gehörst. Wer käme auf die Idee, auf diesem Kies ein paar Runden zu joggen? Niemand joggt hier, dabei wäre es durchaus möglich, ein paar Runden drehen, im Sporthemd und in Sporthose, für eine halbe Stunde mal außer Rand und Band. Dem Kies würde das allerdings schlecht bekommen, überall gäbe es Schleifen, Schürfwunden und andere Spuren auf seiner feinen Oberfläche. Hinterher müssten die Gärtner alles wieder in Form rechen, stundenlang, die Hecken würden derweil nicht mehr richtig beschnitten, es käme zu unvorhergesehenen Störungen in den Arbeitsabläufen der kleinen Gärtnerkolonne, am Ende würde sie streiken und auf dem Platz vor dem Haupthaus ein Streikzelt aufschlagen, mit kleinen Gasöfen und Grillspießen. Auf diese Weise wäre hier aber endlich einmal etwas Richtiges los, etwas weit außerhalb aller kontrollierten Kunstgebärden, etwas Gröberes, etwas aus dem Umkreis der harten sozialen Milieus.

Und was denken die oft lachenden, munteren Raumpflegerinnen in ihrem hellroten Hotelkitteldress bloß von einem? Sie müssen einen ja für verrückt halten oder für arrogant oder für völlig daneben, wie man so dasitzt in seinem monumentalen Studio und sich übers Haar streicht oder sich die Brust krault vor Liebes- und Lustverlangen, während sie einem das Bett abziehen und die Klorollen erneuern. Am besten, man macht sich aus dem Staub, wenn sie kommen, oder, noch besser, man hat sich längst aus dem Staub gemacht, wenn sie eintreffen. Dann können sie die Köpfe zusammenstecken und in Ruhe tuscheln und sich darüber austauschen, dass der allein lebende Typ anscheinend wieder nichts zustande gebracht hat, in einer saumselig vertanen Woche.

Irgendwann sind dann auch die Zikaden (oder sagt man Grillen? Wie sagt man denn bloß?) kampfbereit. Er kann sich nicht vorstellen, wie und warum sie das machen: den ganzen Tag, stundenlang, bis kurz vor Dunkelheit, dieses unerträglich monotone Geräusch absondern. Kein Schnarren, kein Zirpen, kein Dingens – er hat dafür einfach kein treffendes Wort. Es hört sich besinnungslos an, wie eine immense Strafarbeit, und als säßen sie zu Tausenden in den Zypressen und Pinien, rammdösig, ein muffiger, alter Gefangenenchor, der sich ausröchelt und längst keinem Dirigenten mehr gehorcht.

Mit nichts kommt er mehr auf einfache, unauffällige Art und Weise zurecht, alles steht ihm im Weg oder erweckt den Eindruck, von ihm falsch behandelt oder bedient zu werden. Selbst sein Kühlschrank wirkt jetzt so, als würde er nicht richtig gefüttert. Er möchte keinen »deutschen Kühlschrank«, mit dem üblichen deutschen Kram, mit geschmacklosem Obst oder mit Milch, Butter, Joghurt und Quark und all dem anderen Kuhmist aus deutschen Bergen. Er hat aber noch nicht raus, wie er seinen Kühlschrank würdig bestücken könnte, sodass einen ein klassisches Stillleben anlacht, wenn man ihn öffnet. Vorläufig ist das tote Ding nur voll mit Getränken, die wie steife Statisten erscheinen, oder mit allerhand exotischem Zeug, das dann langsam vergammelt.

Morgens, gleich nach dem Aufwachen, eilt er in aller Frühe hinaus aus dem Villengelände, er will etwas Barockes, Verschwenderisches, aber auch leicht Brutales sehen und schmecken, doch es fällt ihm nicht mehr ein, als sich mit lauter Frühstücksemphasen zu betäuben. Er frühstückt jetzt mehrmals, er trinkt einen Caffè nach dem andern, was ihn aber alles nicht zufriedener macht. Es stimmt etwas nicht, er weiß es genau, er befindet sich auf einer steil abschüssigen Bahn, und er kann vorläufig nichts dagegen tun. Zwei-, dreimal hat er es mit etwas Beschleunigung versucht und sich von dem pfälzischen Komponisten einen Wagen ausgeliehen.

Der römische Verkehr: Alle trudeln so vor sich hin, wie unter Narkose, ein somnambules Fahren, geölt und geschmeidig. Er macht eine Weile mit, es klappt sogar relativ gut, er hat es bald raus, dieses Dahingleiten und Kurvenschnurren und das betont gleichgültige Dösen vor den Ampeln, bei deren plötzlicher Grünschaltung ein gutes Drittel der ganz vorne stehenden Fahrer nicht reagiert, weil sie einen Porno im Kopf haben und eben nicht den Verkehr. Wenn er nach zwei, drei Stunden Herumfahren den Wagen zurückbringt, ist er jedoch so müde, als hätte man ihn gejagt. Er setzt sich auf ein Mäuerchen, atmet durch und starrt auf die Zypressen, die ihn wahrscheinlich längst tief verachten.

Seine Ungeduld und sein Widerwillen machen auch vor den anderen Stipendiaten nicht halt. Er unterhält sich nicht mehr mit ihnen, sondern grüßt nur kurz oder winkt ihnen schweigsam zu, wenn er ihnen begegnet. Bloß nicht stehen bleiben und wieder diese verkorksten Stipendiatengeschichten anhören! Dass die Lampen in der Küche nicht funktionieren. Dass es im großen Atelierraum zu warm ist! Dass der Boden dort manchmal vibriert!

Er würde jeder und jedem von ihnen gern »seine Meinung sagen«, aber das würde unnötig Wind machen und ihn auch viel zu sehr fordern. Und so rechnet er nur heimlich und für sich selbst mit ihnen ab, indem er ihnen Mails schreibt, die er dann aber nicht abschickt: »Liebe Andrea, kannst Du vielleicht einmal etwas anderes für Deine Brut kochen als laufend Tomaten, aus denen man die bekannte italienische Tomatensauce gewinnt, die mir ein wirklicher Graus ist? Die Duftwolken dieses weit überschätzten Gemüses wandern aus Deiner Küche an der hinteren Häuserfront entlang und nehmen dann geradewegs Kurs in meine eigene Küche. Dort lassen sie ihren Dampf ab oder hocken sich zwischen mein Stipendiatengeschirr oder machen sonst etwas sehr wenig Durchdachtes. Zuletzt jedenfalls kleben sie mir an der Haut und infiltrieren mein T-Shirt. Wenn ich später damit losziehe, sehe ich aus wie deutsch-italienische Pasta: Die bleiche

Haut gibt die feuchtnasse Nudel, und der rote Ausschlag gibt – zusammen mit dem unerträglichen Tomatengestank – den Billigtomatenverschleiß aus dem Supermercato.«

Das offizielle Bildungsprogramm der Direktion für die Stipendiaten ist seit den *open studios* auf regelmäßige Zufuhr geschaltet. Ein Italien- oder Rom-Filmchen nach dem andern schaut man sich an, und dazwischen gibt es hier und da einen Vortrag, eine Exkursion in die Stadt oder einen auswärtigen Besuch, der dann staunend, und bereits von den ersten Eindrücken hoffnungslos erschlagen, durch das Gelände tappt. Eine längere Exkursion in größerem Rahmen und mit allen Stipendiaten ist auch längst in Sicht. Es soll in die Marken und damit in jenen unauffälligen Landstrich zwischen Rimini und Pescara an der Adria gehen, den die besten Italienkenner nur selten frequentieren. Wer verläuft sich schon in so eine entlegene, spröde Region? Höchstens Romanciers, die beweisen wollen, dass sie noch den fadesten Landstrichen rauschhafte Liebesromane abgewinnen![34]

Peter Ka ist längst klar, dass er sich an dieser Exkursion nicht beteiligen wird. Auf gar keinen Fall! Solche Fahrten durchs Land sind purer Wohlfühltourismus, für den er nicht das Geringste übrighat. Und erst recht würde er es nicht ertragen, pausenlos mit dieser Stipendiatenmeute zu tun zu haben. Um sich zu wappnen und bereit für die Absage zu sein, schreibt er schon einmal eine Mail an den Direktor (und auch die schickt er vorerst nicht ab): »Verehrter Herr Direktor, an der vorgesehenen mehrtägigen Exkursion in die Marken möchte ich nicht teilnehmen. Ich wäre gerne mitgefahren, aber meine Arbeit erlaubt es einfach nicht, schon der schlichte Anblick des Meeres würde ihre ersten kleinen Errungenschaften ganz und gar durcheinanderbringen. Ich hoffe auf Ihr Verständnis und freue mich auf die Berichte der anderen Stipendiaten, von denen die meisten, wie ich ahne, ihren touristischen Fleiß leicht übertreiben und mitfahren werden.«

Freude macht ihm höchstens noch die Figur des kleinen römischen Legionärs, die er nun auf seinem Nachttisch postiert hat. Sein schreckenerregendes Löwenfell würde er sich auch gern überstülpen, um einmal etwas Furor in diese lahmen Villenszenen zu bringen. Gewalt, Umsturz, Rasanz, statt all er gepflegten Welten der *open studios* mit ihren *Aperol-Spritz*-Adepten. Wer so etwas trinkt, sollte sich aus Kunstdebatten heraushalten, überhaupt sollten sich die meisten Nichtkünstler und bloßen Bildbetrachter sowie die blassen Musikhörer und die herumstotternden Gedichteaufsager heraushalten! Von Kunst, Ästhetik und ihren Prozessen verstehen diese unkreativen Eckensteher rein gar nichts, aber auch die meisten Künstler, Musiker und Schriftsteller verstehen von dem, was sie so dahinbosseln, nichts. Sie folgen irgendwelchen Anregungen, die vom großen Früher ausgehen, und dann biegen sie hier ein Blättchen zur Seite und setzen dort einem Klötzchen ein Häubchen auf, um mit solch minimalen Korrekturen an längst abgehangenen historischen Schinken einen Klecks Ruhm zu ernten.

Gegen all diese verhaltenen Haarspaltereien helfen nur Schwert und Speer, brachiale Aktionen, Trennvorgänge. Der römische Legionär macht es richtig: einen Fuß voran, den Blick fest auf den Feind gerichtet, in Alarmbereitschaft. Einer, der sich einfach und schlicht ernährt, mit lang haltbaren Vollkornfladen oder stark gesalzenem *panis militaris.*[35] Daneben Öl und Unmengen frisches, kühles Wasser! Schließlich noch Wein, am Abend – auch davon nicht zu wenig! Im Grunde reicht das, es sind die Grundsubstanzen des Kampfes. Luxusstoffe wie Fisch, Fleisch oder albernes buntes Gemüse (was für ein Kinderkram!) nimmt ein solcher Legionär nur an Festtagen zu sich. Wenn des Sieges in einer Schlacht gedacht, ein Feldherr gefeiert oder einem der unberechenbaren Götter geopfert wird.

Hilflos und schwach geworden, verlässt Peter Ka schließlich sein Studio kaum noch. In den schattigen, dunklen Verliesen der Räume schaut er sich nur noch Szenen römischer Historienfilme an. Eine Gladiatorenschule im Trainingscamp. Eine Sklavenkavallerie in Wartestellung. Der Kampf zwischen Spartacus und Draba in der Arena. In seinen nächtlichen Träumen verwandelt sich das Gelände der *Villa Massimo* in das Lager einer Legion. Die hohen Mauern schirmen es nach außen hin ab. Nur ein einziges großes Tor führt hinein. Die *Via Principalis* verläuft zum Haupthaus (dem Verwaltungszentrum) und wird in der Mitte von der *Via Praetoria* gekreuzt, die zu den Legionärskasernen führt. Der früher noch offene Hinterausgang wurde gesperrt, damit die kriegerischen Meuten besser zu kontrollieren sind. Die Direktion hat sich in der obersten Etage des Haupthauses verschanzt. Vom Ehrengast ist nichts mehr zu sehen, er hat längst die Flucht angetreten. In den Kasernen kämpfen die verschiedenen Legionärsabteilungen noch gegeneinander, weil sie sich nicht einigen können, welche Abteilung mit dem Sturm auf das Haupthaus beginnen darf.

Der Direktor ist mit seinem Latein längst am Ende und hat Verstärkung aus Köln angefordert. Außerhalb der Mauern haben sich Tausende von Schaulustigen versammelt, darunter Scharen von Museumsdirektoren und Galeriebesitzern, die sehen wollen, wen die kriegerischen Meuten nach ihrem Sieg zum Direktor küren werden. Der dicke Romancier wird zur Unterhaltung der Krieger eingesetzt und spielt den Nero. Der pfälzische Ephebe gibt den jungen Antoninus, der sich bei Crassus einschmeichelt.[36] Und die blonde Malerin aus Studio Zehn hat sich in eine schwarzhaarige Kleopatra verwandelt, die sich einen siegreichen Feldherrn nach dem andern angelt und nach dem ersten Kopulieren vor ihm ausspuckt.

Gereizt 2

Auf dem Tiefpunkt dieses raschen Verfalls und des Zusammenbruchs der schönen Lebensrhythmen, die er sich angeeignet hatte, beginnt Peter Ka, seine Situation zu erforschen. Der große Atelierraum ist voll von lauter Tüten, leeren Flaschen und hingefetzten Kleidungsstücken, die er kurz getragen und dann wieder abgestoßen hat. Das einzige Lebewesen, mit dem er noch zu tun hat, ist Kater Rosso, der ihn täglich besucht und um den er sich halbwegs regelmäßig kümmert. Frische Milch ist als einziges Lebensmittel immer zur Hand, ja, er hat es sogar geschafft, einen Vorrat an Katzenfutter anzulegen. Seltsam erscheint ihm, dass das gelassen wirkende Tier sich viele Stunden des Tages ausgerechnet in seinem Studio aufhält. Je schlechter es ihm geht, umso mehr scheint ihn der Kater zu mögen und seine Nähe zu suchen.

Wechselt er von einem Raum in den andern, bleibt er zunächst noch wenige Minuten liegen und folgt ihm dann. Er scheint den dumpfen Geruch von Schweiß, Wein, Brot und Öl, den er absondert, für ein Odeur zu halten, von dem man gar nicht genug bekommen kann. Als wäre er mit allem einverstanden, schläft er viel, öffnet aber sofort die Augen zu einem kaum merklichen Schlitz, wenn er sich etwas heftiger bewegt. Nachts verschwindet er und lässt Peter Ka zurück in seinem Dämmer, doch im Morgengrauen (wenn er sich lächerlicherweise jedes Mal »Sorgen macht«) taucht er wieder auf, verlangt miauend nach Milch, trinkt und legt sich neben ihn auf das Bett.

Vielleicht will er ihm anzeigen, dass dieses zweite Bett von jemand anderem eingenommen werden sollte. Vielleicht will er auf diese empfindliche Lücke aufmerksam machen. Er hat darüber nachgedacht, denn natürlich hat seine Krise auch mit der späten Nacht der *open studios* zu tun, mit der Grobheit der

Malerin, die ihn völlig unvorbereitet traf, mit ihrer Ignoranz und vor allem damit, dass er sie zuvor für einen ganz anderen, ihm durchaus zugewandten Menschen hielt.

Er hat sie seither nicht mehr gesehen, und es heißt, sie sei für einige Zeit zurück nach Hause geflogen, um dort wichtige Termine wahrzunehmen. Solchen Verlautbarungen traut er nicht mehr, nein, er wird ihr niemals mehr trauen, denn eine Person wie sie besteht vor allem aus Unberechenbarkeit, die vielleicht geradezu die Grundlage ihrer (unbestritten) hohen Kunst ist. Dass sie gut malt, würde er nie in Abrede stellen, sie ist eine fantastische Künstlerin, aber diese Kunst mit ihrer Hinwendung zu schreiend monochromen Flächen mit halborganischen Gebilden, Korallenriffen oder Planktonnebeln scheint aus dem Magma lauter innerer Konfrontationen zu entstehen, von denen keiner, der sie kaum kennt und flüchtig anschaut, etwas ahnt. Auf unheilvolle Weise ist er in diese überhitzten Zentren ihrer Arbeit hineingeraten, und die Protuberanzen haben ihn dann mit voller Wucht wieder hinausgeschleudert. Es ist aus, er wird sich ihr nicht mehr nähern, die vagen Erotismen, die sich angekündigt hatten, sind jetzt vorbei!

Andererseits spürt er eine hemmungslos wirkende Sehnsucht nach einem weiblichen Körper, nach Berührung, Emphase, ach, nach Gott weiß was allem! Er hat unterschätzt, dass diese Sehnsucht hier in Rom derart wachsen und stark werden könnte, dabei hätte er doch wissen müssen, dass gerade diese Stadt einen mit ihrer enormen Sinnlichkeit ununterbrochen belagert. All die Farben und Bilder, all das geradezu empörend Glatte und Geschmeidige direkt neben dem Rauen, Groben und Unvermittelten – das setzt sich in einem fest und macht aus einem nachgiebigen Leib eine unausgeglichene, sexuell hochgradig aufgeladene Figur.

Einmal hat ihn seine römische Mutter aus der *Bar Mizzica*, als sie anscheinend Mitleid mit ihm bekommen hatte (weil er so schlecht aussah, so schwach wirkte und jeden Antrieb verloren hatte), zu einer Mahlzeit in ihre Zwei-Zimmer-Wohnung nahe der Piazza Bologna eingeladen. Sie hat den kleinen Tisch sehr ordentlich gedeckt, und so saßen sie einander sehr nahe, direkt gegenüber. Es gab ein Risotto, nicht besonders gut, viel zu lange gekocht, leicht klebrig und dazu noch voller Partikel eines geschmacklosen Gemüses, das er nicht ausstehen kann (Zucchini). Sie sprach, wie es so ihre Art war, fast ununterbrochen, sie erzählte von sich, den Nachbarn und was in der Umgebung so alles passierte. Er aß das Risotto viel zu langsam, es schmeckte ihm einfach nicht, und so hielt er sich an das frische, knusprige Brot und trank Wein, ein Glas nach dem andern, ohne es so genau zu bemerken.

Sie schenkte ihm immerzu nach und holte eine weitere Flasche, auch das fiel ihm nicht richtig auf. Er versuchte, ihr Italienisch Wort für Wort zu verstehen, aber es gelang nicht, obwohl sie ihm zuliebe sehr langsam sprach. Sie war mindestens zwei Jahrzehnte älter als er, und sie trug wahrhaftig keine attraktive Kleidung (sondern eine braune Wolljacke über einer hellblauen Bluse). Und doch spürte er nach einer Weile eine starke Nähe zu ihr. Zu diesem gleichmäßigen, warmen Fluss ihrer Rede. Zu ihrer schlichten Freundlichkeit und zu dem Geruch, den sie ausströmte. Ein Geruch von gutem, einsatzbereitem Leben, von unbeirrbarer Geduld mit anderen Menschen und von nicht selbstsüchtigem, sondern stolzem Eigensinn.

Am liebsten wäre er aufgestanden, um sie zu umarmen und ihre Berührung zu spüren, er hielt sich beinahe künstlich zurück und verkrampfte. Und dann sagte er sich, dass es so doch nicht weitergehe und er sich etwas einfallen lassen müsse. Er deutete auf das Risotto und sagte, es tue ihm leid, aber er fühle sich nicht wohl und werde jetzt lieber rasch zurück in die Villa gehen. Sie verstand das sofort und begleitete ihn bis zur Wohnungstür, und als sie ihn beim Abschied etwas länger umarmte, als es vielleicht üblich war, schauerte es ihn so, dass er sich, unten im Treppenhaus angekommen, auf die Stufen setzen musste, um sich zu beruhigen.

Dass er mit seiner Arbeit nicht recht vorankommt, dass er (wie ihm die *open studios* gnadenlos gezeigt haben) in einem künstlerischen Niemandsland außerhalb aller Institutionen haust, dass er nicht mehr glaubt, sich Rom mit Hilfe eines stur durchgehaltenen, strengen Lebensrhythmus gefügig machen zu können, und dass er noch keine anderen Lebensformen gefunden hat, mit denen er sich Rom nicht vom Leib hält, sondern sich ihm wirklich einmal »aussetzt« – das alles hat seinen Zusammenbruch und seine Überreizung vorbereitet und mit herbeigeführt.

Die »Geschichte« mit der Malerin aber hat dieses brodelnde und undurchschaubare Gemenge vulkanisiert und zum Ausbruch gebracht. Hatte er nicht blöderweise erwartet, einmal Hand in Hand mit ihr durch das Zentrum flanieren zu können, um sich gegenseitig an all diesen Bildvorräten zu begeistern? Hand in Hand! Mit dieser Person! Und, einmal weitergedacht: War nicht bereits diese »Hand in Hand«-Vorstellung schlimm und ein einziger Kitsch? Als wären Städte wie Rom (oder Paris) dazu da, den eigenen Liebesmüll mit ihren Kulissen zu verschönern und in etwas Edleres, Geweihtes und Gestaltetes zu verwandeln! Angesichts eines solchen Kosmos wie Rom ergaben Programme wie »Flanieren«, »Hand in Hand« oder »Besichtigen«, »Studieren« nur lächerliche Defilierauftritte! Als könnte man hier noch immer die alte Figur aus dem Wuppertal bleiben und spielen, nur ins etwas Erhabenere und Glänzendere gerückt!

Es kommt also auf »Verwandlung« an, und zwar auf eine, die man nicht selbst, nach eigenem Gusto (sich maskierend und »römisch« in Szene setzend), gestaltet, sondern auf eine, die wie ein Eingriff an einem vorgenommen wird. Entweder packt einen dieses Rom, oder es lässt einen links liegen – etwas Drittes gibt es nicht. Genau das aber sind die eigentlichen Alternativen, die er jetzt, auf der Stufe der stärksten Erniedrigung, sehr deutlich sieht. Gibt es irgendwen oder irgendetwas, von dem er sich weitere Auskünfte dazu versprechen kann?

Unter den Stipendiaten gibt es jedenfalls niemanden, ja, er hat sogar das Gefühl, als würden sie solche Fragen für spinnerte Aussetzer eines halt mal eben so Gescheiterten halten. Der Großmogul hat mit seinem Leben in dieser Villa längst abgeschlossen und wird den Rest der Zeit damit verbringen, den Kunstpark seiner Skulpturen zu vollenden. Der junge Komponist aus dem Pfälzischen wird mit enormem Fleiß lauter Hymnen für hundert gemischte oder auch monogame Chöre komponieren und allmählich (wegen der Nachtessen nach jeder Aufführung) etwas Fett ansetzen. Der bärtige Architekt wird in Rom heiraten und sich dann auf eine längere Hochzeitsreise durch alle Provinzen Italiens begeben, von der er gar nicht mehr in die Villa zurückkehren wird. Und der dicke Romancier wird sich von Lesung zu Lesung schmusen, bis sich irgendein italienischer Kleinverlag erbarmen und finden wird, um seinen Ostseeschmarrn zu übersetzen.

Und die Malerin? Wenn er all diese Szenen in seinem jetzigen Zustand konsequent zu Ende denkt, dann gibt es in Hinsicht auf ihre Zukunft nur zwei Möglichkeiten. Entweder sie wird hier so großartige Bilder malen, dass die halbe Kunstwelt sich überschlagen und sie nach ihrer Rückkehr als Ereignis der Saison empfangen wird. Oder?! Oder sie wird hier durchdrehen, langsam, aber unaufhaltsam. (Er wird sie deswegen im Auge behalten, das schon, aber er wird sich ihr, fest versprochen, nicht mehr »nähern«.)

Bleibt im Grunde nur noch Uwe (die schwäbische Komponistin und das junge Architektenpaar interessieren ihn einfach nicht)! Uwe, ausgerechnet Uwe! Der clever und lebenskundig erst mit großer Verspätung hier ankam! Der so tut, als lebte er nur auf Abruf hier! Kann er von ihm einen Rat bekommen? Uwe hat das richtige Alter, um einem weitaus jüngeren Menschen wie ihm, der noch fast nichts von der Welt gesehen hat (und vorerst auch nicht weiter viel von dieser »Welt« sehen will), einen Tipp zu geben. Als Peter Ka ihn vorsichtig fragt, was er sich im Zentrum Roms als Erstes anschauen solle, kapiert Uwe, der Fotograf, zunächst nicht, was er meint. Fragt Peter nach einem Gebäude, nach einem Platz, nach einem Viertel? Nein, Peter Ka fragt nach einem Raum, in dem man einem Menschen von früher begegnet, der sich Rom ganz ausgesetzt hat.

Ausgesetzt?! Ja, einer, der aufgehört hat, seine alten Rollen weiter zu spielen, einer, der in Rom ganz von vorne begonnen hat. Bedingungslos, nicht inszeniert. Uwe nickt wie einer, der jederzeit Rat weiß und nicht einmal lange nachdenken muss. Dann empfiehlt er allen Ernstes die *Casa di Goethe* in der Nähe der Piazza del Popolo. Goethe?! Ist das sein Ernst? Aber ja, Uwe rät allen Ernstes dazu, sich die (wie er sagt) alte »Goethe-WG« direkt am Corso anzuschauen. Goethes Zimmer, die ganze Wohnung. Und vor allem die Bilder und Skizzen des Malers Tischbein, die der von Goethe angefertigt hat.

Wirklich?! Mann, schau es dir an, sagt Uwe, du kommst aus dem Staunen nicht mehr heraus. Peter Ka glaubt zunächst weiter an einen Scherz, dann aber nimmt er sich doch vor, die *Casa di Goethe* einmal zu besuchen. Die *Italienische Reise* wird er aber nicht lesen, das nicht. Er ahnt, dass Goethe zu jedem südlichen Detail etwas eingefallen ist und die halbe Welt in seinen Augen dazu hat herhalten müssen, ihm bestechende Einfälle und verwegene Deutungen zu liefern und damit das eigene Schaffen anzuregen. Das alles, wie gesagt, »ahnt« er, aber er weiß es nicht genau. Hat Goethe in Rom »gedichtet«? Direkt vor Ort? Und wann? Und vor allem was? Solche Fragen will Peter Ka schon

beantwortet sehen, vertiefen will er sich in Goethes Rom-Ambitionen aber nicht. Hingehen, schauen, etwas aufschnappen – das nimmt er sich dann für einen Tag der kommenden Wochen vor.

Gereizt 3

Während des sich hinziehenden depressiven Schubs telefoniert Peter Ka nun wieder häufiger mit seinen Eltern. Meist spricht er ein paar Minuten oder eine Viertelstunde mit der Mutter. Sie erzählt ihm aber wenig von Wuppertal, sondern meist von dem Zeug, das sie aus den Nachrichten hat. Irritiert bemerkt er, dass sie diesen Nachrichtenkram bis ins letzte Detail für mitteilenswert hält, dabei ist doch klar, wie solche Meldungen entstehen. Zunächst werden die attraktivsten ausgesiebt, dann auf sehr wenige reduziert, schließlich wird alle Welt zwei bis drei Wochen mit denselben Geschichten und all ihren denkbaren Umdrehungen belästigt und schlecht unterhalten, bis der nächste Nachrichtenblock dran ist. Und so etwas hält seine Mutter für ihr Leben?

Wenn er sie fragt, was sie »erlebt« hat, kommt in der Tat fast nichts Privates mehr vor. Höchstens beim Thema Wetter sind noch ein paar Emotionen im Spiel. Sonst aber folgen ihre Erzählungen der Dramaturgie der Medien so gehorsam, dass er sich genau vorstellen kann, wie die TV-Nachrichtensendungen das alles gerade an die Leute bringen. (Er sieht das Lächeln von Petra Gerster direkt vor sich.) Das Gelände der *Villa Massimo* erreichen diese Meldungen zum Glück immer weniger. Natürlich gibt es einige Stipendiaten, die täglich eine deutsche Zeitung im Brunnensaal durchblättern (der dicke Romancier tut sich dabei hervor), aber mit der Zeit ist das Gerede über Tarifkonflikte, Parteienkonstellationen und Eurokrisen doch erheblich weniger geworden. Was in den italienischen Zeitungen verhandelt wird, interessiert ohnehin kaum jemanden, nur Uwe kennt sich einigermaßen mit den politischen Verhältnissen in Italien aus, während die anderen, wenn jemand darauf zu sprechen kommt, noch immer den Namen »Berlusconi« umkreisen. »Berlusconi« ist eine Figur, zu der man immer etwas sagen kann, er ist im Gedächtnis geblieben, während die anderen politischen Gestalten zum Verwechseln ähnlich reden und aussehen. (Selbst die römischen Reinemachefrauen können sie nicht richtig unterscheiden, kennen aber sogar die Lieblingseissorte Berlusconis.)

Der Hintergrund der Gespräche mit den Eltern ist ein leichtes Heimweh, Peter Ka versucht, es durch Betrachtung der Schwebebahnbilder zu lindern, der Effekt ist jedoch gegenteilig, denn seit er sich diese Bilder weit nach Mitternacht gestattet und zuführt, wandern sie bis in seine Träume, in denen er mit Kater Rosso in einem seltsamen Fluggerät unterwegs ist, das wie eine hypermoderne Weiterentwicklung der Schwebebahn aussieht. Er sitzt im Cockpit und braucht das seltsame Ding nicht einmal zu steuern, der Kater liegt neben ihm auf dem Boden und wischt sich laufend mit einer Pfote über die Augen, als wisse er nicht, wie ihm da gerade geschieht.

Peter Ka notiert sich solche Träume, sie sind verräterisch, denn sie beweisen ihm, dass sein ganzes römisches Leben sich inzwischen auf eine nostalgische Wuppertal-Reminiszenz und das Zusammensein mit Kater Rosso reduziert hat. Wenn er doch bloß etwas Schwung aufbrächte, endlich ins Zentrum der Stadt zu fahren, um sich dort auf alle nur erdenkliche Weise abzulenken. Er ist aber zu schwach, zu unbeteiligt, zu lustlos, und so verschiebt er diesen Aufbruch immer wieder und schafft es lediglich, sich im Tiefgeschoss der Metrostation Piazza Bologna für den nächsten Monat ein Monatsticket zu kaufen, das ihm erlaubt, alle Busse, Straßenbahnen und Metrolinien zu benutzen.

Sobald dieses Ticket in Kraft tritt, wird er (so hofft er jedenfalls) Ernst machen mit der Fahrt hinab in den römischen Dschungel.

Dann aber passiert etwas Unvorhergesehenes, das alles verändert. Denn an einem Vormittag gegen zehn Uhr steht die Frau des dicken Romanciers vor seiner Tür und meldet, dass ihr Mann einen Schwächeanfall erlitten hat. Zu viel Arbeit und ein zu starker Ehrgeiz, hier in Rom rasch voranzukommen! Peter Ka leiht sich rasch den Wagen des pfälzischen Komponisten aus und fährt den auffällig in sich zusammengesunkenen und apathisch wirkenden Mann in die nahe gelegenen römischen Kliniken. Während der Fahrt flüstert ihm die Frau des Romanciers zu, dass es ihrem Mann seit der Präsentation der *open studios* immer schlechter gegangen sei. Er habe nicht mehr regelmäßig gearbeitet und sich nicht mehr um die Kinder gekümmert. Die Kinder seien ihm sogar lästig gewesen, und er habe häufig geschimpft, dass sie ihn an einem guten Fortkommen hinderten. Er habe auch nicht mehr gekocht, geschweige denn, dass er noch einkaufen gegangen sei. Sie hätten versucht, das alles vor den anderen Stipendiaten zu verheimlichen, und das sei bisher auch weitgehend gelungen.

Peter Ka antwortet ihr (während er mit einer ihm unerklärlichen Lust den Wagen steuert), dass er solche Mitteilungen für sich behalten werde. Niemand werde von ihm auch nur irgendetwas erfahren. Die Frau, mit der er zuvor nie länger und vor allem nicht allein gesprochen hat, bedankt sich und setzt plötzlich hinzu, dass sie ihn, Peter Ka, insgeheim bewundere. Sie bewundere ihn? Wieso denn das? Ja, sie bewundere ihn, weil er die Zeit hier in Rom anscheinend mühelos allein durchhalte, weil er immer freundlich und gelassen wirke und weil man ihm ansehe, dass er in vielen Angelegenheiten »über den Dingen« stehe.

Peter Ka muss sich beherrschen, nicht laut loszulachen. Seit wann steht denn ausgerechnet er, dem es so schlecht geht wie vielleicht noch nie in seinem Leben, »über den Dingen«? Wahrscheinlich macht er durch seine ruhige Art einen ausgeglichenen Eindruck. Außerdem wirkt er vielleicht nicht besonders ehrgeizig oder überspannt, und vor allem hat er möglicherweise keine sogenannten »Allüren«. Das haben ihm schon andere Leute (in Wuppertal) gesagt, die ein solches Verhalten allerdings eher als Manko für einen Lyriker betrachteten. Ein Lyriker musste doch irgendein Bild von sich entwerfen! Im Kragen und mit sorgfältig gebürstetem Haupthaar! Mit weit aufgerissenen oder leicht glasigen Augen! In einem erkennbaren, aber nicht genau zu fixierenden Drogenambiente! Alle wirklich bedeutenden Lyriker hatten solche Bilder von sich entworfen, George, Benn, Brecht, die Bachmann oder die Mayröcker, während den Romanciers meist nicht mehr eingefallen war, als hilflos, ergeben und wie dazu verdammt fett und monströs auf ihren Schreibtischstühlen zu hocken.

Er liefert den Romancier mit seiner Frau in den Kliniken ab und sagt, dass sie, solange es nötig sei, bei ihrem Mann bleiben solle. Er werde sich inzwischen um die Kinder kümmern und mit ihnen ans Meer fahren. Ans Meer?! Ja, warum nicht? Er fragt nach, ob die Familie schon einmal hier am Meer gewesen sei? Nein, noch nicht. Gut, dann werde er »dieses Projekt« in Angriff nehmen.

Kaum anderthalb Stunden später ist er mit den drei Kindern des dicken Romanciers (sie sind zehn, acht und fünf Jahre alt, zwei Mädchen, das jüngste Kind ist ein Junge) auf dem Weg an die Küste von Ostia. Sie sind ziemlich still und wegen des väterlichen Schwächeanfalls sichtbar erschreckt, aber er versucht, sie einigermaßen abzulenken. Während der Fahrt gelingt das nicht, aber als sie dann am Meer ankommen, aus dem Wagen aussteigen und die ersten Schritte auf die Weite des Mittelmeeres zu machen, lösen sie sich von ihm und rennen auf die nahen Wellen zu. Er setzt sich auf den Sand und blickt ihnen nach, und er sagt sich, dass er sich Mühe geben wird, ihnen zu helfen. Eine solche Hilfe muss nicht unbedingt und vor allem ein Akt der Selbstlosigkeit sein, nein, sie konnte ganz nebenbei auch dazu beitragen, dass sein Befinden sich besserte. Ablenkung! Irgendetwas Normales, Notwendiges tun! Anpacken und handeln! Waren das nicht auch bekannte Goethe-Maximen gegen jede Anwandlung von Depression?!

Nun gut, er wird es versuchen, obwohl er sehr unpraktisch ist, sodass sich seine Hilfe auf ein paar einfachere Leistungen beschränken wird. Er könnte mit den Kindern ins Kino gehen. Oder, noch besser, er könnte ihnen in seinem Studio Filme vorführen! Er könnte auch einkaufen oder beim Kochen zumindest ein wenig helfen! Mit anderen Worten: Er könnte einfach da und zur Stelle sein, wann immer er gebraucht wird!

Genauso kommt es dann zu seinem eigenen Erstaunen auch wirklich. Jeden Tag sind die drei Kinder des Romanciers nun bei ihm zu Gast. Er zeigt ihnen Filme, spielt mit ihnen auf der großen Rasenfläche hinter den Studios und geht mit ihnen Pizza essen. Weil er ihnen sein Studio nur in bestem (und daher aufgeräumtem) Zustand präsentieren möchte, hat er sofort begonnen, den Atelierraum und sämtliche Wohnräume von allem unnötigen Kram zu befreien. Zusammen mit Maria, seiner Reinemachefrau, hat er einen ganzen Vormittag jeden Winkel seines Studios gesäubert, den Kühlschrank geleert und die Herdplatten gründlich gereinigt.

Es kommt ihm so vor, als hätte er aus weiter Ferne den Befehl erhalten, sein Leben von einer Minute auf die andere wieder in den Griff zu bekommen. Und zwar, ohne dass er sich erlauben würde, über die Einzelheiten länger nachzudenken. Kein Nachdenken, Grübeln, Abwägen, sondern handeln, zur Stelle sein, früh aufstehen! Die Frau des Romanciers, mit der er sich erstaunlich gut versteht, weiß gar nicht, wie sie ihm danken soll. Sie geht jeden Vormittag in die Klinik und berichtet verängstigt und meist recht durcheinander von den Diagnosen der Ärzte. Angeblich widersprechen sie sich, aber sie versteht diese Diagnosen nicht richtig, bis sie von der Direktion der Villa die Nachricht erhält, es handle sich im Fall ihres Mannes letztlich doch nur um pure Erschöpfung und damit um keine gefährliche Krankheit. Wenn der bloß nicht weiter so apathisch und schweigsam in seinem Bett liegen würde!

Etwas über zwei Wochen verbringt er im Krankenhaus, dann wird er wieder entlassen. Peter Ka kündigt an, dass er sich jetzt wieder zurückziehen und nicht weiter stören werde, doch das ist längst unmöglich. Immer wieder trudeln die Kinder in sein Studio, um mit Kater Rosso zu spielen, einen Kuchen zu backen oder auch einfach nur große Zeichnungen auf überdimensionalen weißen Blättern anzufertigen. Peter Ka hat diese Blätter eigens für sie gekauft. Er mag kein DIN A3-, 4- oder 5-Format, solche Formate sind nichts für Lyrik. Selbst die kleinste, kürzeste, unscheinbarste Lyrik braucht zu ihrer Entstehung in der Endphase ein großes Format.

Dann kritzelt er all die Textentwürfe und Textproben eines Gedichtes in kurzer Zeit unter- oder nebeneinander auf wenige Seiten, so wie Deutschlands größter Lyriker, Friedrich Hölderlin, es vorgemacht hat.[37] Damit die handschriftlichen Fetzen Luft bekommen und sich frei auf den leeren Seiten verteilen und entfalten können. Und so wie seine Fotos, denen er ja ebenfalls alle Freiheiten und viel Luft gewährt. Fotoalben kommen ihm nicht ins Haus. Fotoalben sind etwas für Leute, die ihre Fotos abpacken, beerdigen und in die Vergangenheit abschieben. Er aber will, dass seine Fotos und Kritzeleien ihren Zeitschimmer behalten und laufend strahlen, wie aktive Lebewesen nach Art der hingetuschten Bilder und Schriftzeichen in Steinzeithöhlen.

Pausenlos und über alle Zeitmaße hinweg gegenwärtig und präsent.

Wer hat überhaupt all diese penetrant künstlichen Formate erfunden? Wenn es nach ihm ginge, würden die Gedichte in seiner Handschrift erscheinen, in großen Alben, die Texte vermengt mit kleinen Zeichnungen, Skizzen und allerhand anderem Gekritzel. Gedichte entstehen sehr allmählich, aus dem Dunkel eines solchen Gekritzels. Nach Wochen und Monaten treten ihre Buchstaben und Silben aus der Tiefe dieses Dämmerns hervor, mit geradezu unheimlichem Ernst.

Renaissancen

Renaissance 1

Dann sind alle anderen Stipendiaten endlich verschwunden. Zusammen mit dem Direktor und einigen Angestellten der Villa haben sie sich auf die Exkursion in die Marken begeben. Selbst der kaum genesene Romancier ist mitsamt seiner Familie mitgefahren. Peter Ka hat sich in seinem längst aufgesetzten und dann auch im Haupthaus abgegebenen Brief an den Direktor entschuldigt, ohne so richtig zu ahnen, was für einen guten Entschluss er da gefasst hat.

Das nämlich wird ihm erst deutlich, als er an den ersten Tagen nach Aufbruch der Meute frühmorgens sein Studio verlässt. Es ist direkt physisch zu spüren, wie allein er jetzt ist! Die blaue Sonnenschwingung des Himmels scheint sich noch tiefer gesenkt zu haben, die dunklen Zypressen und Pinien wirken wie Freigänger, und überhaupt ist die gesamte Atmosphäre des Geländes eine andere. Gelöster! Weniger theatralisch! Als schüttelten sich all die Pflanzen, Statuen und Bauten wie nach einem langen Schlaf, um sich endlich nach eigenem Willen zu rühren!

Er verlässt das Gelände in der Frühe jetzt nicht mehr so schnell wie zuvor, manchmal verlässt er es sogar einen ganzen Tag nicht. Er will die kostbare Zeit nutzen, in der er mit all den Dingen und Räumen um ihn herum allein ist. Wie gut es tut, sich hier unbeobachtet zu bewegen, ohne die Vermutung, an der nächsten Ecke gleich wieder einem anderen Stipendiaten zu begegnen! Selbst der Kater scheint die große Freiheit zu spüren, denn er läuft anders als sonst in einigem Abstand hinter ihm her, um dann einen Ort auszusuchen, wo sie gemeinsam für einige Zeit zur Ruhe kommen.

Nicht einmal dem älteren Ehrengast wird er so bald begegnen, er ist für kurze Zeit nach Portugal geflogen, angeblich, um der Präsentation eines seiner Werke im Portugiesischen beizuwohnen. Das hat Peter Ka von seiner Übersetzerin erfahren, die als Einzige aus dem großen Tross der Bewohner mit auf dem Gelände geblieben ist. Sie ist aber tagsüber meist in der Stadt und begegnet ihm dann nicht, nur an den Abenden sehen sie sich manchmal und trinken dann, wenn es ihnen beiden passt, zusammen etwas Wein.

Wahrhaftig hat sie begonnen, einige Gedichte Peter Kas ins Italienische zu übersetzen, und obwohl er diese melodische Sprache noch immer nur unzureichend beherrscht, nimmt er in solchen Fällen genau wahr, ob die Übertragung gelungen ist oder ob es an einigen Stellen noch hapert. Er horcht hin, er spricht die italienischen Verse laut. Sie zu verstehen fällt ihm nicht schwer, schwerer dagegen ist es, Varianten für bestimmte Worte oder Nuancen zu finden. Sein italienischer Wortschatz ist einfach zu klein, das ist der Grund! Aber es ist eine große Freude, den eigenen Text in diesem fremden, ihn verstärkenden Melos zu hören, sodass er jetzt sogar daran denkt, sich in einigen Jahren einmal an Gedichten in italienischer Sprache zu versuchen.

Er findet es nicht angebracht, die Übersetzerin in sein Studio einzuladen, und sie haben sich beide dahingehend verständigt, dass auch die Übersetzerin auf die Rückkehr des Ehrengastes warten will, um Peter Ka dann in dessen Studio einzuladen. So haben sie nach einem dritten Ort Ausschau gehalten, wo sie abends ein wenig miteinander plaudern und an den Übersetzungen arbeiten können. Diesen Ort haben sie schließlich in dem Teil des Geländes gefunden, den man *Villino* nennt.

Das *Villino* gehört eigentlich zum privaten Lebensraum des Direktors und seiner Familie. Es liegt am Ende der Studiofluchten und ist sonst ein unzugänglicher Bezirk. Man betritt es durch ein eigenes Tor, an das sich ein dunkler Vorhof anschließt, der schließlich in einen schönen Innenhof (mit einigen Orangen- und Zitronenbäumchen) führt. Zur Linken befindet sich der Eingang zur Direktorenwohnung, drei Seiten des Innenhofes aber werden von einem bedachten Rundgang mit Säulen gerahmt, der entfernt an einen Kreuzgang erinnert. Das kleine, Intimität und Stille ausstrahlende Ensemble ist genau der richtige Raum für den späten Abend, wenn es langsam ein wenig kühler wird und man in der späten Nacht noch Lust hat, miteinander zu sprechen.

Peter Ka wechselt jetzt Abend für Abend in diesen Bezirk, schaltet ein paar einfache Bodenstrahler an und schaut eine Weile in die brennenden Kerzen, die er auf zwei Tischen aufgestellt hat. Gegenüber der pompösen Bühnenweite des sonstigen Geländes bildet das *Villino* einen Urraum des Rückzugs: schlicht, mit klaren, gut erkennbaren, den gesamten Raum haltenden Umrissen, wie ein Rudiment einer altrömischen Stadtvilla.

Er bringt Käse und Wein aus dem *Uve e forme* hierher, und er gewöhnt sich wieder ab, dazu große Mengen an Brot (*panis militaris*) zu essen. Seine Legionärszeit ist anscheinend vorbei, jetzt hat eine andere Epoche begonnen, eine Zeit der Huldigung an die weniger kriegerischen als hochentspannten Zeiten Roms. Zeiten, in denen sich die Dichter und Schriftsteller in den warmen Monaten auf ihre Landgüter zurückzogen, um darüber nachzudenken, wie man den Tag bei beträchtlichen Hitzegraden doch in einen arbeitsamen Tag verwandelte.

Er hat sich in der Bibliothek umgesehen (auch das war endlich einmal in Ruhe möglich) und sich lauter Texte lateinisch/deutsch ausgeliehen, die von diesen Zeiten und Räumen handeln. Latein ist (so merkwürdig das auch erscheinen mag) die einzige Fremdsprache, die er gut beherrscht. Die Übersetzerin ist darüber nicht einmal besonders erstaunt, im Gegenteil, sie scheint es für normal zu halten, dass man so viele tote und lebendige Sprachen wie nur möglich erlernt. Sie selbst versteht das Latein einigermaßen, lässt sich von Peter Ka aber auch so manche Wendung erklären und übersetzen.

Und so sitzt er zum ersten Mal seit seiner Ankunft mit einem anderen Menschen auf diesem großen Gelände, um sich mit diesem Menschen ernsthaft über Gedichte und andere Texte auszutauschen. Und das nicht flüchtig und bloß in Andeutungen, sondern so, dass man sich solche Texte gegenseitig vorliest und dann die Einzelheiten der Übersetzung bespricht. Dieses Vorgehen erzieht zur Langsamkeit und dazu, sich den einzelnen Wendungen gründlich zu widmen. Das Tempo des Gesprächs lässt sich dadurch weder beschleunigen noch zurücknehmen. Es wird vielmehr bestimmt vom Vorlesen der Texte und von der sich anschließenden Vertiefung in ihren Gehalt.

Wie wohltuend so etwas ist! Im Grunde hat er sich genau ein solches Lesen zu zweit gewünscht! Ein langsames, Schritt für Schritt vorangehendes Studium! Ein leises, kaum unterbrochenes, sich Abend für Abend fortsetzendes »Gespräch über Gedichte«![38] Ein Gespräch, in dessen Verlauf man nichts Privates berührt, nicht von sich selbst erzählt, nicht ablenkt oder ausweicht und die üblichen Salatlesethemen der Welt endlich hinter sich lässt! Warum ist er hier – wenn nicht für solche Lektüren! Ohne es zu ahnen, hat er dafür genau den richtigen Menschen getroffen. Eine uneitle, passioniert lesende Frau, der es großes Vergnügen bereitet, sich über die Angemessenheit einer sprachlichen Wendung minutenlang auszutauschen.

Eigentlich hätte er sich denken können, dass ein solcher Mensch nicht unter den Künstlern, Musikern oder gar Architekten zu finden wäre. Vom gegenseitigen »Austausch« ist auf diesem Gelände zwar viel die Rede – aber wo und wie findet er denn wirklich statt? Und, strenger gefragt, ist ein solcher Austausch zwischen Künstlern so verschiedener Sparten (ohne genaue Kenntnisse der sehr verschiedenen Schaffensprozesse und all ihrer Voraussetzungen) überhaupt möglich?

Zum jetzigen Zeitpunkt seines Aufenthalts vermutet er, dass so etwas letztlich oberflächlich bleibt. Keiner der Künstler hier bringt auch nur das geringste Interesse dafür auf, was ein Peter Ka zu ihren Werken zu sagen hätte. Und wahrscheinlich ist das, was er allenfalls sagen könnte, auch wirklich ein dürftiger Mumpitz! Im Fall der Musik ist das schon anders, von Musik »versteht« er eindeutig mehr. Aber er sieht das Gesicht des pfälzischen Epheben sofort vor sich (das Mienenspiel und die leichte Arroganz), wenn er, Peter Ka, sich erlauben würde, seine Eindrücke von dessen Kompositionen zu äußern. Ganz zu schweigen von der schwäbischen Komponistin, von der er sich höchstens vorstellen kann, dass sie sich über ihre eigenen Werke mit exquisiten Murmeltieren ferner Kontinente im Adorno-Slang[39] unterhält!

Übersetzer und Lektoren – sie sollte man einfliegen, um das literarische Gespräch auf diesem Gelände zu grundieren! Beide Berufsgruppen bestehen meist aus gründlichen, selbstlosen und hingebungsvollen Menschen, die sich jede Eitelkeit abgewöhnt haben. Wohingegen Schriftsteller sich miteinander kaum verständigen können und es da, wo es vielleicht nach Verständigung aussieht, letztlich eher um Abgrenzung, Distanzierung und Wahrung des eigenen, nervig gehüteten Terrains geht.

Und so beginnt jetzt für Peter Ka eine neue Zeitrechnung. Tagsüber bleibt er (jeden Tag bis zur Rückkehr der anderen Stipendiaten Minute für Minute genießend) die meiste Zeit auf dem Gelände. Er legt sich im vollen Sonnenschein auf den Boden des kleinen Mimosenwäldchens, oder er setzt sich an den großen

Steintisch auf dem Vorplatz des Hauptgebäudes, um an ihm einige Kleinigkeiten zu Mittag zu essen. Und er sitzt im Liegestuhl (mit dem Strohhut des Ehrengastes auf dem Kopf) vor dem Eingang der Bibliothek, als wäre er der allwissende Bibliothekar.

Diese Gesten erscheinen ihm so, als nähme er mit ihnen das Gelände in Besitz. Jetzt erst beginnt er, nicht mehr bloß zurückgezogen in einem Studio, sondern wirklich auf dem ganzen Gelände zu wohnen. Und als müsste er diese Einsicht noch sichtbarer bestätigen, schnappt er sich einen Rechen der Gärtner und beginnt, ein Kiesstück vom Staub der Piniennadeln zu befreien. Wäre es nicht gut, wenn alle Stipendiaten so etwas tun würden? Unter Anleitung der Gärtner Bäume und Sträucher beschneiden, den Kies harken und in dem kleinen Gartenstück ganz vorne rechts, beim Haupteingang, etwas Gemüse anbauen?! Wie befreiend könnte es sein, jeden Tag etwas Grünzeug zu wässern! Und wie würde das alles zu einem Spannungsabbau und einer Normalisierung des Lebens hier beitragen! Weg von den nervtötend hohen Kunstansprüchen, hin zur Kultivierung eines Gemüsebeets!

Auf Nachfrage erzählt die Übersetzerin davon, dass sie mit dem Ehrengast schon seit ihrer Ankunft Gespräche von der Art führe, die sie jetzt auch mit Peter Ka praktiziere. Dabei gehe es allerdings nicht um Übersetzungen und Gedichte, sondern um gemeinsame Lektüren von Prosa. Der Ehrengast favorisiere deutsche Texte meist älterer Herkunft. Oft seien es entlegene Sachen, die er irgendwo ausgegraben habe und aus denen er höchstens einen Abend lang vorlese, um sich dann etwas anderem zu widmen. »Anlesen« nenne er das und unterscheide es von dem »Auslesen«. »Anlesen« genüge, behaupte er, und das vor allem, weil er nicht mehr viel Lebenszeit habe. Er wolle sprachliche Aromen kosten, je älter, desto besser. Irgendwie würden sie auf untergründige Weise Eingang in seine Werke finden. Davon ist er fest überzeugt.

Im Stillen beneidet Peter Ka diesen Ehrengast um die Nähe zu seiner Übersetzerin. Eine solche Verbindung hier auf dem Gelände zu installieren konnte allerdings wirklich nur einem sehr erfahrenen Menschen einfallen. So etwas war souveräne, durchdachte Planung! Er dagegen hat im Vorfeld zu wenig überlegt, in welchen Konstellationen er dieses Jahr am besten bewältigen konnte. Nun gut, er hat dazugelernt, er weiß jetzt schon genauer Bescheid. Durch all die Fehler, die er bereits gemacht hat, ist er zwar nicht klüger, wohl aber erfahrener geworden.

Manchmal sitzen sie noch weit nach Mitternacht im *Villino*. Der schwarze Himmel über ihnen ist durchsengt vom Licht unendlich vieler flackernder Sterne. Der Verkehr draußen ist verrauscht. Der Grasgeruch des kleinen Rasenstücks im Innenhof wird stärker. Die Kerzen scheinen zu erstarren und im Wachsabwurf ein wenig zu schwanken. Peter Ka liest aus den Briefen des Plinius, die er besonders mag, und erinnert das Gelesene später in etwa so: Du fragst mich, lieber Freund, wie ich mir die Tage auf meinem Landgut einteile. Gute Frage. Ich stehe gegen sechs auf, die Fenster bleiben dann aber noch lange geschlossen. Keine Ablenkungen in der Frühe, sondern sofort ans Werk! Kopfarbeit, Nachdenken über einen Text! Später kurz hinaus auf die Terrasse oder in die Wandelhalle – weiteres Nachdenken! Ein kleines Textstück diktieren, dann etwas spazieren und ein geringes Maß an Abwechslung suchen. Ein Kurzschlaf, danach lautes Lesen, schon der Verdauung wegen …[40]

Hätte er sich vor seinem römischen Aufenthalt doch bloß so genaue und einleuchtende Gedanken über seinen Tageslauf auf diesem Gelände gemacht! Plinius überlässt nichts dem Zufall und hat sich bis ins Detail um die Rhythmen des Tages gekümmert! Aber er hatte immerhin ein großes und vor allem eigenes Landgut zur Verfügung, das er ganz nach seinen Bedürfnissen anlegte. Das *Villino* ist jener Part der Villa, der nun wiederum Peter Kas Bedürfnissen am meisten entspricht. Lektüren, Wein, Käse und »Gespräche über Gedichte« *sotto le stelle,* wie die Römer so gerne sagen. *Sotto le stelle* – davon können sie in den wärmeren Monaten gar nicht genug bekommen. Theater, Konzerte, große Oper – und das alles *sotto le stelle*!

Der römische Sommer rückt näher. Peter Ka nimmt sich vor, diese Zeit genau ins Auge zu fassen. Er glaubt, dass er den Typus des naiv wirkenden Dichterjünglings mit hochgezogenen Nasenflügeln abgelegt hat. Er hat sich gehäutet, zweifellos. Aber das soll erst der Anfang von alldem sein, was er noch alles von Rom erwartet.

Renaissancen 2

Und dann ist es so weit, und Peter Ka macht Ernst mit dem Projekt, sich Rom »auszusetzen«. Die Schar der Stipendiaten ist aus den Marken zurück, der Ehrengast dreht wieder seine Runden, Gäste schauen vorbei und halten Vorträge, Kurz-Exkursionen in die Stadt werden angeboten, das Akademie-Programm läuft auf vollen Touren.

Peter Ka aber hat nun längst sein eigenes Programm und seine eigenen Absichten, sodass er am frühen Morgen zur Piazza Bologna eilt, um dort in die Metro zu steigen. Er hat seine alte Umhängetasche mit den üblichen Utensilien dabei, alle Sinne sind auf Schauen, Hinsehen, Notieren, Aufzeichnen geschaltet, wobei ihn eigentlich alles (und eben keineswegs vor allem das historisch Abgesetzte und Abgehangene) interessiert. Deshalb meidet er auch zunächst die klassischen touristischen Zonen etwa in der Umgebung der Spanischen Treppe, in der Nähe von Sankt Peter oder rund um die Piazza Navona.

Anfangs ist er die Metrolinien einfach bis zur jeweiligen Endstation gefahren und hat sich dann von den Peripherien her treiben lassen. Er geht lange Wege zu Fuß, fotografiert und zeichnet mit Hilfe seines Smartphones Geräusche, Klänge und Unterhaltungen auf. Wenn er müde wird, steigt er irgendwo in einen Bus oder lässt sich mit der Straßenbahn in großen Bögen durch die Stadt chauffieren. Meist sitzt er ganz vorn und dreht kurze Videos von den Fahrten, die er später nach Details durchmustert. Fallen ihm bestimmte Kleinigkeiten auf, notiert er das in seinem Studio auf großen Papierbögen.

Das Ganze versteht er als eine nicht gezielte, sondern möglichst freie und zufällige Materialsuche. Bilder, Filme, Klänge und Texte der Ewigen Stadt werden aufgelesen und zu einem ungeordneten Gebräu (oder Mix) zusammengestellt, als Grundlage und Ausgangsmaterial für spätere Gedichte. Wichtig ist, dass er während seiner Recherchen und langen Wege nicht von vornherein an Motive oder Themen denkt. Das Gebräu muss vorerst nur versorgt, genährt und gepflegt werden – das genügt in der Anfangsphase der Arbeit. Ist es gewachsen und groß geworden, muss er es genauer beobachten und versuchen, bestimmte interessante Momente zu isolieren und dann weiter mit ihnen zu arbeiten.

Nach einiger Zeit verschwimmen die Grenzen, und er durchläuft auch das historische Zentrum. Voreilige Benennungen gilt es weiter sehr zu vermeiden. Bloß nicht in Führern oder anderen Niedermachern der Dinge nachschauen und dann – angesichts einer Skulptur, die irgendwo zwischen zwei Gebäuden scheinbar zufällig auftaucht – auf eine Notiz wie diese stoßen: *Gestalt eines Fauns, 1. Jhdt. v. Chr., römische Arbeit nach griechischem Vorbild aus der Schule des XY.* Solche Klassifizierungen töten jedes Inter-

B
Bologna

Termini

esse und kanalisieren es durch lauter Wissen, das den Dingen ihr Leben und ihre Frische entzieht. Stattdessen nimmt er eine solche Figur lieber als Lebewesen ernst, indem er Details (ein Ohr, die Augen, die Haare) fotografiert und es sich versagt, die Figur in voller Größe und ganzer Gestalt zu fotografieren. Die Details führen dann ein Eigenleben und erscheinen charakteristisch, sonderbar und als Teil des gewaltigen »römischen Barock«. Die Gestalt als ganze dagegen würde sofort (da man »den Faun« auf den ersten Blick identifiziert) auf die Maße einer unbedeutenden Museumsfigur zusammenschrumpfen.

Worauf kommt es also an? Darauf, das Gesehene, das sich oft »museal« aufdrängt, mit festen Bedeutungen kokettiert und sich anbiedert (um in irgendwelche Zusammenhänge eingereiht und damit rasch wieder unsichtbar zu werden), weiter im Blick zu behalten. Die römischen Dinge um einen herum tendieren von sich aus nämlich unaufhörlich zum Abgenicktwerden, zum Verstummen und damit zum sofortigen Verschwinden.

Peter Ka aber bemüht sich, ihnen Details und Perspektiven zu entlocken, die etwas Irritierendes, Unfertiges und manchmal auch Zotiges haben. Nicht die Fülle, die Aneinanderreihung und das Ensemble interessieren ihn, sondern das Einzelne, Krasse, Querstehende. Deshalb sind die Fotografien so wichtig. Anders als das menschliche Auge, das die Dinge nach einem sofortigen Erkennen und möglichst sogar nach einem Wiedererkennen abtastet, gibt die Linse einer Kamera sich neutral oder blöde und tut so, als verstünde sie nichts. Weg mit dem Verstehen!, sagt sich Peter Ka.

Meist ist er so den ganzen Vormittag lang viele Kilometer unterwegs, bis gegen zwölf die römische Mittagsunruhe einsetzt. Die Türen der Restaurants werden geöffnet, drinnen und draußen werden die Tische frisch eingedeckt, und ganze Straßenzonen verwandeln sich in einen lang gestreckten Mittagstisch. Wo auch immer es möglich ist, wird im Freien gegessen, selbst die schlimmsten Chlor- oder Abfallgerüche in der Nähe hindern niemanden daran, auf einem leicht schwankenden Hockerchen Platz zu nehmen und so zu tun, als röche er nur das Feinste.

Alles eilt hin und her, denn bis eine Tischgesellschaft wirklich Platz genommen hat, dauert es mindestens eine halbe Stunde, so oft setzt man sich noch einmal um, korrigiert die Sitzfolge und sorgt dafür, dass der einzige etwas ältere Mensch am Tisch genau im Schatten sitzt. Und wie emphatisch und ganz und gar von der Mahlzeit eingenommen sie dann alle bestellen, nachdem sie die halbe Speisekarte mit dem Kellner Detail für Detail durchgegangen sind! Ah, es gibt heute Huhn! Wirklich?! Huhn?! Und wie genau zubereitet? Und von welchem Gemüse begleitet? Peperonata?! Wirklich?! Aber nein, Peperonata zum Huhn, das passt an sehr sonnigen Tagen nicht, da muss man sich eine andere Kombination einfallen lassen …

Peter Ka hat viele solcher Unterhaltungen zwischen Gästen und Kellnern heimlich aufgezeichnet und gespeichert, er setzt sich aber niemals in ein Restaurant. In ein Restaurant nur in Begleitung! Ganz allein unter all diesen lachenden, genussvoll speisenden und sich dabei pausenlos unterhaltenden Menschen zu sitzen – das erlaubt er sich nicht. Jeder würde ihn als stillose, vereinsamte Figur aus der Fremde wahrnehmen und ignorieren. Nicht einmal den Salzstreuer würde man ihm über den Tisch reichen, auch dann nicht, wenn er ausdrücklich und höflich darum bitten würde. Ganz zu schweigen von der Pfeffermühle, an der meist nur der Kellner werkelt und dreht, als wäre etwas Pfeffer zu bekommen die höchste Auszeichnung für einen Gast! Nein, Salz und Pfeffer würde man ihm vorenthalten, und zwar einfach dadurch, dass man ihn übersehen würde. Ein allein dasitzender Esser stört nur und ist es nicht wert, beachtet zu werden.

Und so zieht Peter Ka in den Mittagsstunden weiter umher und verdrängt den Hunger durch Trinken des frischen römischen Wassers. An beinahe jeder Ecke ist es aus einem Wasserspeier kühl zu bekommen, sodass er in seiner Umhängetasche eine leere Flasche dabeihat, die er immer wieder von Neuem füllt. Ist der Hunger gar nicht mehr zu verdrängen, so gibt es beinahe überall eine Möglichkeit, sich einfach, gut und preiswert zu ernähren.

Am einfachsten gelingt das etwa in einer *Tavola calda*, wo die Speisen, von kleinen Strahlern kunstvoll in Szene gesetzt, in großen Vitrinen ausliegen. Pasta in allen nur erdenklichen Kombinationen (Frage: Warum bevorzugen Nordmenschen Lasagne?). Gebratenes Fleisch, Fisch, Gemüse aller Art. Eines seiner Lieblingsessen sind frische Kutteln, *trippa alla romana,* aber auch *calamari fritti* (Tintenfischringe in goldgelber, dünner Frittura mit einem Hauch von Zitronensaft) mag er sehr. Ein Tablett in der Hand, geht er an all diesen bunt drapierten Delikatessen entlang, nimmt sich hier ein wenig und dort und balanciert das Tablett mitsamt seinen Tellern, dem Besteck, einer kleinen Flasche Wein (Inhalt: ein Viertelliter) und einem Glas zu einem Platz an einem der freien Tische.

Man kann sich diese Sachen aber auch in Folie einpacken lassen und dann an den Tiber mitnehmen, um sie dort, mit Blick auf den ruhig strömenden Fluss, zu verzehren. Die Tiberumgebung mag er sehr, und er versteht nicht, warum sich so wenige Menschen die Treppen hinunter, direkt an seine Ufer, trauen. Die meisten bleiben zwischen den Platanen stehen, die oberhalb die Straßen säumen, von denen aus man auf den Fluss hinabschaut. Der Grund für diese Zurückhaltung ist wahrscheinlich, dass viele den Farben des Tibers nicht trauen.

Manchmal wirkt er verschlammt, gelblich und suppig, dann wieder giftig grün, und es sieht meist so aus, als rühre eine unsichtbare Hand in den Kesseln und Gründen der Tiefe einen Abwassersud. Durch diese Farbigkeit, die Langsamkeit seiner Strömung und überhaupt durch seine zur Schau gestellte Abwesenheit und Lethargie hat er in Peter Kas Augen eine starke Ähnlichkeit mit der Wupper. Zu deren Ufern steigt aus fast denselben Gründen ebenfalls niemand hinab. Ja, Tiber und Wupper verstehen sich als unflätige Abwasserzonen seit alters her und damit als Rinnsale, die sich jeder Prunkgebärde verweigern.

Am späten Nachmittag geht er dann immer häufiger von seinem Ruheplatz am Tiber, wo er über Kopfhörer Musik gehört und dazu etwas gelesen hat, hinüber zu dem kleinen Club, in dem er vor Kurzem aufgetreten ist. Er hat seine Schwebebahn-DVD gezeigt und seine Gedichte vorgetragen, während die Bilder des ruhigen Gleitens der Bahn durch die regenverhangenen Wuppertal-Zonen hinter ihm flackerten. Etwa fünfzig Besucher waren anwesend, und zum Schluss hat er noch einige gerade fertig gewordene Übertragungen seiner Gedichte ins Italienische gelesen. Die Übersetzerin aus der französischen Schweiz war auch dabei, verschwand nach dem Auftritt aber gleich wieder, während er selbst die ganze Nacht lang blieb.

Er hat sich gewundert, wie selbstverständlich ihm dieser lockere Auftritt gelungen ist. Einige Zuhörer sagten ihm später sogar ausdrücklich, er habe gut vorgetragen, und die abgefahrenen Schwebebahnszenen hinter ihm hätten durchaus ihre Wirkung getan. Als kämen diese lyrischen Texte aus dem Umkreis eines schmalbrüstigen Drachens, der sich durch das Wuppertal wälzte.

Ein Grund für seine Lockerheit ist vielleicht gewesen, dass er mit einem solchen Auftritt aus dem offiziellen Villenprogramm ausgeschert ist. Weder die Direktion noch die anderen Stipendiaten noch sonst wer (außer seiner Übersetzerin, die Stillschweigen gelobt hat) wurde informiert. Es ist eine Rom-Veranstaltung gewesen, die in den Veranstaltungskalendern der römischen

Tageszeitungen in der Rubrik *sere d'estate* durchaus mehrfach angekündigt wurde. Aber wer von den Stipendiaten las schon römische Zeitungen – und wer interessierte sich für römische *sere d'estate*? Die Freundlichkeit, mit der er aufgenommen wurde, machte es ihm leicht, immer wieder in diesem Club zu erscheinen – und endlich, nach so langer Zeit, hat er das Gefühl, nicht nur in Rom, sondern auch unter den Römern angekommen zu sein.

Er muss nur alle paar Tage vorbeischauen, ein Glas trinken, rauchen (daran kommt er nicht mehr vorbei), sich unterhalten. Niemand dort spricht ihn auf seine Herkunft an, und niemand macht irgendwelche Bemerkungen zu seiner Arbeit. In diesem Club und seiner Umgebung spielt Rom die einzige Hauptrolle, die Themen sind römisch, die Informationen betreffen Rom (bis hin zur Frage, wie man die Müllentsorgung besser in den Griff bekommen kann), selbst die hier gehörte Musik gilt eigentlich nur etwas, wenn sie in irgendeiner Beziehung zu dieser Stadt steht.

So hat Peter Ka in Rom eine Zelle gefunden, die langsam zu seinem zweiten Lebensraum wird. Dazu gehört eine kleine Bar neben dem Club, in der er mehrmals am Tag auftaucht, um einen Caffè zu trinken. Es ist wichtig, sich häufig zu zeigen und dadurch an sich zu erinnern – das hat er jetzt endlich begriffen. Bei jedem Erscheinen wird er gefragt, wie es ihm gehe, und dann erweitert sich das Gespräch, verweilt bei einer Tagesneuigkeit, kombiniert ein paar Erinnerungen an frühere Tage und löst sich rasch wieder. So geht das, sagt er sich, so wachse ich allmählich hinein in eine fest umrissene Umgebung mit einigen wenigen Läden, Bars, Clubs.

Seine »römische Zelle« liegt in Trastevere, das er – nun oft in Begleitung von neuen Bekannten und Freunden – an den Abenden und Nächten dann weiter erforscht. Man zieht zusammen durch die Gassen, blödelt herum, sieht hier einige Minuten fern, hört dort etwas Musik und bleibt auf einer kleinen Piazza dann einige Zeit zusammen stehen. Das hätte ihm noch vor einigen Monaten einmal jemand sagen sollen, dass er es genießen würde, beinahe regungslos für eine halbe Stunde in einem Pulk von jungen Römern auf einer Piazza zu stehen! Um nichts anderes zu tun, als das Heran- und Hinwegfluten der anderen Spaziergänger zu beobachten. Und um sich zu unterhalten darüber, welche Kleidung sie tragen, woher sie wohl kommen und was sie vielleicht noch vorhaben!

Niemand von seinen Freunden ist allzu lange allein unterwegs, sie können gar nicht verstehen, dass er ein solches Alleinsein manchmal für seine Beobachtungen braucht. Was ein Mensch allein und für sich beobachtet, erscheint ihnen nicht ganz geheuer. Das Beobachtete sollte vielmehr schon bald versprachlicht werden und dann die Runde machen, sodass auch andere mitbekommen, was man gesehen und sich dabei gedacht hat.

So begreift Peter Ka allmählich das soziale Ferment des Sprechens und Handelns, das für die Römer etwas Selbstverständliches ist. Alles, was in die Öffentlichkeit und dort Bestand haben soll, leuchtet nur dann, wenn es einer »Unterhaltung« (und damit einem Miteinander) entsteigt. Isoliertes, von einem Einzigen ausgehendes Sprechen ist dagegen pervers, wirkt schräg und bleibt ungehört. Wirklich und wahrhaftig existiert ein Römer damit nur in Begleitung. Wenn er jemanden begleitet und wenn er sich begleiten lässt. Das Duo ist das Urelement, dann geht es weiter zum Trio, zum Quartett und schließlich zum Ensemble. Und jede dieser Gruppierungen hat ihre eigenen Gesetze und ihre eigene Musik!

Könnte er denn dialogische Lyrik schreiben? Nein, niemals. Und wie wäre es mit Drei- oder Vierzeilern, von denen sich einige vielleicht sogar reimen? Nein, niemals. Und wie wäre es mit einem Chor, einem großen Gesang verschiedenster, sich kreuzender Stimmen? Schon eher, vielleicht. Aber das alles steht noch in weiter Ferne. Vorerst geht es nur weiter und weiter um das große Gebräu.

Renaissancen 3

Langsam wird es tagsüber so heiß, dass man sich an neue Rhythmen gewöhnen muss. Peter Ka steht jetzt noch früher am Morgen auf und durchstreift die Stadt allein bis zum späten Vormittag. Dann geht es zurück in die schattigen Räume des Studios, am besten für einige Stunden. Erst am frühen Abend verlässt er das Villengelände erneut und bleibt bis tief in die Nacht in Trastevere, im Kreis der Freunde.

Als sie davon erzählen, wohin sie alles im Hochsommer verreisen, sieht er sich schon wieder allein. Viele brechen in größeren Familienverbänden auf in die Berge oder ans Meer, nur sehr wenige fahren ins Ausland. Und was geschieht in dieser Zeit mit ihren Zimmern und Wohnungen? Die stehen leer, und auch Rom ist im Hochsommer angeblich sehr leer, und die meisten Geschäfte und Läden sind wochenlang zu. Was sollte man denn in dieser Zeit in Rom tun? Fahrrad fahren! Der Hochsommer mit all seinen leeren römischen Straßen und Plätzen ist, wie es heißt, die ideale Zeit, um durch ganz Rom mit dem Fahrrad zu fahren.

Peter Ka aber überlegt. Mit dem Fahrrad durch Rom?! Nicht schlecht, ja, das könnte ihm schon gefallen. Noch besser aber wäre es, er hätte in Trastevere für diesen Zeitraum auch eine Behausung. Dann bräuchte er nicht immer zwischen der Gegend in der Nähe des Tibers und der auf den Höhen im Norden gelegenen Villa zu pendeln. So fragt er bei seinen Freunden nach,

wer ihm für welche Zeit ein leeres Zimmer oder eine leere Wohnung zur Verfügung stellen könnte.

Kein Problem. Da finden sich viele, und die meisten sind auch sofort bereit, ihm ihre Angebote zu zeigen. Sie verlangen nicht einmal eine hohe Miete, sondern höchstens eine kleine Entschädigung für Strom oder Wasser. Schon bald hat er ein kleines Zimmer gefunden, das zu einer größeren Wohnung mit vier Zimmern gehört, die den ganzen Hochsommer über leer stehen wird. Er könnte so etwas wie der Aufpasser oder Wächter für diese Räume sein – wenn er denn will. Und ob er will! So hätte er für einige Zeit also eine zweite Bleibe in dieser Stadt, mitten unter den Römern und nicht nur unter Deutschen, die auf ihrer herrschaftlichen Insel oben im Norden ihren einzelgängerischen Neigungen nachgehen.

Er wird diese zweite Bleibe geheim halten, das ist klar. Und damit sein Vorhaben nicht auffällt, beginnt er nun häufiger, einige Gegenstände (im Wagen des pfälzischen Epheben) an den Tiber zu schleusen. Sie werden zunächst im Keller des großen, fünfstöckigen Wohnhauses abgestellt, später wird er sein kleines Zimmer, das auf einen Innenhof mit einer einzigen, großen Palme hinausgeht, damit ausstatten.

Dann nehmen die ersten Freunde Abschied und verschwinden in ihre Ferienorte. Tagsüber ist es so heiß, dass man sich nach zwei Stunden Unterwegs-Sein so fühlt wie ein Mensch, der gerade eine Wüste durchquert. Jeder Schritt ist mühsam und erscheint einem überflüssig. Was ist man noch unterwegs, wenn es doch richtig wäre, in kühlen Räumen zu schlummern, einige sehr kalte Getränke zu schlürfen und die Arbeit für einige Zeit ganz einzustellen? Die besten Zeiten dieser Tage sind der frühste schimmernde Morgen mit den ersten Strahlen der Sonne und der dämmernde Abend, wenn sich das Licht langsam ins Dunkel der Nacht schleicht.

Süß ist das Dunkel nach Gluten des Tags! – wer noch einmal hatte das so gedichtet? Conrad Ferdinand Meyer? Ja, richtig. Kein schlechter Anfang. Und wie geht es weiter? *Süß ist das Dunkel nach Gluten des Tags! Auf dämmernder Brücke/ Schau ich die Ufer entlang dieser unsterblichen Stadt.* Schade, die letzten drei Worte sind eindeutig zu viel (und viel flacher als all die Bilder zuvor). Und wie weiter? *Burgen und Tempel verwachsen zu* einer *gewaltigen Sage.* Schlimm, richtig schlimm. Das blasse Gerede von der *unsterblichen Stadt* treibt sofort Blüten und zieht weitere Aussetzer nach sich. *Burgen*? In Rom?! Und warum gleich *Burgen und Tempel*? Und vor allem: welche genau? Und dass sie dann auch noch *verwachsen* und das *zu* einer (natürlich) *gewaltigen Sage* – Herrgott, das haben sie im Grunde nicht wirklich verdient. Ein gutes Beispiel ist das für ein Gedicht, das mit einer klangvollen Zeile und einem treffsicheren Bild beginnt und sich dann Zeile für Zeile selbst zerstört. Klang und Treffsicherheit gehen gründlich verloren, und darauf wird nur noch weitergedichtet, bis hin zu einem sehr bitteren Ende: *Horch! Ein lebendiger Mund fordert lebendiges Glück.* (Eine Katastrophe. Eine einzige Leerzeile. Lyrischer Schnickschnack.)[41]

Dieses Gedicht hat Peter Ka in einer Anthologie entdeckt, er liest jetzt Italien- und Rom-Gedichte und hat seine sommerliche Freude an vielen schiefen Bildern und Durchhängern. Zur Abwechslung beginnt er, diese Gedichte umzuschreiben und nach seinen Vorstellungen zu verbessern. Auch das Zerschneiden oder Verstümmeln macht großes Vergnügen. Und erst recht das Modernisieren und Aktualisieren, nur so, zum Spaß. (Seine eigenen Gedichte sind weder »modern« noch »aktuell«.)

In Anthologien zu lesen und hier und da ein Gedicht frei im Kopf umzuschreiben und umzudichten ist eindeutig etwas für das »Wandeln« auf dem Gelände. Peter Ka hat zum ersten Mal etwas mutiger Geld ausgegeben und sich drei weiße Hemden schneidern lassen. Sie scheinen die ganze Hitze ohne Mühe zu schlucken, wenn er sie bis zum dritten Knopf öffnet. Dann bekommen sie etwas Leichtes und Luftiges, wie Beduinenkleidung. Auch zwei Hosen hat ein älterer Schneider in Trastevere (der Vater eines Freundes) für ihn geschneidert. Noch nie ist er in so angenehmen Hosen unterwegs gewesen. Er spürt sie eigentlich gar nicht, und endlich ist er auch die engen Gürtel und die lästigen Schnallen los! Stattdessen werden die Hosen von sehr schmalen dunkelroten Hosenträgern gehalten. Als führte ihn ein Marionettenspieler spazieren! So leicht dahin, schlendernd und mit den Füßen schlenkernd, tupft er jetzt den Edelkies. Denn natürlich hat er sich auch gutes Schuhwerk geleistet, das musste schon sein. Schmal wirkende Treter aus Leinen, in denen die Zehen bei jedem Schritt etwas ausschwingen.

In weißem Hemd, dunkelblauer Hose und braunen Schuhen (natürlich ohne lästige Socken) führt er seine Gedicht-Anthologien oder kleine, handliche Bände mit den Gedichten Catulls (*Du Lustmolch Thallus, weicher als das Haar von einem Hasen/ Und als ein Gänseknochenmark und als am Ohr das Läppchen/ Und als von einem Greis das Glied und staub'ge Spinngewebe …*)[42] spazieren. Das sieht stark überdreht und geckig aus, na klar, aber es reizt ihn einfach, auf dem Gelände ab und zu kleine Zeichen zu setzen. Die zumindest vage andeuten, dass er sich entfernt hat. Oder auch noch in anderen Regionen lebt. Und damit nicht mehr so wie früher anstandslos hierher passt.

Er weiß, dass einige Stipendiaten jetzt über ihn reden. Die Frau des dicken Romanciers (der sich inzwischen wieder gefangen hat) macht ihn sogar darauf aufmerksam. Vorsichtig, in einem Gespräch unter Freunden. Er antwortet darauf aber nicht, sondern fragt sie, ob ihm seine Sachen gefallen. Sie entgegnet, dass sie ihm ausgezeichnet stehen. Jede Naht passt, nein, jede Naht ist perfekt. Und was spricht dann dagegen, auch einmal gut sitzende, von einem älteren römischen Schneider angefertigte Sachen zu tragen? Sie muss lachen (und dass sie lacht, ist ein Ereignis und bestätigt ihn). Und danach drängt sie ihn sogar, so weiterzumachen. Los, weiter so! Die anderen sollen ruhig närrisch werden! Er wird nichts erklären! Einfach der eigenen Lust und dem eigenen Spleen folgen! Ein Exorzismus des Germanischen, bis zum letzten Hemd und bis zu den feinsten Schwingungen jedes Zehs!

In seinen Augen sind solche Auftritte auf dem Villengelände aber nur ein Probelaufen, denn eigentlich will er diese Sachen dort nicht unbedingt weiter zur Schau stellen. Tragen will er sie stattdessen unten in seinem neuen Zweitdomizil. Die Idee, sich für dieses Domizil neu einzukleiden, begeistert ihn und erweitert sich dann. Stipendiengeld ausgeben! Jetzt ist die Stunde endlich gekommen! Wie bescheiden und asketisch hat er bisher doch gelebt. Sodass er jetzt auf die gesparten Gelder zurückgreifen kann. Um sich nicht nur neu einzukleiden, sondern um sein kleines Zimmer mit schönen Gegenständen zu bestücken. Mit einer guten Leselampe. Mit einem schweren Sessel. Mit bestem Leinenbettzeug.

Nach und nach bringt er das alles in den leeren Raum. Es handelt sich um ein Zimmer von nur wenigen Quadratmetern. Die Küche gleich nebenan wird er nicht benutzen. Nur das Bad, weil er gerne duscht und so etwas im heißen römischen Sommer ein besonderer Genuss ist. Auch neues Besteck schafft er an, und dazu einige Teller, Tassen und Gläser. Das alles stellt er auf ein kleines Bord, das über seinem Bett hängt. So richtet er sich langsam ein, bis es endlich so weit ist und er beschließt, nun auch die erste Nacht in diesem Zimmer zu verbringen.

Gegen ein Uhr in der Nacht fährt er mit dem alten, klapprigen Aufzug hinauf in den fünften Stock. Er schließt die Wohnungstür auf, atmet den dumpfen Wohnungsgeruch ein (als wäre er ambrosianisch) und geht dann in sein Zimmer. Eine Kerze anzünden, ein Glas Wein trinken, das Fenster weit öffnen, auf die Geräusche im Innenhof lauschen!

Er ist jetzt ein Bewohner Roms, ein Einwohner. Er geht seinen Gedanken und Bildern nach und sitzt und trinkt. Dann zieht er sich aus und legt sich nackt schlafen. Nur ein dünnes Tuch bedeckt diese Nacktheit, die ihm so vorkommt, als stünde die Haut mit den schwirrenden Dingen und Atmosphären draußen im Hof in Berührung. Ein paar flüchtige Träume. Aber er erwacht immer wieder und liegt da mit geöffneten Augen. Sehnsucht, ja, Sehnsucht. Aber bitte jetzt keine Sehnsuchtsmonotonien und erst recht keine Gedichte über kurze Schwächemomente. Was, verdammt, hat Goethe eigentlich in seiner kleinen Behausung gedichtet? Hat er? Oder hat er sein Empfinden unter viel Bildung verborgen? Goethe schlief ebenfalls nackt, in Berührung mit den Dingen da draußen. Doch dann kommen wieder die Träume, erschrecken und beunruhigen Peter Ka und bedeuten ihm, dass er mit lauter Vermutungen sträflich herumhantiert. Herumhantieren ist gar nicht gut. Er sollte es jetzt endlich angehen. Den Besuch der *Casa di Goethe*.

Renaissancen 4

Zuvor aber folgt er noch der Einladung des älteren Ehrengastes und der Übersetzerin aus der französischen Schweiz, die ihn in das Ehrengaststudio im Haupthaus gebeten haben. Bevor der Sommer auf Hitzehochtouren schaltet, möchte der Ehrengast Rom verlassen. Die Hitze wird ihm nicht guttun, und in seinem Alter sollte man, wie er gleich zur Begrüßung sagt, auf die Gesundheit achten. Die Übersetzerin, die Peter Ka ja bereits gut vertraut ist, lächelt bei diesen Worten, aber Peter Ka lächelt nicht sofort zurück, weil ihn das Studio irritiert, das so ganz anders aussieht als die Studios der Stipendiaten.

Es besteht im Grunde nur aus einem einzigen großen Wohn- und Schlafraum sowie einer kleinen Küche, verfügt daneben aber auch über eine lang gestreckte, geradezu herrschaftliche Terrasse. Das alles liegt im ersten Stock, und von der Terrasse aus hat man einen weiten Blick über den Vorplatz des Haupthauses und die sich anschließenden Grünanlagen. Die anderen Studios aber bleiben hinter diesen grünen Reihen und Büschen verborgen, sodass man vom Treiben der jungen Künstler nichts mitbekommt.

Die Terrasse sagt jedem, der sie betritt und dann in gemessenen Schritten entlanggeht, dass es sich um eine Flanierzone solitärer Existenzen handelt, hier oben finden keine Versammlungen, Treffen oder gar Partys statt, dies ist die verschwiegene Zone des »Längst darüber hinaus«. Das aber meint: Hier oben geht es um späte Einsichten und Dinge, um kostbare, bereits lang durchdachte Erfahrungen, jenseits aller Jugend und deshalb eben längst über das Aktuelle (und sein ganzes beliebiges Dies und Das) hinaus.

Schaut man hinunter auf den Vorplatz und seine Einfriedung, so bleibt der Blick an den Fluchten der antiken Statuen hängen. Wir, sagen einem diese Fluchten, sind die eigentlichen Gesprächspartner dieser Terrasse der Höhe, von uns, den ältesten Knaben und durchtriebensten Mädels aus römischer, griechischer oder gar protomediterraner Zeitrechnung, gehen die Impulse aus, die auf der Terrasse verarbeitet werden. Weit entfernt sind das ganze Geklecker und die nervöse Anspannung der jungen Kunst, hier geht es um das Gespräch unter Göttinnen und Göttern.

Bevor man zu dritt dann wirklich auf der Terrasse Platz nimmt, bleiben Peter Kas Blicke aber noch einen Moment an den Möbeln des großen Wohnraumes hängen. Nichts lässt sich hier so

schnell verbergen, nicht die Tatsache, dass hier zwei große Betten dicht nebeneinanderstehen, und auch nicht die Erkenntnis, dass dieser Raum ein Raum für ein Paar ist, das gut miteinander auskommen sollte. Auf dem rechteckigen Glastisch vor einer leicht monströsen Sitzgarnitur steht eine Vase mit einem großen Strauß weißer Rosen, und um diese Vase herum sind einige Zeitschriften so drapiert, als sollte ein Werbefotograf gleich ein Foto davon schießen.

Peter Ka hat das Gefühl, sich nicht in einem Arbeits-, sondern einem Ausstellungsraum zu befinden, ja, alles sieht wirklich so aus, als könnte gleich eine Kommission des für die Villa zuständigen Ministeriums vorbeikommen und genau auf dieser Sitzgarnitur Platz nehmen. Um von dem lebenserfahrenen Ehrengast einige Tipps zu bekommen. Tipps dazu, wie der irgendwann bevorstehende Besuch des Bundespräsidenten auf dem Gelände inszeniert werden sollte. Oder einige Vorschläge dazu, wie man die gesamte hundertjährige Geschichte der Villa in einer noblen Ausstellung mitten in Rom präsentieren könnte.

Als man dann endlich zu dritt auf der Terrasse steht und dort zunächst stehend verweilt, ist Peter Ka einen Moment unaufmerksam. Der Gedanke, dass eine Kommission des zuständigen Ministeriums einmal vorbeikommen und alles inspizieren könnte, beschäftigt ihn. Er fragt sich aber, welches Ministerium überhaupt zuständig ist, er hat das vergessen, oder es fällt ihm momentan einfach nicht ein. So nimmt er sich vor, das Gespräch unauffällig auf dieses Thema zu bringen und es dann auch gleich auszuweiten: Waren Staatsmänner, Politiker, Wirtschaftsbosse auf diesem Gelände? Natürlich waren sie es, aber welche und wann? Peter Ka könnte wetten, dass der ältere Ehrengast über solche Details genau informiert ist. Je älter man wird, umso größer wird ja meist die Liebe zum Geschichtlichen und noch so Entlegenen, kein Wunder, mit den Jahren über sechzig empfindet man die

Wichtigtuereien der jeweiligen Gegenwart nur noch als alberne Blasphemien gegenüber dem Altehrwürdigen, Gültigen.

Zum Glück fragt ihn der Ehrengast nicht gleich etwas, sondern schweigt, damit Peter Ka sich genug Zeit lassen kann, den geradezu hinreißenden Ausblick auf den Vorplatz und diese Ewigkeitsräume zu würdigen und zu genießen. Nach einigen Minuten Stille und Schauen schleichen sie dann zu zweit in den Schatten und hin zu einem Gartentischchen mit den entsprechenden Gartenstühlchen. Wieder eine Vase, diesmal kleiner und luftiger, und diesmal mit einem Strauß Gartenblumen, deren Name Peter Ka nicht genau weiß. Sind das etwa, na, wie heißen sie denn gleich: Ringelblumen?! Er starrt einen Moment auf diese minimalistische Dekoration und nimmt sich vor, auf keinen Fall nach dem Namen dieser Blumen zu fragen. Fragen müssen wird er noch genug, das ist klar, ja ihm schwant schon nach wenigen Minuten auf dieser hohen Terrasse, dass seine Rolle während des Besuchs wahrscheinlich ganz und gar die eines Fragenden sein wird.

Der Ehrengast bittet ihn, im Schatten Platz zu nehmen, und setzt sich selbst auf einen Stuhl, der etwas weiter entfernt von dem runden Gartentischchen steht. Die Übersetzerin aus der französischen Schweiz hört man drinnen, im Wohnraum, werkeln und klirren, dann kommt sie mit einem Tablett nach draußen und serviert ein Getränk. Selbst ausgepresster Limettensaft mit etwas Gin. Der Ehrengast trinkt den Limettensaft pur, besteht aber darauf, dass die Übersetzerin und Peter Ka ihn mit Gin aufwerten. Ein junger Mann seines Schlags, sagt er zu Peter Ka, solle viel Gin trinken, als junger Mann habe er selbst sehr gern Gin getrunken. Lieber als Wein und natürlich lieber als Bier, das er sein ganzes Leben nicht habe ausstehen können.

Nun gut, Peter Ka widerspricht nicht, das erscheint auf dieser Terrasse angesichts der Rolle, die ihm jetzt zufällt, auch gar nicht möglich. Und so hebt er sein Glas und stößt mit der Übersetzerin an, die an diesem Ort und in diesen Räumen für ihn etwas Fremdes bekommt. Fast ist es so, als würde er sie nicht richtig wiedererkennen, denn sie wirkt jetzt viel älter und eher wie die Tochter eines im hohen Alter stehenden Engadiner Hoteliers, der früher einmal Skiweltmeister war, sich jetzt aber nur noch für die Engadiner Küche interessiert. Wie kommt er denn auf so etwas? Was ist mit ihm los? Setzt ihm etwa die Hitze zu, die sich auf dieser Terrasse massiv staut?

Er denkt kurz an, was er zur Konversation beitragen könnte, aber ihm fällt so rasch nichts ein, und außerdem scheint es hier auch nicht um »Konversation« zu gehen, sondern darum, den Lehren und Weisheiten eines älteren Mannes geduldig zu lauschen. Peter Ka nimmt sich vor, anspruchsvoll zu nicken, betont dezent zu lächeln und dann und wann an seinem Glas zu nippen. Das könnte überzeugen und dem älteren Ehrengast beweisen und zeigen, dass er durchaus ein guter Schüler sein kann.

Zunächst bekommt er zu hören, dass der Ehrengast die Wochen auf diesem Gelände »kolossal« genossen habe. Die Zeit sei nicht nur wohltuend, sondern aufbauend und tiefgehend gewesen, und er habe sie vor allem genutzt, um sich ganz und gar von diesem Gelände »durchdringen« zu lassen. Im Alter gehe es ja letztlich um genau diese Kunst, um das Durchdrungensein, also darum, die eigenen Ansprüche und Willensmarkierungen extrem zu reduzieren und sich stattdessen von den großen Dingen »durchdringen« zu lassen. Das Schönste sei es, ein Schatten zu werden, ein Schatten des Großen, und kein irrlichterndes Fleckchen Licht, das hier eine Öffnung und dort einen Ausgang sucht. Erst im Alter werde einem klar, wie sehr die Gegenwart schon mit ihrem Erscheinen gleich zu schrumpfen beginne und sich dann auflöse und verliere. Kaum etwas oder fast nichts habe Bestand, und erst recht nichts, das in der Gegenwart besonders viel Lärm mache. Große und weiterlebende Kunst mache keinen Lärm, aber es gebe nur sehr wenig wirklich große und weiterlebende Kunst. Oder Literatur. Oder Musik.

Peter Ka mag Gegenwartsschelten eigentlich überhaupt nicht, meist stammen sie doch nur von schlecht informierten oder letztlich desinteressierten Menschen, die sich jede Mühe und das Kennenlernen des Gegenwärtigen ersparen wollen. Deshalb unterbricht er den Ehrengast und behauptet etwas dreist (und durchaus forsch), dass man die Villa doch durchaus als etwas Großes und Dauerndes begreifen könne. Er selbst sei jedenfalls erstaunt gewesen, wie präsent und gegenwärtig ihm die ganze Anlage erscheine, trotz all ihrer Musealität und trotz ihres Inseldaseins. Man könne hier sehr gut arbeiten, und es sei alles da, was man sich für eine solche Zeit guten Arbeitens nur wünsche.

Peter Ka betont die Arbeit, weil er sich seit seinem Erscheinen auf der hohen Terrasse sicher ist, dass der ältere Ehrengast hier überhaupt nicht gearbeitet hat. Im Grunde hat er ihn sogar im Verdacht, nirgends mehr so richtig zu arbeiten, sondern sich in lauter Alterseinsichten und Alterssentenzen zu vertiefen. Schrecklich eigentlich. Einer, der vielleicht jetzt nur noch an so etwas wie »Spätwerke«[43] denkt. Er sollte Kinder und vor allem viele Enkel haben, dann würde er nicht so denken und reden. Kinder und Enkel sind die besten Allheilmittel gegen Altersstarrsinn oder nicht gut durchlüftete Altersgedanken. Aber so etwas kann er auf dieser Terrasse natürlich nicht sagen.

Der Ehrengast reagiert nicht richtig auf seine Worte, sondern lehnt sich zurück und streichelt mit der Hand die Brüstung einer Mauer. Dann sagt er, dass die, wie er sagt, »schöne Frau an seiner Seite« (womit er die Übersetzerin meint) ihm einige der Gedichte Peter Kas zu lesen gegeben habe. Und dass er diese Gedichte in all ihrer erstaunlichen Kürze »großartig« finde. Eine »echte Überraschung« – und »großartig«. Einiges in diesen Gedichten habe ihn, aber das könne durchaus auch ein Zufall sein, an bestimmte Gedichte Stefan Georges erinnert, er meine besonders die unvergleichlichen Lieder Georges, kurze Lieder und Gesänge von einer sprachlichen Schönheit, wie sie keiner, aber auch gar keiner der verdrucksten Nachkriegspoeten je hinbekommen habe. Und ausgerechnet diesen leicht elegischen, aber nie weinerlichen Ton mitsamt seiner besonderen stilistischen Sicherheit habe er in Peter Kas Kurzgedichten wiedergefunden. Gratulation!

Das plötzliche und völlig unerwartete Lob macht Peter Ka zu schaffen. Für einen Moment euphorisiert es ihn geradezu, sodass er sein Glas auf einen Schluck leert. Dann aber sagt er sich, dass er weiter auf der Hut sein müsse, vielleicht versteckte der Ehrengast hinter diesem Lob irgendeine Bosheit, mit der er dann später herausrücken wird. Und so antwortet er vorsichtig, dass er in der Tat von seinem Arbeiten her eine gewisse Nähe zu den Arbeiten Stefan Georges empfinde, und zwar seit den Schultagen, als ihn ein besonders guter und in seinem Fall einflussreicher Lehrer auf diesen außerordentlichen Dichter aufmerksam gemacht habe.

Der ältere Ehrengast, das sieht Peter Ka sofort, hört gar nicht richtig hin. Eine »gewisse Nähe« von X zu Y oder Z – das interessiert ihn nicht mehr, er will anderes wissen. Und so bekommt Peter Ka lauter rasch sich aneinanderreihende Fragen zu hören: Ob er schon einmal in Georges Geburtsort gewesen sei? Ob er etwas über die späten Tage Georges in Minusio wisse? Und ob er sich mit der Gründungsgeschichte dieser Villa eingehend beschäftigt habe? Peter Ka schluckt, eigentlich müsste er all diese Fragen jetzt mit einem »Nein« beantworten, mein Gott, er schätzt und mag die Lieder Georges, aber er ist doch kein Jünger und versteht sich auch nicht als sein Nachahmer. Und was, verflixt, hat nun die Gründungsgeschichte der Villa damit zu tun? Sollte er da gleich einmal nachfragen?

Er wagt es und fragt, wobei er zur Ablenkung kurz die Übersetzerin anschaut, ob die Gründungsgeschichte der Villa vielleicht am Ende etwas mit Stefan George zu tun habe? Als er sich wieder dem Ehrengast zuwendet, weiß er, dass er genau die richtige (und vielleicht längst erwartete) Frage gestellt hat. Denn, wie er sofort zu hören bekommt, gehörte der Architekt Maximilian Zürcher, den der bedeutende Mäzen der Villa – Eduard Arnhold – mit der Planung der Bauten und der Gartenanlagen auf diesem Gelände beauftragte, zum Kreis um Stefan George.[44] Ein George-Jünger hat das alles geschaffen!, ruft der Ehrengast aus und deutet mit der rechten Hand hinter sich.

Was Sie hier sehen, junger Mann, ist George-Ambiente und George'sche »Luft von anderem Planeten«![45] Und, noch weiter: Anfang 1913 und damit noch in der Bauphase dieses Villengeländes sei George mit seinem Jünger (oder Schüler) Friedrich Gundolf hier in Rom gewesen, um sich persönlich davon zu überzeugen, dass und wie die zukünftige deutsche Künstlerakademie von seinem Geist getragen, geformt und durchdrungen sei! Stefan George sei also einer der ersten, wenn nicht der erste Dichter überhaupt gewesen, der sich auf diesen Wegen und zwischen diesen Bäumen aufgehalten habe. Alles danach sei nichts als ein Spuk!

Ein Spuk?! Nun ja, Peter Ka wüsste schon, was er dagegen gern einwenden würde. Nämlich (zum Beispiel), dass man diesen »Spuk« auch als älterer Ehrengast ruhig einmal zur Kenntnis nehmen solle, bevor man ihn so dramatisch abtue und in die Kindersandkiste verweise. Er entgegnet aber nichts, sondern stellt sich einen Moment vor, wie der Dichter George mit seinem Jünger Friedrich Gundolf durch dieses Gelände gewandelt ist. Vielleicht hat er dazu eines seiner Gedichte rezitiert! Oder er hat (bessere Idee) in seiner Büdesheim-Binger Art verschmitzt und altbäuerlich gegrinst, weil er natürlich auf den ersten Blick die

»Durchdringung« dieses Geländes mit seinem eigenen, also Stefan George'schem Geist, witterte.

Stefan George traf also hier auf Stefan George – wahrscheinlich bestand genau darin historische Größe und Dauer. Wenn man schon zu Lebzeiten sich selbst begegnete, und zwar so, dass dieses zweite Selbst von anderen Menschen getragen, organisiert und für weitere Zeiten am Leben erhalten wurde. Dann hatte man es geschafft und sich hinüber, in andere Zeiten und zu anderen Planeten, gerettet. Man hatte sich gleichsam in eine Erdumlaufbahn geschossen und konnte dann aus weiter Ferne beobachten, wie unten, auf der Erde, eine Stefan-George-»Durchdringung« nach der andern entstand. Akademien, Bibliotheken, Schulen und Straßen und nicht zuletzt Stiftungen!

Der ältere Ehrengast erfreut sich deutlich sichtbar an Peter Kas Erstaunen. Er lacht und zeichnet eine kleine Luftsignatur in den römischen Himmel. Und dann lässt er die erwartete kleine Bosheit heraus, indem er sagt, man solle sich bloß einmal vorstellen, dass nicht der Dichter Stefan George, sondern der Lyriker Hans Magnus Enzensberger dieses Gelände als Erster betreten habe. Undenkbar! Das Ganze hätte dann keine fünf Jahre Bestand gehabt. Denn im Falle Enzensberger habe schon von seinen ersten Büchern an nichts länger Bestand als ein paar Monate oder höchstens Jährchen, weswegen man von diesem Lyriker in, sagen wir, fünfzig oder gar hundert Jahren nicht das Geringste mehr wahrnehmen oder kennen werde! Keine Zeile! Keinen Essay! Alles in Staub zerfallen! Wie bei so vielen Dichtern oder Schriftstellern, die heute hoch und als wer weiß wie bedeutend gehandelt würden! Nichts werde bleiben, gar nichts! Was für ein beruhigender Altersgedanke!

Peter Ka gefällt diese Wende der Unterhaltung gar nicht. Warum dieser plötzliche Furor? Und warum dieses Niedermachen?! Folgte der Ehrengast seiner eigenen Geschichtsphilosophie, so bedeutete das letztlich, dass auch seine eigenen Werke bald vergessen seien. Peter Ka trinkt ein zweites Glas Limettensaft mit Gin und spürt eine gewisse Kühnheit. Und so reckt er sich auf und fragt den Ehrengast, ob er denn sein eigenes Werk für dauerhaft halte. Auf diese Frage aber scheint dieser plötzlich so aufgebrachte Mann ebenfalls längst gewartet zu haben. Nein, natürlich nicht, er halte sein eigenes Werk im Grunde schon zu seinen Lebzeiten für verschollen! Kaum jemand sei davon wirklich »durchdrungen«! Nicht einmal eine Busstation in seiner Geburtsstadt sei nach ihm benannt!

Pause. Lautes, sich überschlagendes Husten. Die Übersetzerin aus der französischen Schweiz steht sofort auf, um ein Glas Wasser zu holen. Unwillkürlich erhebt sich auch Peter Ka und geht ein paar Schritte, bis zum Ende der Terrasse. Von hier aus schaut man plötzlich zwischen den Bäumen hindurch bis zur anderen Seite der breiten Autostraße, die sich an das hintere, kaum betretene Stück der Villa anschließt. Dort befindet sich ein Kasernenbau, an dem er schon oft vorbeigelaufen ist.

Auch der Ehrengast erhebt sich, trinkt etwas von dem eilends gebrachten Wasser und schließt dann zu Peter Ka auf. Was für eine »tiefergehende« Anmerkung wird er nun noch zu hören bekommen? Dass man von dieser Terrasse aus früher bis zu den Bergen des römischen Umlandes habe sehen können! Dass dies ein einzigartiger Landschaftsblick für gute Landschaftsmaler gewesen sei!

Die großzügige Weite! Und daneben die großzügige Nähe! Jahrhundertealte Zypressen und Pinien, ebenfalls starke Motive für Landschaftsmaler! Und dann die Abgeschiedenheit dieses Geländes, die Mauern, die Baumkulturen an den Rändern, die Einblicke von außen nicht zuließen! Womit hier auch Aktmalerei möglich gewesen sei! Landschafts- und Aktmalerei – dafür habe man in den Jahren nach 1910 hier die idealen Voraussetzungen geschaffen. Und das mit Hilfe von Ateliers, die damals die größten und besten Roms gewesen seien! Und das alles finanziert, mit geplant und mit durchgeführt von einem jüdischen Mäzen, der nicht nur Unmengen von Geld, sondern eben auch Unmengen von Geist, Kultur und vor allem Kunstsinn gehabt habe! Sodass den Deutschen so etwas Furchtbares wie eine Preußisch-Deutsche Akademie im Geist des Wilhelminismus erspart geblieben sei! Ein monströses Gebilde wäre in diesem Falle entstanden! So aber habe der Staat in diese Planungen hier nicht hineinreden können, sondern höchstens noch absegnen und danken dürfen, dass ein einzelner Spender sie finanziert und dem Staat dann geschenkt habe! Nichts staatlich Verbautes, Kurzfristiges! Sondern etwas privat-ästhetisch Entworfenes, Langfristiges, im Geiste Stefan Georges!

Peter Ka muss im Stillen zugeben, dass solche Perspektiven und historischen »Durchdringungen« einem die Augen für diese Anlage öffnen und dadurch hochinteressant sind. Andererseits reduzieren sie seine Gegenwart (wie erwartet) auf die eines Schülers, der nicht das Geringste zu diesem Gespräch beitragen kann. Das haben die Alten eben so drauf! Ein altmeisterliches Luftgitarrenspiel, dass einem schwindelt!

Schon ein Wort wie »Wilhelminismus« würde er selbst nie in den Mund nehmen, geschweige denn, dass er sich trauen würde, solche weiten historischen Bezüge auszumalen! Im Fall des Ehrengastes sind solche Worte und Bezüge aber durch eine jahrzehntelange Anschauung grundiert und gespeist. Er hat einem eben vieles voraus, und das spielt er nun gnadenlos durch und tätschelt einem, damit man nicht ungeduldig wird, kurz über die Wange. Indem er die Gedichte des Schülers anerkennt. Was er wohl aber nur tut, um rascher bei seinen eigenen Themen zu landen. Bei der Erforschung des Gründungsmythos dieser Anlage. Beim Forschen in »tiefsten Gründen«. Na denn.

Das Ergebnis von alldem ist eine starke Müdigkeit. Peter Ka kommt es plötzlich so vor, als stünde er schon seit Jahren auf dieser großen Terrasse und schriebe seit Jahren auf Schiefertafeln, was der ältere Ehrengast als sein Lehrer diktiert. Das gesamte historische Rüstzeug, um dieses Gelände zu verstehen. Geschichte, Architektur, Kunst, Malerei und Literatur – alles zusammen! Er wird sich in den Sommer- und Herbstmonaten noch darum kümmern, um mehr über das alles zu wissen. Aber er möchte das alles aus eigener Anschauung begreifen und nicht von jemandem erklärt bekommen, der damit gleich wieder eine Geschichtsphilosophie verbindet.

Deshalb schaut er jetzt auf die Uhr und tut so, als hätte er nicht erwartet, wie spät es schon ist. So spät schon?! So spät! Der ältere Ehrengast sagt, dass man ihn nicht aufhalten wolle und sich über seinen Besuch sehr gefreut habe. Die Übersetzerin aus der französischen Schweiz sagt gar nichts, weil sie Bescheid weiß. Eine Viertelstunde später verabschiedet man sich höflich, und die Übersetzerin bringt Peter Ka noch hinunter, auf den Erdboden und damit auf den irdischen, kleinen Planeten von Kies, Piniennadeln und mangelndem Durchblick. Unten, vor dem Eingang zum Ehrengaststudio, steht man sich einen Moment gegenüber. Peter Ka überlegt, ob er dieser wunderbaren Frau jetzt die Hand geben soll. Dann aber macht er etwas, was seiner scheuen Art ganz zuwider ist. Er umarmt sie, und während er sie umarmt, spürt er, dass auch sie ihn umarmen wollte.

Mein Gott! Sie umarmen sich wirklich! Und was ist das für eine schöne Umarmung! Eine Umarmung der gemeinsamen, kleinen und doch so intensiven Geschichte, die sie miteinander auf diesem Gelände erlebt haben! Ohne darüber auch nur das geringste Wort zu verlieren! Ohne Offenbarungen oder Zudringlichkeiten – und ohne jede Freundschaftsbeschwörung!

Der Moment rührt ihn so, dass er nahe daran ist, sentimental zu werden. Jetzt bloß keine Träne etc.! Überhaupt kein etc.! Aber was soll er denn als Letztes noch sagen? Er steht da wie ein dummer Junge, und, verdammt, jetzt zittert doch seine Unterlippe, von der schon seine Mutter immer behauptet hat, dass sie sein Markenzeichen sei. Die zitternde Unterlippe! An den Zittergraden erkenne man, ob Peter Ka nervös, erschreckt oder gerührt sei! Wenn er gerührt sei, zittere die Lippe am meisten! Ganz gegen seinen Willen.

Peter Ka räuspert sich und bedankt sich mit einem schlichten Satz bei der Übersetzerin aus der französischen Schweiz. Als sie das hört, zieht sie ihn noch einmal an sich, sie umarmen sich ein zweites Mal, als sei das *ihre* Antwort auf seinen mündlichen Dank. Dann geht es ihm doch zu weit, und er dreht sich um und geht davon. Als er in der Mitte des Vorplatzes ankommt, dreht er sich noch einmal um. Sie steht noch immer vor dem Eingang, sie winkt. Es ist ein filmreifer Abschied, es ist zu viel, er kann nicht mehr hinschauen. Und erst recht wird er nun so schnell nicht mehr in sein Studio zurückfinden.

Peter Ka räuspert sich noch einmal, dann verlässt er das Gelände der Villa. Er geht weiter und weiter, und es kommt ihm so vor, als trampelte er mitten durch so etwas, was er jetzt gerne den »Garten der Gefühle« nennen würde. Wieso erinnert er sich gerade jetzt an diese schöne Formel? Wo hat er sie zuerst gelesen?[46]

Er erreicht die Piazza Bologna und verschwindet in einer Bar. Nein, er trinkt jetzt keinen Kaffee und auch nichts anderes, mit Wasser Verdünntes. Er bestellt Gin, pur, ohne Eis, ein großes, gut gefülltes Glas.

Das kleine Brodeln

Das kleine Brodeln 1

Es wird still, beinahe unheimlich still, denn die große Hitze hält jetzt alles gefangen. Keine lauteren Erregungsschreie und keine penetrante Dilettantenmusik mehr in den Tiefenschächten der Metro, die Fahrgäste schleichen an den gekachelten Wänden entlang, an denen jetzt ein einziger Schweißfilm klebt. Die Geschäfte haben zum großen Teil geschlossen, sodass Peter Ka immer mal wieder vor einem grünen, heruntergelassenen Rollo steht und darüber kurz, aber heftig flucht. Auch der Verkehr ist nicht mehr wiederzuerkennen und wie erloschen: Man kann mitten am Tag über die breitesten Straßen schlendern, ohne sich zwischen mehreren Wagenreihen hindurchdrängeln zu müssen. Und, ja, wahrhaftig, Fahrradfahren ist jetzt wirklich und gut möglich, überall, auch mitten im Zentrum. Die Straßen sind sogar so leer, dass man in Schlangenlinien über den staubigen, genervten Asphalt fahren könnte, der einen dicken Außenhautpuder angesetzt hat, um nicht zu zerspringen.

Das Gepuderte und Maskenerstarrte begegnet Peter Ka in diesen Hitzezeiten sehr häufig. Es ist, als hätte »Rom« sich als Erdgöttin in die Erdtiefen zurückgezogen und sende von dort nur noch dürftige Lebensströme aus. Und als wäre der Hochsommer mit all seinen sich endlos dehnenden Monaten eine Zeit der Regeneration und Absenz. Bloß nichts mehr erledigen! Bloß nichts Hektisches tun! Am besten ist es, ganz zu erstarren und dem Willen der Temperaturen zu folgen!

Untergründig, in den Tiefen, meldet sich nur noch ein leichtes, verhaltenes Brodeln, das aber sehr deutlich. Wie die Vorwarnung einer Vulkanexplosion. Als bespräche sich diese gewaltige Stadt mit ihren ältesten Göttern, den Urdämonen und Barbarenhassern, die spätestens im Herbst wieder ihre Botschafter aussenden werden. Um hier und da einen Extremfeldzug zu initiieren. Eine römische Brandstelle. Etwas Dreistes, Verstiegenes, Sich-Aufbäumendes. Ein Schmettern wie aus Peterskirchenkuppeln.

Selbst auf dem Gelände der Villa ist dieses kleine Brodeln durchaus zu spüren. Der Ehrengast ist zusammen mit der Übersetzerin aus der französischen Schweiz abgereist. Hinterher stellt sich heraus, dass er mit keinem anderen Stipendiaten außer Peter Ka auch nur ein einziges Wort gewechselt hat. Warum dann aber ausgerechnet mit dem unscheinbaren, auf dem Gelände kaum noch sichtbaren Peter Ka? Solche Fragen generieren Gerüchte, wie sie für das Villengelände typisch sind. Man wittert Geheimes oder sogar Verschwörungen, aber man kommt mit den üblichen bravdeutschen Fantasiehaushalten nicht weiter.

Der dicke Romancier behauptet zum Beispiel (in dieser bravdeutschen Manier), der Ehrengast plane die Einrichtung einer nach ihm benannten Rom-Stiftung, deren Leitung Peter Ka übernehmen solle. Deshalb habe Peter Ka nun auch bereits einen Zweitwohnsitz in Rom, wobei zu klären sei, ob ein solches Zweitwohnen noch den Statuten der Villa entspreche. Von seinem Zweitwohnsitz aus solle Peter Ka sich nach einer geeigneten Unterbringung der Stiftung im Zentrum Roms umschauen. Wofür er wahrscheinlich bereits ein Salär beziehe. Sodass in zweiter Instanz zu prüfen sei, ob auch ein solches Salär noch den Statuten der Villa entspreche oder nicht vielmehr zur Folge habe, dass das monatliche, staatliche Stipendiensalär gekürzt werden müsse.

Peter Ka erfährt von diesem Humbug durch die schwäbische Komponistin, für die er dann und wann einkaufen geht. Sie verträgt die große Hitze überhaupt nicht, wegen eines bestimmten Hautferments, das schon seit den ersten dramatischen Sonnenstichen auf Höchstreizung geschaltet hat. Ihre Lebensverhältnisse haben sich auch dadurch verschlechtert, dass ihre bereits lang wieder zurückerwartete Lebensgefährtin nicht wieder erscheint. Genaueres erfährt Peter Ka nicht über diese vertrackten Zusammenhänge, es scheint aber so zu sein, als wäre die Lebensgefährtin in Deutschland ein zweites Lebensgefährtinnenprojekt eingegangen, das erst noch weiter erprobt und bis an die üblichen Grenzen geführt werden müsse, bevor sie wirklich nach Rom zurückkehrt.

Die schwäbische Komponistin hat ihm das andeutungsweise erzählt und die Hintergründe ausgelassen. Peter Ka ist ihr für diese Dezenz sehr dankbar. Denn es ist so eine Sache mit Menschen, mit denen man nicht allzu vertraut ist. Manchmal bekommen sie einen intimen Anfall und zwängen einen in einen Beichtstuhl, um einem sehr private Liebes- oder Freundschaftsdebakel zu gestehen. Die schwäbische Komponistin vertraut ihm anscheinend. Sie behauptet, dass sie Peter Ka wegen seiner Verschwiegenheit schätze. Sodass sie es wage, ihn etwas sehr Privates zu fragen. Weil sie ja ebenfalls eine Verschwiegene sei. Und weil Verschwiegene sich untereinander durchaus etwas Verschwiegenes sagen könnten.

Peter Ka machen solche schwäbischen Wortspielereien in der allgegenwärtigen römischen Heißluft beinahe schwindlig, doch er lächelt und ermuntert sie, ihn ruhig zu fragen. Und dann fragt sie ihn (plötzlich doch unerwartet direkt und beinahe plump), ob auch er eine Lebensgefährtin oder einen Lebensgefährten habe. Ein Mann wie er habe doch sicher auch dergleichen, denn, nein, sie könne sich einfach nicht vorstellen, dass Peter Ka allein

lebe, ohne (und jetzt wörtlich und kichernd): ohne »die Sünde des Fleisches«.

Während sie das sagt, verwandelt sie sich in Peter Kas Augen in einen ganz anderen Menschen. Sie wirkt jetzt beinahe ordinär oder lüstern oder auch sinnlich vor lauter Neugier, ja, sie schaut ihn mit einem Mal so an, als erwartete sie jetzt von ihm eine Sensation. Aber Peter Ka schweigt und blickt nur interessiert zurück. Denn es ist eine gute Szene, die sie da vor seinen Augen entwirft. Als wäre diese sonst so streng und korrekt wirkende Frau plötzlich zu einer Schauspielerin in einem Fellini- oder Marco-Ferreri-Film geworden. Wollüstig, empfindlich, außer sich, jederzeit bereit, mit ihrem Regisseur in ein römisches Ferienhaus direkt neben der Nacktbademeile am Meer zu verschwinden. Um ihn dort wie eine Wiedergängerin aus *Das große Fressen*[47] Stück für Stück zu verspeisen.

Peter Ka aber antwortet nicht, sondern schüttelt nur leicht den Kopf, als wollte er eine Art »Nein« andeuten. Was für ein »Nein« ist aber gemeint? Nein, er hat keine Freundin und auch keinen Freund? Oder: Nein, er möchte dazu nichts sagen? Als sie keine Antwort zu hören bekommt, wird die schwäbische Komponistin leicht gereizt: Ja, was ist nun? Ja was?! (Und das plötzlich in schwäbischer Mundart, als wäre eine Art Sibylle Lewitscharoff in sie gefahren.) Peter Ka aber schüttelt nur noch einmal den Kopf. Das ist die einzige Antwort der Hyperverschwiegenen. Und damit der männlichen Orakel. Die nicht in Delphi, sondern auf dem Parnass residieren, in der Nähe Apolls und nahe der Kastalischen Quelle, deren Wasser etwas leuchtend Klares in jedes Dunkel bringen. Sodass das Dunkel sich erhält und doch zu leuchten beginnt!

Da begreift die schwäbische Komponistin, dass Peter Ka auf ihre Frage nicht antworten wird. Das aber macht sie keinesfalls sprachlos, sondern nur noch erregter. Worauf er zu hören bekommt, er solle doch ruhig zugeben, hinter der Malerin von Studio Zehn her zu sein. Jeder auf dem Gelände wisse, wie manisch und besessen er sie verfolge. Schon von Anfang an habe sie das bemerkt: Dass er sie intensiv und »mit einem starken Verlangen« betrachtet und die Augen nicht von ihr abgewendet habe. Wahrscheinlich schleiche er Nacht für Nacht hinüber in ihr Studio, um es dort mit ihr zu treiben. Erwischt worden seien die Malerin und er zwar noch nicht, aber es gebe dennoch einen Beweis für diese Vermutung.

Von diesem Beweis aber wisse nur sie, und sie habe noch mit niemandem darüber gesprochen, obwohl die meisten anderen Kollegen auf diesem Gelände scharf darauf seien, Detailliertes von der Malerin und ihm zu erfahren. Die Freundin des pfälzischen Komponisten habe zum Beispiel gesagt, Peter Ka sei »ein ganz Schlimmer«. Und der Hamburger Architekt habe gesagt, Peter Ka sei »ein stilles Wasser«, mit allen Konsequenzen.

Peter Ka mag nicht mehr hinhören. Während die schwäbische Komponistin redet und redet und langsam abdriftet in einen zünftigen Wahn, steht er nur still und überlegt, wie er sich davonmachen könnte. Sofort? Auf der Stelle? Er weiß längst, dass er sich mit dieser Person nicht mehr unterhalten wird. Und ihre Biosaucen soll sie von nun an selbst aus dem *Supermercato* herbeikarren. In ihrem spießigen Einkaufswagen von *Manufactum.* Er bleibt aber noch einen Moment stehen, weil ihn der angesprochene »Beweis« nun doch interessiert. Was kommt jetzt? Was wird dieses an der schwäbischen Dialektik geschulte Gehirn jetzt an Verwurstetem hervorbringen?

Die schwäbische Komponistin genießt es, dass er mit ihr zusammen einen Moment wartet und schweigt. Dann sagt sie, der Beweis sei: Kater Rosso! Denn sie habe herausgefunden, dass der scheue Kater sich nur in zwei Studios niederlasse oder verkehre. Im Studio der Malerin und in dem von Peter Ka! Woraus hervorgehe, dass der Kater so etwas wie der Liebesbote oder die Liebesinstanz oder das Liebesmedium sei. In beiden Liebessphären zu Hause und beide Liebessphären miteinander verbindend. Bis hin zur Krönung: In beiden Liebessphären werde er mit dem gleichen Katzenfutter gefüttert. Das habe sich bei der Untersuchung des Mülls ganz nebenbei ergeben.

Peter Ka stutzt. Hat sie etwa im Müll gewühlt? Ist sie in eine der großen Tonnen draußen vor dem Haupttor gestiegen, in die der Stipendiatenmüll wandert? Es ist zum Lachen, aber er bekommt kein richtiges Lachen hin. Und so lächelt er etwas verzerrt, was aber zu der allgegenwärtigen Hitze gut passt. Als hätte er einen kleinen Stromschlag bekommen. Oder als wäre irgendein kleiner Nerv oben in seinem Hirn für ein paar Sekunden zur Strecke gebracht worden. Zittert seine Unterlippe etwa schon wieder? Seit es so heiß ist, hat sie wieder diese Unart angenommen, und seit der Ehrengast verschwunden ist, tut sie es immer wieder von Neuem, sobald er an die Übersetzerin aus der französischen Schweiz und die durchaus rührende Abschiedsszene denkt. (Warum schreibt sie ihm nicht? Und warum schreibt er ihr nicht?)

Dann aber reißt er sich kurz zusammen, denn er muss jetzt unbedingt weg. Sofort und endgültig. Und weil ihm überhaupt nichts mehr einfällt, sagt er: »Na denn.« Nichts sonst, nur »Na denn«. Und dreht sich um und geht weg. »Waaas? Wieso denn ›Na denn‹?!«, will die schwäbische Komponistin aber noch wissen. Waaas … – dennn …? (Und das wirklich mit dieser unglaublich langen Dehnung des A. Wie ein Kind beim Zahnarzt! Und mit diesem lange nachschwingenden N! Wie in irgendeiner abgefahrenen Zwölftonmusik für eine Solostimme und drei Bläser!)

Peter Ka entfernt sich und geht immer schneller. Bloß weg von dieser Zornesgöttin, bevor sie ihn weiter mit ihren Speeren trifft und ihm seine Müllhinterlassenschaften bis hin zu jedem Zwiebelrest unter die Nase hält! Er hört ihr Geschrei und weiß, dass sie ihn damit zum Stehen bringen will. Und er hört, dass sie sogar ein paar unerwartet zotige Wendungen draufhat. Alle Achtung! Das ist doch erstaunlich! Wenn sie diesen Zauber doch bloß auch in ihrer Musik herauslassen und einmal richtig auf den Putz hauen würde! Doch nein, das tut sie nicht, sie hält ihre Strahlkraft mit all ihren bösen Spitzen unter dem Deckel des Kochtopfs. Biosaucen. Die sind ihr Metier. Und genauso klingt auch ihre Musik.

Als wäre er beleidigt oder in seinem Seelenhaushalt durcheinandergeraten (er ist aber weder das eine noch das andere, er ist nur erschöpft), geht er zurück in sein Studio und legt sich dort auf das Bett. Im Grunde hat die schwäbische Komponistin einen durchaus wunden Punkt berührt. Dass er es nicht geschafft hat, mit der Malerin von Studio Zehn wieder ins Gespräch zu kommen. Dass er sich aufführt, als wäre er in seiner Ehre oder einem anderen dumpfen Empfinden getroffen! Er hat die heftigen Szenen der schon lange zurückliegenden Nacht noch immer im Kopf. Wie sie ihn niedergemacht hat! Und vor allem, wie sie im Abseits dieses Clubs an den Ufern des Tibers einen Mann derart heftig geküsst hat. Dieser Kuss, ja, wie ein Blitz! Schlimmer als alles andere!

Die Beleidigungen hätte er ihr sofort verziehen. Sie war überreizt gewesen, und vielleicht hatte sie auch zu viel getrunken! Sehr wahrscheinlich, ja, sogar ziemlich sicher! Aber dieser heftige Kuss, den hätte es nicht geben dürfen! Er hatte ihn einfach nicht erwartet, denn es hatte so ausgesehen, als wäre sie geradezu scharf darauf, so zu küssen und auch geküsst zu werden. Nun gut, warum denn auch nicht? Weil sie ihn für solche Ekstasen gar nicht in Betracht zog! Weil sie ihn für einen verhockten *Uve e forme*-Fritzen hält, der sich wie ein altersmüder Rentner über Brot, Käse und Wein hermacht! Und sich freut, wenn die Bedienung ihm ein weiteres Glas hinschiebt, ohne dass er es bestellt hat!

Ein Kleinling ist er bestimmt in ihren Augen, einer, der vielleicht mit seinen Verschen hoch hinauswill, aber doch nur lyrisches und emotionales Kleinobst sortiert. In der bekannten Art der deutschen Dichter und Sänger in Rom: *Draußen stehen Pinien. (Sie können lächeln.)/ Zwischen zwei Espressos schminkt sich der Mittag.*[48] Wie furchtbar! Wie unausstehlich! Er könnte sich schütteln, wenn er so etwas liest oder hört! Hält sie ihn etwa für so einen Durchhaltepoeten? Und warum interessiert sie sich nicht für seine Sachen und kommt einfach mal in seinem Studio vorbei? Das würde sie nie tun, natürlich nicht, dafür ist sie zu stolz. *Er* aber ist von ihren Werken nicht nur »angetan«, sondern begeistert. Und nun kann er es ihr nicht einmal sagen.

Manchmal schleicht er an Studio Zehn vorbei, dem letzten in der langen Reihe. Er tut so, als wanderte er noch einmal in das *Villino*, und dann steht er vor dem Eingangstor dieses alten Illusionsraums, von dem er inzwischen weiß, dass er zu den ältesten Teilen der ganzen Villenanlage gehört und früher ein ehrliches Bauernhaus war. Das sieht man dem *Villino* wahrhaftig noch an, diese Einfachheit und Bodenständigkeit. Ein kleiner Winkel von ganz früher. Aus den Zeiten, als das ganze Gelände noch eine verlassene Ruinenfläche eines alten Patriziergeschlechts war.

Meist wandern seine inneren Bilder dann auf engstem Raum hin und her. Zwischen Studio Zehn, der Malerin und dem *Villino* mit seinen dort erlebten Abenden und Nächten. Catull, Horaz – wie schön das doch war! Er schließt die Augen und sieht sich wieder vor diesen zwei Welten stehen. Aber er steht immer draußen, ja, er hat das verdammte Talent, sich auf bestimmte, ihm nahe Menschen zuzubewegen und sich dann wie von selbst aus dieser sich anbahnenden Nähe wieder nach draußen zu befördern. Weil er nicht insistiert! Weil er, bevor es ernster wird, zurück in sein Studio geht! Weil ihm die Nähe von Kater Rosso vielleicht wichtiger ist als die Nähe zu einer Übersetzerin aus der französischen Schweiz, die seine Gedichte so gut versteht wie kein anderer Mensch auf dieser Welt!

Peter Ka spürt, wie seine Unterlippe wieder in leichte Schwingungen gerät. Auch er hat jetzt dieses kleine Brodeln, das alle Welt befallen zu haben scheint. Als schlüge diese Hitze nicht mit großer Gewalt, sondern mit kleinen, unaufhörlichen Nadelstichen in die Kopfwelten und triebe einen so in den Wahnsinn! Dieses Keifen der schwäbischen Komponistin – hatte es nicht schon etwas von diesem feinen, sich heranschleichenden Wahnsinn? Es ist gut zu verstehen, dass auf diesem Gelände manchmal böse Träume entstehen und ein Entrückter aus den Reihen der Großtalente entfernt werden muss.

Peter Ka lacht einen Moment, dann aber steht er, selbst etwas erschrocken, auf und verlässt das Studio wieder. Er geht an den Ateliers entlang, die jetzt alle geschlossen sind. Als er an Studio Zehn vorbeigehen will, bemerkt er sofort, dass ausgerechnet hier das Eingangstor offen steht. Er kann nicht vermeiden, den Kopf seitwärts zu drehen und hineinzuschauen. Die blonde Malerin steht nur wenige Meter von ihm entfernt. Sie hat beide Hände in die Hüften gestützt und trägt einen weißen Malerkittel. Die Haare hat sie flüchtig zu einem einfachen Zopf zusammengebunden.

Sie schauen sich gegenseitig an, dann sagt die Malerin: »Was glotzt du denn so? Fällt dir nichts Besseres zu meinen Bildern ein?« Peter Ka könnte sie ohrfeigen. Sofort. Auf der Stelle. Dann aber beherrscht er sich und antwortet: »Gehen wir ein Glas Gin trinken?« Sie schaut ihn weiter an, sagt aber nichts. Dann geht sie ein paar Schritte hin zu einem großen Sofa, das im hinteren Bereich ihres Ateliers steht. Sie zieht den Malerkittel aus und öffnet den Zopf. Dann hört er sie ins Bad gehen. Zwei, drei Minuten vergehen. Er bleibt noch etwas stehen und wartet. Schließlich verlässt sie das Studio und sagt: »Na dann los! Gin ist nicht übel.«

Das kleine Brodeln 2

Sie sind jetzt mehrmals in der Woche zusammen. Manchmal kommt Peter Ka herüber in ihr Studio und setzt sich lesend in eine Ecke, während sie malt. Es hat ihn selbst überrascht, dass so etwas möglich ist: Zu zweit im Atelierraum von Studio Zehn sitzen, während weiter an einem Bild gearbeitet wird. Es geht jedoch sehr gut, das aber nur, wenn er sich beschäftigt. Lesend oder notierend oder mit geschlossenen Augen Musik hörend. Er darf aber nicht lange hinschauen und ihr Arbeiten beobachten. Das geht nämlich auf gar keinen Fall. Zuschauen soll er nicht, wohl aber anwesend sein.

Genau das mag sie: dass sie nicht allein in diesem großen Raum ist, sondern noch ein zweiter da ist. Dessen Atem und Anwesenheit sie beruhigend spürt. Weshalb sie auch weiter den Kater anlockt und dafür sorgt, dass er sich oft für mehrere Stunden ebenfalls zu ihnen ins Atelier legt. Sie behauptet, dass sie die Ruhe, die von seinem Schlaf ausgeht, spürt. Bis zu ihrem Rücken verläuft angeblich diese Kraft, bis zu den Schultern hinauf. Ein einziges Wohlgefühl. Als stützte und hielte sie jemand, während sie sich ihrem Malfuror aussetzt. Peter Ka kommt damit zurecht, ja, er genießt dieses Zusammensein auch. Wenn er sich in ihrer Nähe aufhält und liest, kann er sich sogar besser konzentrieren als allein. Eine Spur Unruhe oder latente Nervosität ist verschwunden, etwas in ihm ist zur Ruhe gekommen.

Manchmal leihen sie sich den Wagen des pfälzischen Komponisten aus, der schon laufend vom großen Herbst spricht und von den Kirchenkonzerten, bei denen er dann auftreten wird. Er ist nur noch selten mit dem Wagen unterwegs, denn seine Cello spielende Freundin erwartet ein Kind und möchte sich daher lieber auf dem Villengelände aufhalten. »Hier ist es eh am schönsten«, sagt der junge Ephebe, und jeder glaubt, dass er das wirklich so meint. Die Hymnen, die er komponiert, sind ab und zu in einer Klavierfassung zu hören, es klingt, als wären es Dankgebete für die erwartete Geburt eines Kindes. Bestimmt wird es einmal ein Sängerknabe oder sogar ein kleiner Engel auf Erden oder eine kesse Chansonette in Heidelberg.

Der dicke Romancier dagegen ist mitsamt seiner Familie für einige Zeit zurück nach Deutschland geflogen. Er hielt es einfach nicht länger aus und sehnte sich nach dem Regen. Ein deftiger Sommerregen mitten in Berlin oder oben an der Ostsee, das braucht er jetzt zu seiner weiteren Romanstimulation. Hier im Süden ist er einen halben Tag lang in Ostia am Meer gewesen und dann rasch wieder zurück aufs Villengelände gefahren. Dieses Mittelmeer in Ostia war in seinen Augen kein richtiges Meer, sondern eine heimtückisch lauernde See. In sich zurückgezogen und bockig. Mit vielen Quallen, mit Seeigeln und dunklem Sand. Und nirgends ein Strandkorb, sondern nur diese in den Sand gerammten Sonnenschirmchen, die man für einen viel zu hohen Preis mieten musste! Ganz zu schweigen von den Liegen, die noch teurer waren und ebenfalls gemietet werden mussten. Schließlich konnte man sich ja nicht auf ein Handtuch in den Sand legen.

Genau diese Stille des Meeres genießen jedoch Peter Ka und die Malerin, wenn sie mit dem Wagen des Pfälzers dorthin fahren. Sie fahren nach Fregene, wo Federico Fellini einmal gewohnt und gearbeitet haben soll, oder sie fahren weiter südlich von Ostia zu den ruhigen Strandstücken, wo nur noch ein paar verstreute Badegäste liegen. Hinter ihnen leere Dünenlandschaften, mit mannshohen Gräsern und vielen ausgetretenen Pfaden, für all die, die rasche Sexualkontakte suchen. Manchmal sieht man die Köpfe dieser Lustgeier wie Vogelköpfe aus dem Grün auftauchen, fiebernd in allen Richtungen Ausschau haltend. Oder man sieht einen Nackten, der in voller Gestalt für Sekunden aus dem Graswald auftaucht und im Sonnenlicht bronzen glänzt, als hätte ihn Leni Riefenstahl vorbeigeschickt.

Die Malerin beobachtet diese Sexualszenen des Hinterlands mit großem Vergnügen und kommentiert sie. Sie trägt einen großen Sonnenhut und einen durchgehenden dunkelblauen Badeanzug, und wenn sie ins Meer geht, ist sie in wenigen Minuten weit draußen, so leicht und schnell kann sie schwimmen. Peter Ka dagegen schwimmt eher langsam und auch nicht weit hinaus, dafür geht er gerne einige Kilometer am Strand entlang, bis zu den Wohngeländen.

Sie vertragen und verstehen sich inzwischen sogar so gut, dass sie am Strand meist zusammen essen. Sie gehen in eines der schönen, hölzernen Strandlokale, in denen es frischen Fisch gibt und kühlen Wein, und später liegen sie eng beieinander im Schatten auf großen Strandtüchern und schließen die Augen. Die Malerin redet nicht viel, und auch Peter Ka ist kein großer Erzähler. Sie verständigen sich eher lakonisch, oder die Malerin bittet Peter Ka, etwas vorzulesen, aus einer Zeitung, einem Buch, egal was, sie hört Peter Kas beruhigende Stimme einfach sehr gern. Darüber, was er vorgelesen hat, sprechen sie dann auch miteinander. »Aus gegebenem Anlass«, hat die Malerin zu solchen Unterhaltungen gesagt und damit gemeint, dass sie beide davor zurückschrecken, sich Privates oder Biografisches zu erzählen. Bitte keine Lebensrückblicke! Und keine Details über das Leben im Wuppertal! Und bitte nie über Deutschland reden und all den Kleinkram, der von dort zu einem herüberdringt!

Darin sind sie sich einig. Sie sind einander aber viel weniger ähnlich, als Peter Ka gedacht hat. Das war der Fehler, den er begangen hat. Er hat die empfundene Nähe für ein ähnliches Fühlen und Denken gehalten. In Wirklichkeit sind sie aber sehr verschieden und treffen sich nur in bestimmten Momenten und Haltungen: Dass sie eher wortkarg sind! Dass sie nie über die anderen Stipendiaten sprechen! Dass sie sich ganz und gar ihrer Arbeit verschrieben haben! Dass sie konzentriert, energisch und manchmal etwas überreizt sind! Dass sie jede touristische Annäherung an die Stadt und ihre Umgebung vermeiden! Dass sie schnell braun werden und schließlich, zum Ende des Sommers hin, sogar dunkelbraun sind. Während alle anderen Stipendiaten sorgfältig darauf geachtet haben, blass und bleich zu bleiben, aus vielberedeter Angst vor dieser oder jener Krankheit.

Natürlich sind ihre Annäherung und ihr häufiges Zusammensein aufgefallen. Es hat die Gerüchtefabrikanten auf dem Gelände in ihren lang gehegten Vermutungen bestätigt. Die beiden sind also ein Paar, ja, das hat man doch schon lange gewusst. In Wahrheit aber sind sie gar kein Paar von der Art, an die alle denken. Sie schlafen zum Beispiel nicht miteinander, und sie sprechen nicht einmal darüber, warum sie das niemals tun. Jeder, der sie zusammen sieht, würde schwören, ein Liebespaar zu sehen, das selbstverständlich auch miteinander schläft. Sind sie aber überhaupt ein Liebespaar? So weit würde Peter Ka nicht gehen, nein, das sind sie (noch?) nicht. Er mag aber auch nicht umständlich über dieses Liebespaar-Sein oder -Nichtsein nachdenken. Was jetzt zählt, ist das schöne Zusammensein, das viele Vorteile gegenüber all der Einsamkeit der letzten Monate hat.

Schön ist es zum Beispiel, sich tagsüber in der Stadt zu treffen. Jeder von ihnen hat eine bestimmte Zeit des Tages allein verbracht, und dann telefonieren sie miteinander, und einer von ihnen macht einen Vorschlag. Wie wäre es, sich auf der Piazza di

Santa Maria Liberatrice im Viertel Testaccio zu treffen? Um dort in der Nähe des Großmarktes eine Kleinigkeit zu Mittag zu essen? Oder wie wäre es, sich im ehemaligen jüdischen Ghetto zu sehen und sich dort in den Schatten der Sonnenschirme einer kleinen Bar zu setzen? Dann und wann kommt es auch vor, dass die Malerin einmal nicht mag oder keine Zeit hat, aber Peter Ka empfindet solche Absagen nicht mehr als kränkend oder als Abwehrmanöver. Nein, es ist doch in Ordnung, dass sie absagt, wenn sie gerade etwas anderes tun möchte oder noch zu sehr in der Arbeit steckt.

Dafür ist es umso schöner, sich nach einigen allein verbrachten Stunden plötzlich in einer angenehm kühlen Kirche wiederzusehen. Jetzt, auf das Ende des heißen Sommers zu, verabreden sie sich am liebsten in solchen Kirchen. Weil der jeweils Wartende dort nicht der Hitze ausgesetzt ist und immer etwas vor Augen hat, das sich anzusehen lohnt. Es ist aber jedes Mal ein seltsamer Moment, wenn sie sich wiederbegegnen. Sie erkennen sich nämlich fast immer auf den ersten Blick. Einer von ihnen kommt durch die Kirchentür herein, und sofort ahnt er, wo der andere sich in etwa befinden könnte. Und das auch, wenn der eigentlich kaum zu sehen ist, sondern sich gerade in einem Seitenschiff aufhält.

Solche Begegnungen haben etwas von traumwandlerischer Sicherheit. Sie haben das beide längst bemerkt, sprechen aber nicht darüber. Vielleicht, weil solche Begegnungen eigentlich typische Begegnungen von Liebespaaren sind. Wobei ein Partner den anderen immer und überall sofort erkennt und bemerkt. Ein Beobachter würde sie in solchen Momenten unbedingt für ein Liebespaar halten, denn sie küssen sich zur Begrüßung fast immer mit einer deutlich sichtbaren Vertrautheit und Intimität. Meist lächeln sie beide sogar einen Moment leicht verklärt, und dann fängt sich einer von ihnen und sagt etwas Ablenkendes.

Am häufigsten treffen sie sich am späten Nachmittag auf der Piazza Regina Margherita, ganz in der Nähe der Villa. Es ist ein völlig untouristischer Platz, ohne eine einzige »Sehenswürdigkeit«. Umrahmt wird er von einigen hohen Mietshäusern, in deren Fenstern jetzt häufig die Bewohner liegen und auf den Platz hinunterschauen. Das Schöne an diesem Platz sind die vielen Straßenbahnen, die ihn in regelmäßigem Rhythmus durchqueren. Es gibt mehrere kleine Bars, Weinhandlungen mit Probierecken, eine Gelateria und einige Restaurants, die aber erst am Abend öffnen.

Am späten Nachmittag ist der Platz stark belebt. Die Einkäufer und Eckensteher kreisen umher, die älteren Herrschaften führen ihre Hunde aus, und die jüngeren Mädchen stehen, unentwegt kichernd, an den Straßenbahnhaltestellen, ohne jemals in eine Bahn zu steigen. Die breiten Straßen, die von dieser Piazza abgehen, werden von mächtigen Platanen gesäumt, und es gibt mehrere Zeitungsstände, von denen Peter Ka die neusten, frischen Lektüren bezieht. Römische Zeitungen und vor allem lauter italienische Magazine, deren Texte er in holpriger Übersetzung auf Deutsch vorliest.

Die Malerin mag das besonders: Wenn sie zusammen auf diesem Platz sitzen, die Bewohner an ihnen vorbeiziehen und Peter Ka Texte über die neuste italienische Mode oder die Formel 1 vorliest. Irgendeine Bar oder ein Zeitungsstand ist hier auch im Sommer immer geöffnet, denn die Bewohner hier in der Umgebung haben nicht das Geld, um in die Berge oder ans Meer zu fahren. Und so spielen sie allesamt »Sommer« und gehen auf und ab wie in Filmen von Ettore Scola oder der Brüder Taviani. Als spürten sie den Blick einer Kamera im Nacken, der ihnen auferlegt, Statur zu wahren. Und als redeten sie, als sprächen sie Texte eines Drehbuchs.

Peter Ka kann sich jetzt schon recht gut mit ihnen unterhalten, ohne ins Stocken oder eine andere Verlegenheit zu geraten. Er verschleift inzwischen sogar die Silben so lässig und gekonnt, als wäre er ein leicht gelangweilter Römer, der es nicht für nötig hält, jede Silbe deutlich zu artikulieren. Einmal, in einer Bar, ist es sogar schon vorgekommen, dass man ihn minutenlang für einen Einheimischen hielt. Die Bräunung seiner Haut und einige Bartstoppeln haben sicher dazu beigetragen, nicht zuletzt aber auch seine Musikalität, die es ihm leicht macht, einen fremden Tonfall gut zu kopieren.

Die ganze Nacht über bleiben die Malerin und er aber niemals zusammen. Einer von ihnen zieht sich gerade rechtzeitig, bevor bestimmte Fragen zu klären wären, wieder in sein Studio zurück. Kater Rosso fällt es dann jedes Mal schwer, sich zu entscheiden. Manchmal schleicht er mit Peter Ka in sein Studio, legt sich dort eine Weile neben ihn auf das zweite Bett und wandert mitten in der Nacht, ohne dass Peter Ka das bemerken würde, wieder zurück in das Studio der Malerin.

Einmal hat Peter Ka ihr eine Mail geschrieben, und ein anderes Mal hat er eine Notiz in ihren Briefkasten gesteckt. Beides hat sie gar nicht gemocht und nur mit einem »Was soll das?!« reagiert. Und so beschränkt sich ihr Kontakt auf die Telefonate, die sie beinahe täglich miteinander führen. Solche Gespräche sind aber kurz und werden nur geführt, um sich zu verabreden. Sich am Telefon länger zu besprechen oder sich etwas zu erzählen kommt nicht in Frage, darin sind sie sich ebenfalls einig.

Und so leben sie das entspannte Sommerleben eines Paares, das kein Liebespaar ist, sondern an der »Paarbildung« arbeitet. So jedenfalls hat die Malerin ihre Begegnungen und ihr Zusammensein einmal ironisch genannt. Peter Ka hat keine Ahnung, wohin diese »Paarbildung« einmal führen wird. Aber das ist vielleicht gerade das Schöne, dass man sich darüber keine Gedanken zu machen braucht. Intensiv leben. Mit dem anderen dann und wann zusammen sein. Das Gefühl haben, nicht mehr

alles nur aus eigener Kraft bestreiten zu müssen. Das ist doch ein gewaltiger Fortschritt gegenüber den früheren Tagen.

Das Architektenpaar aus dem Fränkischen ist ebenfalls für einige Zeit in die Heimat zurückgekehrt, um sich vor Ort um die Bauarbeiten des Jugendzentrums zu kümmern. Sie sehen jetzt beide noch blasser aus als zuvor, und sie wirken noch immer etwas erschrocken oder irritiert, als versetzte ihnen die Ewige Stadt dann und wann ein paar unerwartete, infame Stöße, um sie heftig durchzuschütteln.

Der bärtige Architekt will nun doch nicht in Rom heiraten, weil das zu teuer würde und eine Trauung in einer römischen Kirche vieler bürokratischer Vorbereitungen bedarf. Ein Porträtfoto von ihm ist im Heft eines Autojournals erschienen, das auf dem Villengelände heimlich die Runde macht. Er steht auf dem Vorplatz der Villa, in weißen Hosen und mit einem Grinsen, als hätte er gerade das Haupthaus geerbt oder als wäre er jetzt der Direktor des Ganzen.

Gegenüber solchen Lachnummern verläuft das Leben des pfälzischen Komponisten und seiner Cellistin fast bescheiden. Peter Ka kommt manchmal bei den beiden vorbei und trinkt mit ihnen grünen Tee. Der Komponist spielt etwas auf dem Klavier, ohne diese Stücke umständlich zu erklären. Eigentlich versteht er sich mit ihm gar nicht so schlecht. Der junge Ephebe hat sogar nachgefragt, ob Peter Ka ihm einige seiner Gedichte zur eventuellen Vertonung überlasse. Leider nein, auf keinen Fall. Peter Ka kann es nicht ausstehen, wenn Komponisten ausgerechnet Gedichte vertonen. Das gehört sich doch nicht. Damit zerschlägt man doch die mühsam hergestellte Musikalität der Worte, die aus eigener Kraft »Musik machen« und klingen sollen. Nichts Schlimmeres als ein Sopran oder Tenor, der sich gespreizt und dann noch mit hohen und daher meist nervenden Tönen über ein Gedicht hermacht.

Er sagt das dem jungen Pfälzer, den seine Ausführungen amüsieren. Und wie steht es mit Schumann oder Schubert? Fallen *Dichterliebe* oder *Winterreise* ebenfalls unter das Verdikt? Sind das am Ende lauter Verirrungen? Peter Ka muss auch etwas lachen. Er wird sich beides noch einmal sehr genau anhören und dann etwas dazu sagen. Bei einer Tasse grünem Tee. Und wenn die Cellistin, die etwas furchtsam ist und der man mit Provokationen keine Freude macht, einmal draußen, im Schatten des Geländes hinter dem Studio, liegt. Lesend, in einem Liegestuhl, mit jenem unnachahmlichen leichten Dauerlächeln, das die baldige Geburt eines Kindes ankündigt.

In Traumkabinetten

Traumkabinett 1

Sehr spät kommt der Herbst, und das beinahe von einem Tag auf den andern. Plötzlich sind die ewiggleichen, aber schließlich doch matter werdenden Farben des Sommers verschwunden, und die ersten Regenböen fahren in das welkende Grün. Die Platanen stehen zerzaust da, und dann fegt es die Blätterflut durch die Straßen, und Blitze zucken frühabends ins Dunkel.

Das aber sind nur die Vorstufen, die wie erste Warnungen wirken. Denn der starke Regen folgt schließlich auch und wirkt wie beinahe süchtig danach, die trockene Erde bis in jede nur denkbare Ritze zu durchdringen. Der Verkehr wird jetzt durch die alles überflutenden Wasser geschwemmt und kommt immer wieder zum Stehen, und es herrscht erneut das unberechenbare römische Chaos, über das auch die Römer fortlaufend klagen, während sie letztlich doch darauf stolz sind und alles tun, es zu erhalten.

Weil allmählich auch das Ende des Stipendiums in Sicht ist, macht Peter Ka sich ein paar Notizen. Kurz vor Weihnachten wird er zurück nach Deutschland fahren und dann noch einmal im Januar zum Packen, Aufräumen und »Abrunden« nach Rom kommen. Auch die anderen Stipendiaten fahren über Weihnachten nach Hause, sodass die Arbeitsmotorik überall wieder auf Hochtouren läuft. Ausstellungen (der Großbildhauer hat es gleich zu mehreren in Rom selbst und in der Umgebung gebracht), Konzerte (die Hymnuschorknaben des jungen Pfälzers sind von Kirche zu Kirche unterwegs), Recherchen (Uwe, der

Fotograf, hat einen Großauftrag für ein Magazin erhalten und fotografiert den Fischfang an der Adriaküste).

Peter Ka will sich noch in einige Details vertiefen, während er weiter notiert und fotografiert und alles aufzeichnet, was ihm an Interessantem begegnet. Goethes Rom-Aufenthalt, das ist zum Beispiel ein solches Detail. Also los, jetzt aber endlich in die *Casa di Goethe*! Als er der Malerin davon erzählt, lehnt sie gleich ab. Nein, dorthin wird sie auf keinen Fall gehen, mit Goethe wird sie sich keine Sekunde beschäftigen, das ist alles viel zu weit von dem entfernt, womit sie gerade zu tun hat. Sie hat Goethe sogar im Verdacht, ihr in etwas hineinreden zu wollen. Schon früher hat sie das mehrmals erlebt: dass er ihr in etwas hineingeredet hat, mit seinem *Werther* zum Beispiel und mit bestimmten Gedichten. Peter Ka fragt nach, was sie mit diesem »Hineinreden« meint, aber sie ist nicht bereit, darüber zu sprechen: »Vergiss es und schau dir die *Casa* an, aber rede später mit mir darüber bitte kein Wort!«

Dann steht er unten im Eingang des großen Eckhauses am Corso, in dem Goethe viele Monate gewohnt hat. Er geht durch einen Flur auf einen alten Aufzug zu und fährt hinauf, und bereits während er fährt, beschleicht ihn das seltsame Gefühl, seinem eigenen Zuhause nahe zu sein. Das »Zuhause« ist in diesem Fall das kleine Zimmerchen, das er während des langen Sommers als römische Zweitwohnung genutzt und inzwischen wieder hat aufgeben müssen. Er hat es niemandem sonst gezeigt, auch der Malerin nicht, sondern es als einen geheimen Rückzugsort behandelt, in dem er sich beinahe wohler fühlte als auf dem gesamten Villengelände.

Der dunkle Flur, der Aufzug und der Eintritt in die Wohnung, in der Goethe ebenfalls nur ein kleines Zimmer und keineswegs mehrere Räume bewohnte – diese Parallelen verblüffen stark und lassen ihn einen Moment glauben, er wanderte durch ein Traumkabinett, das unübersehbare Verbindungen mit seiner eigenen Existenz hat. Goethe hat hier also nicht residiert und keineswegs herrschaftlich oder großzügig gelebt, sondern sich incognito (und damit unter fremdem Namen)[49] eingereiht in einen überschaubaren Kreis von Künstlern, mit denen er dann täglich verkehrte. Der Maler (und Freund) Tischbein wohnte mit ihm zusammen und fertigte ab und zu eine flüchtige Tuschskizze an. Zum Glück gibt es davon mehrere, und sie wirken beinahe wie erste Comics, die knapp und pointiert vom früheren Leben in diesen Räumen erzählen.

Eine besonders lebensnahe Skizze zeigt Goethe mit angezogenen Beinen lesend auf einem Stuhl, dessen Lehne die dahinter verlaufende Wand so berührt, dass die beiden vorderen Beine frei in der Luft schweben. Die fühlbare Stille der Lektüre. Der kleine Andachtsmoment, in dem einem »etwas aufgeht«. Das wache, konzentrierte Gesicht. Peter Ka glaubt, etwas von sich selbst zu erkennen. So lesen nur Dichter oder Schriftsteller, angezogen von der Lektüre und während des Lesens schon mit der Umarbeitung des Gelesenen in den eigenen Kosmos beschäftigt. Was passt denn wohin? Passt überhaupt etwas? Nein, das ist keine passive Lektüre, kein Mitschwimmen und Träumen und Fantasieren, sondern ein einziger Hunger. Der Hunger eines Lesenden, dessen Augen den Text nach etwas Verwertbarem durchmustern und abwandern.[50]

Noch länger aber beschäftigt ihn eine Skizze, die Goethes Zimmer mit einem Teil der Einrichtung zeigt. Ein breites Bett (durchaus für zwei Personen) mit zwei Kissen, einige Gipsbüsten auf einem Bord, darunter ein Stapel Bücher und ein schwerer Reisekoffer. Vor dem Bett aber sitzt eine Katze auf einem Fell und schaut mit großen Augen zur Seite. Als er dieses Detail bemerkt, schließt Peter Ka kurz die Augen. Sitzt dort wirklich eine Katze? Ein Kater Rosso von 1786? Offensichtlich. Eindeutig. Ja.

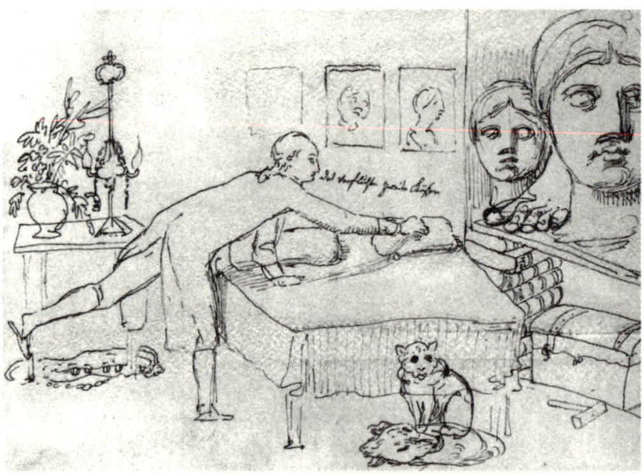

Und diese männliche Gestalt, die sich in rascher Bewegung nach vorn beugt, um mit der rechten Hand das zweite Kissen auf diesem Bett zu postieren (oder zu entfernen?) – ist das Goethe? Anscheinend. Ebenfalls ja.

Am meisten aber berührt ihn, dass er oberhalb des Bettes einige Zeichnungen an der Wand entdeckt, die genau dort befestigt wurden. Ganz wie in seinem Atelier, dessen Wände inzwischen voll sind von Fotografien und Notaten! Und auf dem Nachttisch stehen eine Öllampe und einige Blumen. Ebenfalls ähnlich wie in seinem Schlafzimmer, auf dessen Nachttisch jetzt (als heimliche Erinnerung an die Übersetzerin aus der französischen Schweiz) zwei kleine Vasen mit bunten Herbstblumen stehen. Und daneben eine Nachttischlampe, die er nicht zum Lesen, sondern nur zur dämmrigen Beleuchtung des Zimmers benutzt.

Peter Ka kümmert sich nicht um die kleinen Skizzen, die Goethe selbst in Rom gezeichnet oder gemalt hat. Und er liest auch nicht *eine* Zeile der Erklärungen und Kommentare, die in den Zimmern aushängen. Ihn interessieren weder ein Warum noch ein Weshalb noch ein Wofür. Keine Geschichten, keine Historie, nur die eigene Anschauung der Lebensszenen, die Tischbein so genau beobachtet hat. Denn ein Lyriker spürt in diesen Räumen nicht die Versuchung, solchen Lebensszenen länger nachzugehen oder sie sogar auszuerzählen. Das ist eine Sache für Romanciers mit starkem Verwandlungstalent.[51]

Ihm reicht es, sich in Tischbeins Skizzen Detail für Detail zu vertiefen und sehr lange ein kleines Tischbein-Aquarell zu betrachten, auf dem Goethe in einfachster Hauskleidung (und mit Hausschuhen!) an einem Fenster steht und hinausschaut. Ein Laden des Fensters ist geöffnet, der andere aber noch geschlossen, sodass ein heranflutendes Sonnenlicht mit umso stärkerer Macht durch die Fensteröffnung hineinschießt und Goethe erfasst. Das Raffinierte aber ist: Goethe ist nur von hinten zu sehen, leicht vornüber ins Licht gebeugt. Gebannt und lichtumflutet steht er da, mit der unauffälligsten nur möglichen, alltäglich bleibenden Glorie. Ein Neugieriger. Einer, der den Blick nicht lösen kann von dem, was er unten auf den römischen Straßen zu sehen bekommt. Was *der* wohl für ein Beobachter und Notierer war!

Auf einer weiteren Skizze liegt er auf einem Sofa zusammen mit einem anscheinend guten Freund. Er liegt auf dem Rücken und strampelt mit den Füßen hoch in der Luft. Peter Ka versteht das sofort, denn solche Glücksmomente hat er selbst in Rom auch immer wieder erlebt. Zum in der Luft Strampeln! Zum Aufstehen und Losgehen und Loslaufen! Pure Euphorie, unerklärlich stark und mitreißend! Dass einem das Herz bis zum Hals schlägt! Dass man endgültig glaubt, den einzigen Platz auf der Erde gefunden zu haben, den man nicht mehr verlassen möchte!

Und dann schnappt er während seines Rundgangs doch etwas Text auf. Er erkennt einige Zeilen, ja, wahrhaftig, es sind Zeilen eines Gedichts, das kann er sich nicht entgehen lassen. Und dann liest er: *Saget, Steine, mir an, o sprecht, ihr hohen Paläste!/ Straßen, redet ein Wort! Genius, regst du dich nicht?/ Ja, es ist alles beseelt in deinen heiligen Mauern,/ Ewige Roma; nur mir schweiget noch alles so still.*[52]

Er liest das langsam, mehrmals und flüstert es vor sich hin. Dann geht er zu einem Fenster und schaut hinaus. Jetzt hat es ihn ausgerechnet in dieser Goethe-*Casa* so erwischt, dass ihm Tränen in den Augen stehen. Blöde schaut er hinaus und verharrt still, damit niemand so etwas Peinliches zu sehen bekommt. Denn im Grunde sprechen diese alten und fernen Zeilen doch von nichts anderem als von ihm, Peter Ka, und von den langen Monaten, in denen er in Rom unterwegs war. Flehentlich darum bettelnd, dass diese Steine zu sprechen und diese Straßen zu reden beginnen. Lauernd darauf, dass der Genius sich regt. Mit dem Empfinden, dass die Umgebung atmosphärisch beseelt sei, er diese Beseelung aber nicht mit eigenen Zeilen zu fassen bekommt.

Wissen muss er nun doch, um welche Zeilen es sich eigentlich handelt. Und so macht er sich kundig, als er sich wieder beruhigt hat und das Tränen vorbei ist und der Atem wieder regelmäßig geht. *Saget, Steine, mir an, o sprecht, ihr hohen Paläste …* dieser immens sichere und nicht zu übertreffende Anfang eines Rom-Gedichts ist zugleich der Anfang der *Römischen Elegien.* Goethe hat sie aber anscheinend erst *nach* der Rückkehr ins heimatliche Weimar geschrieben. Als die römischen Atmosphären langsam verblassten und er sich zurücksehnte! *Elegien* also. Im Tonfall des Verlusts.

Peter Ka zieht es nach diesen Informationen an das Fenster zurück. Er schaut wieder hinaus und überlegt. Jetzt, ja, jetzt hat er die Lösung für alles gefunden. Bis zum Ende seines Aufenthalts wird er weiter aufmerksam notieren. Rom-Gedichte aber wird er in der Ewigen Stadt nicht schreiben, sondern damit warten, bis er wieder zu Hause ist. Zur Vorbereitung wird er die *Römischen Elegien* lesen, die anscheinend auch von heimlichen Liebesnächten mit einer Römerin handeln. Richtig, so wird er es machen. In Wuppertal wird er sich in seine Fotografien und kurzen Video-Aufnahmen vertiefen und sich wieder zurück nach Rom versetzen. In das kleine Zimmer im fünften Stock eines römischen Mietshauses und in Studio Zehn der *Villa Massimo*, wo Kater Rosso auf einem Fell vor dem Eingang liegt. Und plötzlich und auf einen Schlag fühlt er sich befreit von all den quälenden Gedanken, die in den letzten Monaten fortlaufend das sofortige Dichten beschworen!

Er will die *Casa di Goethe* verlassen, als er noch einen Bilderschinken zu sehen bekommt, den er längst kennt. Es ist eine Kopie von Tischbeins Gemälde *Goethe in der Campagna.* Herrje, ausgerechnet ein so plumpes und beinahe dreistes Porträt ist später das bekannteste Tischbein-Bild überhaupt geworden! Typischerweise in Öl! Mit satten Farben! Goethe als touristischer Geck, mit malerischem Pilgerhut und im Pilgermantel. Umgeben von allerhand Ruinenkram und Anspielungen auf seine Bildungsabsichten in Richtung Antike. Und dahinter die weite Landschaft der Campagna, als Postkartenmotiv zurechtdrapiert. Schauderhaft. Zum Vergessen. Der über die Zeiten hinaus lebendige Goethe ist viel eher in den kleinen Skizzen präsent. Und in dem unvergleichlichen Aquarell. Aufnahmen von Sekundenmomenten des Glücks. Sein gesamter Rom-Aufenthalt, aufgefangen mit ein paar Strichen.

Letztlich war diese Wohnung am Corso wohl auch die historische Urzelle des späteren Großprojekts *Deutsche Akademie Villa Massimo.* Ein Dichter, einige Künstler, ein Musiker – alle zusammen in einer Wohnung, viele Abende miteinander in (nun ja, das hässliche Wort muss nun heraus:) »interdisziplinärem« Gespräch. Und spät nachts schleicht die römische Geliebte die Stufen hinauf. Und bleibt bis zum frühen Morgen. Während der Kater vor dem Bett schlummert. Und das Doppelbett heftig knarrt.

Peter Ka lässt den *Goethe in der Campagna* hinter sich und kauft einige Postkarten mit den Tischbein-Skizzen und dem Aquarell. Er wird sie alle später an seine Atelierwand heften, und er wird sich vorstellen, sie hingen über seinem Bett. Auf dem sich zwei Kissen befinden. Eins für ihn und das andere – für wen? Bitte nicht. Bitte nicht weiterdenken und fantasieren. Er geht zu Fuß die Treppen hinab und wandert dann schließlich den gesamten Corso entlang, bis hin zur Piazza Venezia. Er ist so in Gedanken, dass er beinahe noch weiter, bis zum Kolosseum, gelaufen wäre. Dann aber schlägt er sich gerade rechtzeitig noch zur Seite und durchstreift die schmalen Gassen in der Nähe des Pantheons. Als er eine Weinhandlung entdeckt, geht er sofort hinein. Und dann sitzt er eine lange Weile in einem großen, von lauter Weintrinkern frequentierten Raum, der sich hinter einem Vorhang der Probierstube befindet.

Ein entlegener, versteckter Ort. Ein Ort für heimliche Treffen. Er überlegt sich eine ganze Weile, ob er die Malerin anrufen soll. Zwei Gläser bleibt er standhaft und tut es nicht. Als er aber an einem dritten Glas nippt, meldet er sich dann doch bei ihr. Sie will kommen, unter der Voraussetzung, dass er ihr nicht von seinem Besuch der *Casa di Goethe* erzählt. Er verspricht es, und es fällt ihm nicht einmal schwer. Obwohl er gerne lange darüber sprechen würde. Aber vielleicht ist das falsch. Vielleicht ist es richtiger, das ganz für sich zu behalten, damit es sich entwickelt und zu etwas führt. Aber zu was und wohin?

Peter Ka freut sich, dass die Malerin kommt. Das genügt vorerst. Denn es ist die in diesem Moment beste römische Antwort auf viele sehr deutsche Fragen.

Traumkabinett 2

In den verregneten Herbstwochen ist Peter Ka wieder zu einem häufigen Besucher der *Massimo*-Bibliothek geworden. Er verfolgt die Anfänge und die Geschichte der Villa, kopiert alte Fotografien und macht sich Notizen zu Personen, die früher einmal als Gast und nur zu Besuch auf dem Gelände waren.

In der *Casa di Goethe* ist er nun bereits dem historischen Ursprung der späteren *Deutschen Akademie* begegnet. Während Goethes Rom-Aufenthalt im späten 18. Jahrhundert wohnten bereits viele deutsche Künstler verstreut in Rom, vor allem in der Umgebung der Spanischen Treppe. Die Jahre, die Goethe in Rom verbrachte, wurden danach aber auch für andere deutsche

Schriftsteller, Künstler und Musiker eine Art Vorbild. Sie machten sich auf den Weg nach Rom und lebten dort zumindest einige Monate oder gar Jahre.[53] Man traf sich im legendären *Caffè Greco* oder in einem der anderen Künstlercafés in der Nähe des Corso. Täglich war man einige Zeit zusammen, wohnte aber getrennt, jeder in seiner eigenen, kleinen Behausung, bei meist römischen Vermietern.

Andere Länder und Staaten gründeten dann im 19. Jahrhundert Akademien, in denen die Künstler des jeweiligen Landes auf engem Raum zusammenleben und arbeiten konnten. Dafür erhielten sie – meist nach dem Vorbild der ältesten Akademie, der französischen *Villa Medici* – ein vom Staat finanziertes Stipendium und durften sich »Rompreisträger« nennen. Neben der berühmten Französischen gab es eine Spanische, Britische und schließlich auch eine Amerikanische Akademie.[54] Die Akademiegründungen waren typische Kulturprojekte eines sich auf Leitideen wie »Nation«, »Staat« und »Nationale Kultur« besinnenden Jahrhunderts. Pläne für eine Deutsche Akademie wurden immer wieder diskutiert, aber die Sache ging nicht recht voran und wurde zerredet. Und so ist die Gründung der *Villa Massimo* denn auch kein staatliches Projekt des damaligen Deutschen Reiches, sondern, wie der ältere Ehrengast bereits angedeutet hatte, das Projekt eines einzigen Mannes und Mäzens.[55]

Peter Ka ist vor der Plakette mit dem Stifterkopf schon mehrmals stehen geblieben. Man begegnet ihr auf halber Höhe, wenn man im Haupthaus der Villa die große Treppe hinauf zu den Büros geht. Genau dort (und damit genau an der richtigen Stelle) wird an diesen bedeutenden und für die Geschichte der *Deutschen Akademie* zentralen Menschen erinnert, dem Hundertscharen von Stipendiaten ihr Rom-Jahr verdanken. Gemeint ist der jüdische Bankier Eduard Arnhold, der um 1910 einer der reichsten Männer Berlins und vielleicht sogar des gesamten

Deutschen Reiches war. Diesen enormen Reichtum hatte er durch Geschäfte mit schlesischer Steinkohle erworben, und er verwendete ihn vor allem dazu, große Kulturprojekte zu initiieren oder einzelne Künstler wie Max Liebermann, Adolph Menzel oder Arnold Böcklin zu fördern.

Mit vielen dieser Künstler war er auch persönlich gut befreundet und sammelte ihre Bilder, die er in seinen Wohnräumen wie in großen Schausälen oder Galerien ausstellte.[56] Auf einem älteren Foto sieht man ihn zusammen mit seiner Frau Johanna durch Rom gehen. Peter Ka notiert: *Ein selbstsicher, ja sogar gut gelaunt wirkender älterer Mann, mit einem Spazierstock in der rechten Hand. Auch seine Frau benutzt einen Spazierstock und trägt einen dunklen, schlichten, aber gerade wegen dieser Schlichtheit schönen, dunklen Mantel. Die beiden müssen sich gut verstanden haben, jedenfalls glaube ich das zu erkennen, denn sie wirken tatsächlich auf starke Weise wie »Mann und Frau«.*

1910 erwirbt Eduard Arnhold dann von dem Fürsten Massimo das hoch gelegene Gelände (27 000 qm) und schenkt es später dem preußischen Staat. Zusammen mit seinem Architekten Maximilian Zürcher plant er die Bauten und Gartenanlagen und ist mit ihm auch vor Ort unterwegs. Peter Ka hält für sich fest: *Eduard Arnhold hat das große Gelände in einem seiner Briefe noch als »Brachland« bezeichnet, das sich dann allmählich in einen, wie er ebenfalls schrieb, »Zaubergarten« verwandelte. Ihm gefielen die uralten Steineichen, die Zypressen und die »malerischen Pinien«, das Ganze erschien ihm »einzig schön«, besonders der weite (und später verbaute) Ausblick über die Campagna bis zu den Albaner Bergen.*[57]

Bereits 1913/1914 sind die Bauten und Anlagen dann so weit fertiggestellt, dass der erste Künstlerjahrgang einziehen kann. Peter Ka studiert etwas länger zwei Fotografien aus diesen Jahren: *Das Haupthaus steht freier als heute, noch nicht von dichtem Baum-*

wuchs umgeben. Dadurch wirkt es leichter und eher wie eine groß geratene Villa (Landhaus). Der Weg vor der Reihe der Ateliers hieß damals wohl Künstlerallee und sieht auf einer älteren Fotografie wie eine lang gestreckte Bocciabahn aus. Alles hat einen weiten Atem und wirkt durch die lichte Szenerie noch heiterer und gelöster als heute.

Dem ersten Stipendiatenjahrgang folgte so schnell aber kein zweiter, denn nach Ende des Ersten Weltkriegs wurde das Gelände vom italienischen Staat beschlagnahmt und die Akademie geschlossen. *In den Kriegszeiten wurden Kriegsversehrte in der Villa untergebracht,* notiert Peter Ka, und weiter: *Erst 1928 wurde die Deutsche Akademie wiedereröffnet und erhielt einen Direktor (Gericke), der eine Enkelin Arnholds geheiratet hatte. Unter den Stipendiaten der folgenden Jahre sind die Maler Karl Schmidt-Rottluff, Ernst Wilhelm Nay und Felix Nussbaum. Vorerst keine Frauen. Anscheinend haben in den frühen dreißiger Jahren dann auch die Römer von der Villa und den damals bereits obligatorischen Jahresausstellungen der Künstler Notiz genommen. Dazu erscheint sogar der damalige König, Vittorio Emanuele III. (Foto 1932: Der König vor dem Haupthaus, vom Direktorenehepaar und seinen Töchtern begrüßt./ Foto 1934: Benito Mussolini hinter dem Haupthaus, begleitet vom Deutschen Botschafter und vom Direktorenehepaar.) Im April 1933 besucht Reichspropagandaminister Joseph Goebbels mit seiner Frau das Gelände. Die ersten jüdischen Stipendiaten verlassen die Villa und fliehen. 1938 wird Direktor Gericke wegen »jüdischer Versippung« entlassen. Während des Zweiten Weltkriegs halten sich zunächst noch einige Künstler auf dem Gelände auf, bis 1942 das Haupthaus zum Offizierskasino der Luftwaffe (samt Funkstation) wird. Nach dem Krieg war die Villa ein Flüchtlingslager und wieder im Besitz des italienischen Staates. In die großen Ateliers zogen italienische Künstler (darunter Renato Guttuso!) ein. In den fünfziger Jahren wäre ich gerne auf dem Gelände zu Besuch gewesen und wäre dann Besuchern und Gästen wie Pablo Picasso oder Pablo*

Neruda und Schauspielerinnen wie Ingrid Bergman, Gina Lollobrigida oder Sophia Loren begegnet. (Foto 1948: Pablo Picasso mit Krawatte und im Jackett im Kreis der lachenden italienischen Künstler, alle mit Krawatte. Foto aus den fünfziger Jahren: Sophia Loren sitzt, zurückhaltend, in einem dunklen Kleid, dem Bildhauer Emilio Greco Modell. Foto 1955: Gina Lollobrigida wird von einem italienischen Künstler – Aldo Caron – porträtiert. Sie sieht aus wie eine von allen Männern umschwärmte Frauenfigur in einem römischen Historienfilm.)[58] *1956 geht die Villa Massimo in den Besitz der Bundesrepublik Deutschland über, und der ehemalige Direktor (Gericke) wird wieder zum Direktor berufen. (Foto 1956: Bundespräsident Heuss im schwarzen Anzug und mit silberner Krawatte besucht die Villa. Foto 1960: Bundesinnenminister Schröder im schwarzen Anzug mit schwarzer Krawatte steht in einem Kreis von Männern, begleitet von einer einzigen Frau – mit kleiner, weißer Handtasche –, in einem der Studios. Alle tragen Krawatten, einige Herren rauchen Zigaretten. Eines meiner Lieblingsfotos ist aus dem Jahr 1961: Die Dichterin Marie Luise Kaschnitz sitzt auf der Terrasse eines Ehrengastappartements – es ist nicht das, das der diesjährige Ehrengast bewohnte, sondern das andere, im linken Flügel des Haupthauses – auf einem Gartenstuhl an einem Gartentisch. Sie hat die Beine übereinandergeschlagen, sie notiert etwas in ein Notizheft.)*[59]

Peter Ka schwindelt es, und während er für einen Moment die Augen schließt und tief durchatmet, stellt er sich einen TV-Dreiteiler vor, den ein Filmproduzent wie Benjamin Benedict *(Unsere Mütter, unsere Väter)*[60] verantworten und in Szene setzen müsste. Das römische Brachland der Villa, das von Scharen von deutschen Künstlern ästhetisch durchforstet, skizziert und gemalt wird, der Zaubergarten, der sich in ein Lazarett und ein Flüchtlingslager verwandelt, Offiziere des Dritten Reiches, die mit weit ausholenden Schritten über den Kies marschieren, das rheinisch-helle, gackernde Lachen des Reichspropagandaministers, gefolgt von den schwäbisch-dunklen und kaum verständlichen Lauten des Bundespräsidenten Heuss, Pablo Picasso, der von Gina Lollobrigida gefüttert wird – und plötzlich ein Moment der großen Stille und des Atemholens, ein Moment der frühen sechziger Jahre: Die Dichterin Marie Luise Kaschnitz notiert ein kleines Detail und schreibt zwei Verse in ein Notizbuch von der Art eines Schulhefts.

Das alles, denkt Peter Ka, hat dieses Gelände überstanden, Pläne, Zusammenbrüche, Schmähungen, Debatten, Aufruhr – und immer wieder auch diese stillen Momente, in denen ein Stift etwas notiert, so wie ich selbst es gerade tue. Heute ist von alldem nichts mehr zu bemerken, das Haupthaus ist weder ein Landhaus noch ein Casino noch eine Festung, sondern ein sich leicht verklärt gebender Bau im besten Zustand seit seiner Erbauung, den zum Glück kein deutscher, sondern ein Schweizer Architekt (aus dem Kreis Stefan Georges) entworfen hat. Und gegenüber, die großen Ateliers – sie wirken keine Spur von verstaubt, sondern erscheinen beinahe wie von heute, nur dass man sich in ihnen mehr Szenen von der Art der italienischen Künstler aus den Fünfzigern wünschen würde. (Welche Schauspielerin würde ein Peter Ka dann zum Besuch einladen? Er braucht keinen Moment nachzudenken: Isabelle Huppert.)

Jetzt, in der Gegenwart des frühen 21. Jahrhunderts, umgibt die Villa ein beinahe unheimlicher Friede. Die Bauten sind renoviert, die Stipendiaten arbeiten emsig, und die Stadt Rom schickt Jahr für Jahr Tausende von Besuchern und Gästen zu den vielen Veranstaltungen oder den großen Festen. Zuständig in Berlin (auch das hat er endlich begriffen) ist nicht mehr das Ministerium des Innern, sondern das Staatsministerium für Kultur und Medien. Jedes Jahr präsentieren sich die Stipendiaten am Ende ihres Aufenthalts im Berliner Martin-Gropius-Bau. Im kommenden Februar wird der Großbildhauer dort seine Skulpturenscharen zeigen, und der dicke Romancier (da könnte Peter Ka wetten) wird die Festrede halten. Dazu Gesänge von Hymnuschorknaben und – ganz am Rand – die großformatigen Bilder der blonden Malerin aus Studio Zehn. Und er? Was wird er präsentieren? Wahrscheinlich noch immer nichts Eigenes, es ist zu früh, er braucht noch sehr viel mehr Zeit, bis sich all diese Atmosphären und Vergangenheiten und Traumkabinette in seinem Dichterschädel zu einigen Versen verabredet haben.

Genau darauf ist er jetzt sehr gespannt. Denn er hofft nicht nur, sondern weiß, dass etwas Derartiges geschehen wird. Wenn er zurück ist im Wuppertal, wenn er wieder in seiner Schwebebahn sitzt und zu den Mittagessen seiner Eltern und wieder zurück fährt. Irgendwann, in einem unerwarteten Moment, werden die ersten Zeilen da sein. Als erbräche sich ganz Rom mit all seinen Villengeländen in sein kleines Wuppertal-Hirn. Dann wird er sich beeilen müssen, um in sein winziges Zimmerchen zu flüchten, damit er diesen Furor mitschreiben kann, gerade noch rechtzeitig, bevor dieser Sturm wieder verschwunden ist, als hätte es ihn nie gegeben.

Im Spätherbst beschließt Peter Ka, die Bibliothek der Villa nicht mehr aufzusuchen und all die ausgeliehenen Bücher endgültig zurückzugeben. Er weiß jetzt genug. In seinen Notizheften hat er eine kleine Skizze all der historischen Etappen und ihrer Protagonisten festgehalten, die mit dem gestifteten und geschenkten Goldschatz der Villa einmal zu tun bekamen. An einem Abend nimmt er diese Skizze mit ins Studio Zehn. Er erklärt der Malerin, dass er gerne daraus vorlesen wolle. »Was ist das? Was soll das sein?«, fragt sie barsch. »Eine kleine, große Geschichte dieser Villa«, antwortet er.

Die Malerin starrt ihn an, und dann bittet sie ihn in leisem, aber unmissverständlichem Ton, in sein Studio zurückzugehen und erst wieder zu erscheinen, wenn er seine »kleine, große Geschichte der Villa« dort deponiert hat. »Du redest mir nicht drein mit deinem Historienkram«, flüstert sie noch, »Geschichte ist nichts für mich. Meine Bilder brauchen deine Geschichte nicht, sie haben selbst eine.«

Peter Ka tut, wie sie verlangt hat, und kehrt später mit einer Flasche Wein in der Hand zu ihr zurück. Während seines Weges zwischen den beiden Studios, auf dem ihn Kater Rosso begleitet, überlegt er, ob man den Kater nicht unbedingt auch in dem angedachten Dreiteiler unterbringen sollte. Als Kommentator aus dem Off. Als Generalbass, der alle Stimmen, die je auf diesem Gelände zu hören waren, imitieren kann. Kater Rosso als Phänomen, als Kabarettist, Sänger, Entertainer. Manchmal mit den Gedanken nicht ganz bei der Sache, dann aber wieder umwerfend präsent. So, wie er halt wirkt und erscheint: ein Allesbewältiger.

Das finale Brodeln

Das finale Brodeln 1

In den letzten Wochen vor Weihnachten ist der finale Februartermin der Gesamtpräsentation im Berliner Martin-Gropius-Bau ein andauernder Gesprächsstoff unter den Stipendiaten. Häufiger als das ganze Jahr über werden nun gemeinsame Sitzungen und Treffen in kleinem Kreis abgehalten, bei denen meist der dicke Romancier präsidiert. Er hat sich zum Stipendiatensprecher wählen lassen und vertritt »die Interessen« der Stipendiaten gegenüber der Direktion, dem Ministerium und dem halben Abendland.

Ihm schwebt vor allem eine »erkennbare Linie« vor, die alle ausgestellten Stipendiatenarbeiten miteinander verbinden oder aufeinander beziehen soll. »Erkennbarkeit« und »Nachhaltigkeit« sind die Stichworte, die er in den zähen Diskussionsrunden immer wieder ins Spiel bringt. Außerdem geht es angeblich darum, das vergangene Stipendiatenjahr durch gewisse »Zeitsignaturen« in Erinnerung zu rufen, die »im Kontext« der Arbeiten unauffällige Präsenz zeigen. Jeder Besucher der großen Ausstellung im Martin-Gropius-Bau soll nicht nur Kunst sehen, Musik hören, Baupläne von Jugendzentren studieren oder ein paar Texte über sich ergehen lassen. Nein, er soll auch das Gefühl haben, das vergangene römische Stipendienjahr im Zeitraffer zumindest andeutungsweise, durch kleine Hinweise und Signale, nacherleben zu können.

Deshalb sollen nach Vorstellung des dicken Romanciers einige Tafeln den Weg durch die Ausstellung wie etwas zu groß geratene Slalomfähnchen markieren. Auf jeder Tafel sollen Fotos der Stipendiaten, Zeitungsausschnitte und Alltagsdokumente des Aufenthalts (Metrokarten, Restaurantquittungen, Eintrittskarten) zu sehen sein. Sie bilden im Idealfall das gemeinsam erarbeitete Gerüst der Präsentation, in deren Rahmen dann jeder einzelne Stipendiat noch die Gelegenheit erhalten soll, mit wenigen oder auch nur einer einzigen Arbeit zu glänzen.

Der dicke Romancier hat sich den Grundriss der Ausstellungsfläche des Martin-Gropius-Baus schicken lassen. Eine erste, laufend erweiterte und wieder korrigierte Skizze der Präsentation hat er bereits angefertigt und an jeden Stipendiaten geschickt. So soll der Ideenaustausch angeregt und schließlich ein Ergebnis vorgelegt werden, das noch mit der Direktion und Gott weiß wem abgestimmt werden muss.

Während der Diskussionsrunden spricht er viel allein, während sich die anderen Stipendiaten – bis auf die Architekten – sehr zurückhalten. (Uwe, der Fotograf, hat den Aufenthalt abgebrochen, weil er ihn nicht mit seinen Großaufträgen für Reisen rund um den Globus vereinbaren kann.) Ein Grund für die Zurückhaltung wird in den großen Runden nicht erwähnt, sondern eher hinter vorgehaltener Hand, im Gespräch zu zweit oder zu dritt, angesprochen: Kaum einer der Stipendiaten will jetzt schon entscheiden, was er in der Präsentation von sich preisgibt. Wer sich aber bereits entschieden hat, sagt das nicht offen und ehrlich, sondern redet umständlich um das Thema herum. Und so kreisen die Gespräche um nur sehr vage Angaben, die wenige Tage später schon wieder zurückgezogen oder so modifiziert werden, dass überhaupt niemand mehr durchblickt.

Peter Ka hat das Gefühl, als ließen die anderen Stipendiaten den dicken Romancier auflaufen. Einige machen sich sogar ein besonderes Vergnügen daraus, ihm lauter Falschmeldungen zuzustecken, die sie nach kurzer Zeit wieder zurückziehen. Der

Romancier schweigt zunächst zu seiner eigenen Präsentation, dann aber tauchen kurze Zeit vor Weihnachten ein Lektor und später sogar sein Verleger auf dem Gelände auf, die in einem kleinen Gästeappartement untergebracht werden.

Tagelang lässt er sich nun mit einem der beiden Männer sehen, die ihn anscheinend mittags immer zum Essen in der Umgebung einladen. Dann sieht man ihn im angeregten Gespräch, eifrig gestikulierend und mit einer dunkelbraunen Aktentasche, aus der er einen Stapel von Geheimdokumenten zieht. In zwei, drei Stößen nebeneinander legt er diese Papiere auf den Mittagstisch. Was ist los? Was steckt dahinter? Was hat er vor?

Peter Ka nimmt das alles etwas belustigt wahr. Er macht sich kaum einen Gedanken wegen der Berliner Präsentation, denn er hat sich entschieden, eine Auswahl seiner römischen Notizen vorzulesen. In Deutsch und Italienisch. Seine kleinen Textfragmente wird die Übersetzerin aus der französischen Schweiz ins Italienische übertragen. Seit einiger Zeit haben sie wieder Kontakt, sie schicken sich kurze Mail-Botschaften, und manchmal erhält er von der Übersetzerin auch einen längeren Brief. Fast immer geht es darin um Texte und Bücher, um Ausstellungen oder Filme, die Übersetzerin scheint ununterbrochen in den kulturellen Zentren Deutschlands und der Schweiz unterwegs zu sein.

Unten, im Zentrum der Stadt, in seinem »Privatgelände« am Tiber, hält er sich weiter recht häufig auf. Er ist dort allein unter römischen Freunden, und er hat auch der blonden Malerin noch immer nicht ausführlicher davon erzählt, weil es ihm so vorkommt, als passte sie nicht dorthin. Unverkennbar ist, dass sie noch zügiger und hektischer arbeitet als früher. In wenigen Tagen entsteht ein Bild, es sind weiter große Formate mit gewaltigen Farbexplosionen. Musste er sich früher auf den Weg zu ihr machen, um mit ihr zusammen zu sein, so taucht sie jetzt manchmal auch umgekehrt in seinem Studio auf. Sie wirkt angespannt und nervös, und sie verlangt Gin, während sie in ihrem eigenen Atelier niemals Gin trinkt und auch keinen vorrätig hat.

Das Gintrinken in Peter Kas Atelier wird mit den letzten Herbst- und ersten winterlichen Kältetagen regelrecht zu einer Zeremonie. Sie trinken beide zu viel, und wenn sie zwei oder drei Stunden miteinander gesprochen haben, schläft die Malerin oft urplötzlich, noch angelehnt an eine Wand, ein. Sie sinkt langsam um und liegt dann schwer auf dem Boden, die Knie angezogen, die Finger seltsam gespreizt und verdreht. Peter Ka kann sie dann kaum einen Meter fortbewegen, sodass er nichts anderes tut, als zwei Decken zu holen und ihren Körper hineinzubetten. Sie schläft anscheinend tief und unbeweglich, aber wenn er mitten in der Nacht noch einmal aufsteht, um nach ihr zu sehen, liegen auf ihrem Schlafplatz nur noch die Decken, und sie ist verschwunden.

Dass sie überhaupt seit einiger Zeit zu ihm kommt, liegt daran, dass sie ausgerechnet in seinem Studio mehr als je zuvor und mehr als an jedem anderen Ort redet. Vor allem unter dem Einfluss des Gins erzählt sie nach und nach immer mehr. Peter Ka hat kein gutes Gefühl bei diesen Eröffnungen, denn er muss zugeben, dass er nicht immer alles versteht. Sie beginnt mit noch ganz alltäglichen Geschichten und erzählt in solchen Fällen zum Beispiel von weit zurückliegenden Ferientagen mit einem Bruder in Griechenland.

Angeblich waren es die ersten Ferien, die sie ohne Eltern verbracht hat, und damit Tage, an die sie sich bis in alle Einzelheiten erinnert. Dann aber werden die Sätze vager und blenden Details (Namen, Aktionen, Beschreibungen) ein, die mit dem vorher Gesagten kaum in Verbindung stehen. Plötzlich sagt sie Sachen wie »Die Götter mögen so etwas ja nicht« oder »Die Wege durch den Hafen von Piräus sind ja bekanntlich Nomadenwege für die ambitionierte Liga«. Sie hält einen Moment inne und schüttelt den Kopf und setzt nach: »Die Waisen haben sich immer gern an den mageren Händchen gehalten.«

Das alles sagt sie monoton, als gäbe sie Auskunft bei einem Verhör, dazwischen macht sie lange Pausen, und wenn es im Raum zu still wird, sagt sie manchmal auch: »Na los, frag weiter!« Peter Ka soll dann so gezielt nachfragen, dass sie ihre Erzählung fortsetzen kann. Streng untersagt ist es, von Thema zu Thema springen, und erst recht darf er sie nicht nach diesem jetzt auslaufenden Rom-Aufenthalt fragen, Fragen zu Rom oder Italien und erst recht zum Thema Kunst sind tabu.

Das ungute Gefühl, das Peter Ka umtreibt, kommt von der besonderen Art dieses Kontakts. Er hat nachzufragen, kurz und leise, aber er soll lediglich fragen, damit sie den Faden nicht verliert und in ihrem großen und immer weiter ausholenden Monolog vorankommt. Monologe von dieser Art (Monologe einer Halbtrunkenen) kennt er aus bestimmten Filmen, sodass er befürchtet, sie könnten irgendwann einmal ausarten und sich zu jenen Katastrophen hin entwickeln, die sich in solchen Filmen meist unweigerlich ergeben. Gewaltausbrüche. Psychische Deformationen. Wildnis und Wahnsinn.

Schon seit einiger Zeit überlegt er, was er dagegen tun könnte. An den Abenden abwesend sein. Die Ginvorräte reduzieren oder austrocknen. Beides hat er schon versucht, ist jedoch damit gescheitert. Wenn er abends abwesend ist, setzt sie sich (manchmal auch in erheblicher Kälte) in die Dunkelheit hinter seinem Studio und wartet darauf, dass er zurückkommt. Und wenn er keinen Gin hat, fährt sie sofort mit dem Fahrrad los und holt zwei oder drei überteuerte Flaschen aus der nächstbesten Bar.

Schließlich aber steht wieder eine Vollversammlung der Stipendiaten an, und der dicke Romancier will zu Beginn den »bisherigen Stand der Dinge« resümieren. Diesmal jedoch lässt man ihn nicht mehr reden, denn der bärtige Architekt aus Hamburg meldet sich gleich und verkündet in sehr ruhigem, aber bestimmtem Ton, die bisherigen Entwürfe und Ideen seien »Kinderkram«, und es komme natürlich überhaupt nicht in Frage, dass man sich im Berliner Martin-Gropius-Bau mit allerhand Tafeln blamiere. Er kenne sich, was solche Ausstellungen betreffe, einigermaßen aus, er habe selbst welche auf der Expo in Hannover, in Shanghai und an vielen anderen Orten der Welt konzipiert. Deshalb habe ihn eine Mehrheit der Anwesenden gebeten, sich jetzt professionell um die Gesamtpräsentation in Berlin zu kümmern.

Peter Ka muss unwillkürlich grinsen. Genau einen solchen Aufstand hat er erwartet, ja, er hätte ihn vorhersagen können. Ihn selbst hat allerdings niemand ins Vertrauen gezogen, natürlich nicht, denn auf einen Lyriker mit seinen paar Versen kommt es in dieser Runde nicht an. Die kleine Revolution ist vielmehr eine Sache von wenigen Eingeweihten, die jetzt alles in die Hand nehmen. Und so meldet sich, kaum, dass der bärtige Architekt sein Statement vorgetragen hat, auch der Großbildhauer, um zu verkünden, dass er genau drei Arbeiten in Berlin präsentieren werde. Er reicht Fotos von diesen monströs hohen Gebilden herum, und er fügt hinzu, dass er solche Arbeiten weder zwischen irgendwelchen Tafeln noch am Rand des Ganzen platzieren werde, sondern erwarte, dass man dafür einen guten Platz in der Mitte finde.

Auch das Architektenpaar aus dem Fränkischen ist eingeweiht. Damit hat Peter Ka nicht gerechnet, es freut ihn aber, weil so gewährleistet ist, dass die beiden auch richtig mitmachen und sich nicht zurückgesetzt fühlen. Ihre Teilnahme am Ausstellungskonzept scheint darin zu bestehen, den großen, noch ausstehenden Entwurf des Hamburger Architekten in bestimmten Momenten zu ergänzen. Die beiden deuten das an, reden aber wieder einmal so unbestimmt und zögerlich, dass man aus dem Gesagten nicht schlau wird. Das macht aber nichts, denn es scheint in diesem Moment nur darauf anzukommen, dass die Eingeweihten sich offen zeigen und sich mit ein paar Sätzen dem Ausstellungskaiser aus Hamburg andienen.

Darin ist der pfälzische Ephebe ganz groß. Auch er reicht ein Foto herum, auf dem eine Bühne in erheblichem Umfang zu sehen ist. Auf genau einer solchen Bühne werde er spielen, sagt er, gut gelaunt und als würde er gleich anheben zu singen. Zur Aufführung würden seine römischen, gerade fertiggestellten Wiegenlieder kommen, an Ottorini Respighi orientierte freie Fantasiestücke, mit Titeln wie *Unter Pinien*, *Der Atem der Zypressen* oder *Massimo. Kies I-III.* Er schaut so triumphal und begeistert in die Runde, als hätte er mit diesen Kompositionen Neuland betreten und als könnte er selbst gar nicht beschreiben, wie umstürzend neu und anders sie sind.

Peter Ka bemerkt bei einem kurzen Blick zur Seite, dass die schwäbische Komponistin nicht eingeweiht ist. Sie hält das Foto des Pfälzers in den Händen und schaut es an, sie blickt viel zu lange auf diese harmlose und doch auf den ersten Blick zu verstehende Fotografie. Dann aber hört man sie lauter als sonst sprechen. Sie sagt: »Auf diesem Podium spiele ich jedenfalls nicht.«

Wie schön! Und wie antagonistisch! Endlich ist der Kunstfriede, der den gesamten Sommer beherrschte und den Herbst so trügerisch machte, dahin! Jetzt, weiß Peter Ka, formieren sich endlich die Fronten, und es geht um den finalen Furor teutonicus! Denn der knappe, aber entschiedene Satz der schwäbischen Komponistin wirkt wie ein kleines Signal, das nun auch den dicken Romancier aus seiner Lethargie befreit. Er hat verstanden, was hier gerade abläuft, und er hat es vielleicht sogar erwartet. Ja, sagt sich Peter Ka, natürlich hat ein Mann wie er das alles erwartet, deshalb hat er wohl seinen Lektor und seinen Verleger aus Deutschland nach Rom beordert, um mit ihnen ein Giftsüppchen zu brauen, das er im geeigneten Augenblick kredenzen kann.

Richtig, auch die braune Aktentasche taucht nun auf, der dicke Romancier öffnet sie und entnimmt ihr seine Geheimpapiere. Und dann legt er los, zehn, fünfzehn Minuten lang, ohne Gnade. Dass er hier, in seinen Händen, die Chronik des letzten Jahres halte. Dass er diese Chronik all der Aktivitäten, Themen und Treffen auf dem Gelände der Villa in seinen freien Stunden neben der anstrengenden und aufreibenden Romanarbeit geschrieben habe. Und dass diese Chronik am Tag der Gesamtpräsentation im Berliner Martin-Gropius-Bau in einer Auflage von fünftausend Exemplaren ausgeliefert und in Hunderter-Stapeln vorne am Eingang liegen werde: als das »Ereignis des Abends«.

Ausschnitte aus dieser Chronik werde er außerdem auf großen Tafeln präsentieren, und niemand werde ihn davon abhalten, das zu tun. Er habe verstanden, dass man mit seinen Ideen und seinem Konzept nicht einverstanden sei. Nun gut, das lasse ihn kalt. Er bestehe nicht darauf, sein Konzept durchzusetzen, aber ganz verschwinden lassen könne man die Tafeln nicht mehr. Dazu seien die Planungen zu weit fortgeschritten, während die Planungen der anderen ja offensichtlich noch »in den Kinderschuhen« steckten.

Auf diese Ankündigung hin meldet sich zum ersten Mal auch die Malerin zu Wort. Sie hält ein Wasserglas in der Rechten, und Peter Ka vermutet, dass einige Anwesende noch nicht begriffen haben, dass sie hier nicht ein Glas Wasser, sondern ein Glas Gin ganz nebenbei leert. Sie fragt den dicken Romancier in sehr ruhigem, betont langsamem Ton, ob ihr Name und irgendwelche Anmerkungen zu ihren Bildern in dieser Chronik erscheinen würden. »Natürlich«, antwortet der sofort und begeht dann einen

großen Fehler. Er fügt nämlich hinzu: »Natürlich erscheint alles, nichts bleibt noch länger verborgen.«

Keiner in der Runde weiß, wovon hier eigentlich gerade die Rede ist, denn die Sätze des dicken Romanciers hören sich so an, als hätte er lauter Intrigen, Komplotte und geheime Machenschaften entdeckt und rücke in seiner Chronik mit der ganzen Wahrheit heraus. »Okay«, antwortet die Malerin und schüttet ihr Glas Gin langsam vor sich aus, »okay, dann gehe ich jetzt in mein Studio und formuliere eine Klage gegen deinen Verlag. Du bist ein Arschloch, Dicker. Aber was sage ich? Du weißt es ja selbst.«

Sie steht auf und verlässt die Runde, und als sie draußen ist, fragt die schwäbische Komponistin Peter Ka: »Trinkt sie?! Sie trinkt?! Sag doch, ob sie trinkt.« Peter Ka tut so, als hörte er das nicht. Aber die Schwäbin ist nicht mehr zu bremsen: »Sie trinkt! Ich habe es immer gewusst! Sie ist eine arrogante, banale Trinkerin! Und nachts schläft sie mit den herumlungernden Typen an der Piazza Bologna. Das weiß schließlich jeder.«

Da wird es Peter Ka zu viel. »Du bist jetzt ganz still, gehst in dein Studio und schämst dich«, sagt er und schaut nicht zu ihr hin. Sie fängt an zu lachen und hört gar nicht mehr auf. »Was?! *Du* willst mir Vorschriften machen? *Du* kleine Nummer?! Verkriech dich doch zu ihr! Du hast sie nicht mehr im Griff, deshalb drehst du jetzt durch. Nachts steigt sie über die Mauer und zieht auf und davon, und dann sitzt du da und trocknest die Tränen. Ich weiß es, ich weiß das genau!«

Peter Ka steht auf und bleibt einen Moment stehen. »Du verwechselst da etwas«, sagt er zu der schwäbischen Komponistin. Und weiter: »Ich lese in Berlin etwa fünfzehn Minuten. Notizen, Fragmente, deutsch und italienisch. Ihr könnt mich platzieren und postieren, wo auch immer ihr wollt. Ich bin die kleine Nummer. Das stimmt. Aber ich habe im letzten Jahr zum Glück noch in ein paar anderen Nummern gelebt, von denen in keiner Chronik was steht und von denen hier niemand etwas ahnt. Gute Nacht! Einigt euch! Und lasst mich ab jetzt aus dem Spiel!«

Er verlässt den Versammlungsraum und geht hinaus. Als er sein Studio aufschließt, bemerkt er die Malerin ganz in der Nähe, im Dunkeln. »Was ist? Warum kommst du schon? Ist die Versammlung zu Ende?« Er schüttelt den Kopf, und da scheint sie zu bemerken, dass er die Runde verlassen hat und sich jetzt draußen, in Freiheit, befindet. Außerhalb aller Debatten, ein Außenstehender. Sie macht einen Schritt auf ihn zu und umarmt ihn plötzlich. Und dann küsst sie ihn auf den Mund, völlig unerwartet und so heftig, dass er sich genau an einige heftige Küsse erinnert, die sie in einer wilden Nacht einer anderen Person hat zukommen lassen.

Das finale Brodeln 2

Zwei Wochen vor Weihnachten ist Peter Ka an einem frühen Morgen dabei, einen Teil seiner handschriftlichen Notizen abzutippen. Er hat sich nicht weiter an den Diskussionen der anderen Stipendiaten beteiligt, inzwischen jedoch (von dem pfälzischen Epheben) erfahren, dass die Direktion gebeten wurde, die Kontroversen zu schlichten. Im Verlauf der Schlichtungsgespräche wurde anscheinend vereinbart, dass die von dem dicken Romancier ins Spiel gebrachten Ausstellungstafeln in einem Vorraum der Ausstellung zu sehen sein werden. Gleichsam als Entree. Am Rand dieses Vorraums werden auch die Exemplare des *Massimo*-Buches ausliegen, das gegen den Widerstand einiger Stipendiaten pünktlich erscheinen wird. Der dicke Romancier lässt sich aber weiter nicht in die Karten schauen. Der Inhalt seines Buches bleibt also geheim, und er wird es bis zur Ausstellungseröffnung bleiben.

Die blonde Malerin hat ihre Klage nicht mehr erwähnt. Sie spricht mit kaum jemandem noch ein Wort, nur in Peter Kas Studio findet sie sich Abend für Abend weiter zu dem gemeinsamen Gin-Ritual ein. An dem fraglichen Morgen, als Peter Ka gerade seine Notizen abzutippen beginnt, steht sie plötzlich vor seiner Tür und bittet ihn, kurz in ihr Studio zu kommen. Er möchte eigentlich nicht gestört werden, geht jedoch darauf ein.

Als er ihr Studio betritt, begreift er sofort, was passiert ist. Sie ist dabei, die Flucht anzutreten. Der große Atelierraum ist beinahe kahl, nur an den Wänden lehnen die gemalten Großbildformate, alle sehr ordentlich unter Planen verborgen. Neben dem Eingang aber stehen zwei große Koffer und eine schwarze Tasche, alle prall gefüllt. »Peter, kannst du für mich ein Taxi bestellen und mich zum Flughafen begleiten?«, fragt sie. Er wartet einen Moment und schaut sich noch einmal kurz im Studio um. »Es ist alles in Ordnung«, sagt sie, »alles sehr ordentlich. Die Migränefabrikanten haben den Flug finanziert. Er geht in drei Stunden.«

Peter Ka geht zu den Koffern und hebt sie an. Ja, sie sind wirklich voll. Dann geht er hinauf in Küche und Wohnräume. Auch hier ist alles aufgeräumt, die Räume sind leer, kein einziger Gegenstand liegt herum. Er öffnet die Schränke und schaut hinein. Sie sind voller Kleider und Unterwäsche, sorgfältig aufgehängt und gestapelt. Die Malerin folgt ihm nicht, und als er wieder bei ihr ist, fragt er: »Was wird mit den Kleidern und den anderen Sachen?« Sie antwortet: »Die gehören dem Einsatzkommando und werden später noch abgeholt und verbrannt.«

Er steht wieder einen Moment still herum, dann sagt er: »In Ordnung. Ich bestelle ein Taxi. Setz dich bitte und warte auf mich. Ich komme gleich zurück.« Er verlässt ihr Studio und läuft hinüber zum Haupthaus, die große Treppe hinauf, an der Arnhold-Plakette vorbei, in die Büros. Er erzählt kurz, was sich gerade im Studio der Malerin abspielt. Der Direktor ist wegen eines wichtigen Termins in der Stadt und telefonisch gerade nicht zu erreichen. Deshalb wird Peter Ka von einer Angestellten zurück ins Studio der Malerin begleitet.

»Bitte fragen Sie nicht, ob sie sich unwohl fühlt«, sagt Peter Ka. »Tun Sie so, als wollten Sie nur ›Auf Wiedersehen!‹ sagen! Lassen Sie sich nichts anmerken! Und wenn Sie etwas Unverständliches sagt, dann antworten Sie darauf nicht!« Die Angestellte nickt nur mit dem Kopf, Peter Ka sieht aber, dass ihr die Sache sehr unangenehm ist. Kann man es verantworten, die blonde Malerin jetzt fliegen zu lassen? Sollte man einen Arzt holen? Wie geht man mit jemandem um, der eine schwere psychische Störung hat?

»Haben Sie bereits früher bemerkt, dass sich so etwas anbahnt?«, fragt die Angestellte. »Ich bin kein Psychoanalytiker«, sagt Peter Ka, »und ich liebe die Poesie.« Die Angestellte ist mit seiner Antwort gar nicht zufrieden. »Was hat denn die Poesie mit einer psychischen Störung zu tun?«, fragt sie, leicht gereizt. »Eine psychische Störung ist nicht weit entfernt von Poesie«, antwortet Peter Ka, »aber lassen wir das jetzt!« Die Angestellte ist nicht dieser Meinung, aber sie sagt nichts. Und so betreten sie schließlich zusammen das Studio der Malerin, die auf den Treppenstufen hinauf zu den Wohnräumen sitzt.

»Sie wollen uns verlassen?«, fragt die Angestellte. »Ja«, antwortet die Malerin, »vielen Dank für alles. Die Gesundung ist wirklich weit fortgeschritten. Vielleicht komme ich einmal wieder zur Kur.« Peter Ka hebt unwillkürlich die rechte Hand, als wollte er die Angestellte warnen, auf diese Sätze mit vielen Fragen zu reagieren. Deshalb schaltet er sich auch sofort in das Gespräch ein: »Dein Flug geht nach Köln?« Ja, ihr Flug geht nach Köln. »Und wer holt dich ab?« Der Bruder holt sie ab. »Hast du mit deinem Bruder telefoniert, weiß er Bescheid?« Ja, der Bruder ist bereits auf dem Weg zum Flughafen. »Darf ich kurz mit deinem Bruder sprechen?« Aber ja, Peter Ka weiß doch, dass er alles darf. Alles in den Dingen und Sachen, die sie betreffen. Was hat ein Geliebter sonst für eine Funktion, als alles zu dürfen?

Die Angestellte schaut Peter Ka intensiv an, als begriffe sie erst gerade, dass es diese Beziehung gibt. Und als forschte sie in seinem Gesicht danach, ob auch in ihm Spuren einer Störung zu erkennen sind. Peter Ka bittet die blonde Malerin um ihr Handy und geht noch einmal in ihre Wohnräume. Dann wählt er die Nummer des Bruders, der sich zum Glück nach kurzem Klingeln meldet.

Peter Ka stellt sich vor und stellt ein paar einfache Fragen: Ob er schon auf dem Weg zum Flughafen sei? Ja, er sei unterwegs. Ob ihm das Verhalten seiner Schwester seltsam vorkomme? Nein, er wisse, was los sei, sie sei schon vor ein paar Jahren in Behandlung gewesen. Ob es dann angebracht gewesen sei, sie allein nach Rom reisen zu lassen? Ja, doch, denn sie sei vor ihrer Abreise gesund gewesen, und er habe mit ihr jede Woche einmal telefoniert. Und?! Habe sie während dieser Telefonate immer einen gesunden Eindruck gemacht? Ja, einen normalen, gesunden. Sie habe davon gesprochen, sich in einen anderen Stipendiaten verliebt zu haben. Und sie habe gesagt, dass sie mit diesem Mann sehr glücklich sei, glücklicher als je in ihrem Leben.

Peter Ka beißt sich auf die Unterlippe, die, verdammt, ganz furchtbar zu zittern beginnt. Er muss mehrmals schlucken und spürt einen Hitzeschwall im hinteren Kopf. Der Bruder fragt ihn, ob er noch dran sei. »Was?«, ruft Peter Ka, viel zu laut. »Sind Sie noch dran?« »Ja«, sagt Peter Ka. »Sind *Sie* der Freund meiner Schwester?« »Ich bin ein Freund, ja, aber ich bin *nicht* der Freund, den Sie meinen. Hat sie noch mehr von ihm erzählt?

Oder ahnen Sie vielleicht, um wen es sich handelt?« »Ich kenne die anderen Stipendiaten nicht. Sie hat ihren Freund immer nur ›den Brotlosen‹ genannt.« »Den Brotlosen?!« »Ja, genau so.« Mehr wisse er nicht über den Mann.

Das Gespräch ist dann rasch zu Ende. Peter Ka weiß jetzt, was er zu tun hat. Er bestellt ein Taxi und trägt das Gepäck nach vorne, zum Eingang, wo es vorläufig im Pförtnerhaus abgestellt wird. Unter einem Vorwand lässt er sich die Flugkarte zeigen. Die blonde Malerin braucht sie nicht lange zu suchen, sie ist in der kleinen, schwarzen Tasche, die sie über der rechten Schulter trägt. »Da ist mein ganzes Leben drin«, sagt sie und zeigt ihm ihren Pass, die Flugkarte und eine Tafel angebissener Bitterschokolade. »Wir müssen jetzt stark sein, Peter«, sagt sie noch und gibt der Angestellten zum Abschied die Hand.

Dann stehen sie schweigend vor dem Haupttor der Villa und warten aufs Taxi. Es kommt nach einer Viertelstunde, und der Fahrer ist guter Laune. Er wuchtet das Gepäck in den Kofferraum und öffnet alle Türen des Wagens. Die Malerin sagt zu Peter Ka, dass sie mit ihm zusammen hinten sitzen möchte. Als die Fahrt losgeht, sitzen sie hinten. Peter Ka hat seinen rechten Arm um ihre Schultern gelegt, und sie schmiegt sich eng an ihn, den Kopf an seinen rechten Arm gelehnt. Die Unterlippe zittert noch immer stark, und er fühlt sich so schlecht, dass er sofort weinen könnte. Er weint aber nicht, sondern sitzt mit versteinertem Gesicht da. Manchmal streicht er ihr mit der Hand über den Kopf, dann nimmt sie die Hand und küsst sie. Eigentlich sind sie so innig wie jetzt in all den Monaten nie zusammen gewesen. Sodass es gut, richtig und schön wäre, wenn ihr Rom-Aufenthalt mit diesen Stunden von Neuem begänne.

Sie reden nichts, nur der Fahrer spricht, und da er sicher ist, zwei deutsche Touristen zurück zum Flughafen zu fahren, erklärt er die ganze Umgebung. Er fährt sehr schnell, und die großen römischen Monumente erscheinen wie schwankende, schwere Gestalten an den Wegrändern, als befände man sich in einem Film von Fellini. Aus lauter Hilflosigkeit deutet Peter Ka mit dem Finger immer wieder hinaus: *San Giovanni*, der *Circo Massimo*, die *Via Ostiense!* Er weiß nicht, ob sie etwas von alledem kennt, vielmehr hat er den Verdacht, sie könnte sich fast die ganzen römischen Monate vor allem in der Villa und der näheren Umgebung aufgehalten haben. Die meiste Rom-Zeit im Studio! Ein paar Gänge durchs Viertel! Niemals aber in einem Museum oder in einer Kirche! Weil all das ihr nur »hereingeredet« hätte! Ja, so hat sie wohl diese römische Welt mit ihren unendlich vielen Verweisen und Bedeutungen verstanden: Als einen gewaltigen Kosmos, der sich ihr immer mehr näherte und ihr »hineinredete«! Sodass sie es nur noch mit letzter Kraft schaffte, weiter Bilder zu malen. Bis hin zum letzten Bild. Und danach war unbedingt Schluss. Abreise, Rückkehr, Ende der permanenten Bedrohung, Flucht zurück nach Deutschland!

Im Flughafen bringt er sie zum Schalter und wartet, bis sie das Gepäck aufgegeben hat. Sie wirkt sehr ruhig und beinahe entspannt, als spürte sie, dass nun alles hinter ihr liegt. Dann gehen sie in enger Umarmung zu der Schleuse am Eingang der Sicherheitskontrollen. Sie küssen sich, und sie sagt noch einmal, dass sie jetzt beide stark sein müssen. Weil dies ein Abschied für immer sei. Weil sie sich nach diesem Jahr ihrer großen, beiderseitigen Liebe nie wieder begegnen würden. Plötzlich nennt sie ihn ihren »brotlosen Jungen«, und als er das hört, kann er sie nicht mehr anschauen. Sie umarmen sich weiter noch einige lange Minuten. Dann löst sie sich von ihm und geht zu den Kontrollen.

Er geht einige Schritte rückwärts, um den Moment nicht zu verpassen, in dem sie sich noch einmal umdreht. Sie dreht sich aber kein einziges Mal um, und schließlich ist sie verschwunden. Mit einem Mal steht Peter Ka inmitten der weiten Schalterhalle und denkt einen Moment daran, in wenigen Tagen ebenfalls nach Hause zu fliegen. Er setzt sich in einen Imbiss und bestellt einen Caffè. Das starke Zittern der Unterlippe hat aufgehört.

Lange Zeit starrt er nur vor sich hin. Was denn nun? Er bekommt das alles nicht mehr zusammen. Soll er (wie eigentlich geplant) während der Weihnachtszeit zurück nach Wuppertal fahren? Und soll er im Januar zum Packen und Aufräumen noch einmal nach Rom kommen? Er fühlt sich unfähig, solche einfachen Fragen zu beantworten. Da sieht er plötzlich den Taxifahrer, der sie zum Flughafen gefahren hat. Der Mann hat seine gute Laune nicht verloren, und er hat nicht das Geringste bemerkt. Denn er hat doch geglaubt, dass die beiden deutschen Touristen zusammen nach Hause fliegen würden. Er winkt und will an Peter Ka vorbeigehen. Es ist ein kurzer Moment, in seiner besonderen Klarheit und Präzision eigentlich unerklärlich. Denn Peter Ka steht auf, geht auf den Fahrer zu und fragt ihn, ob er ihn rasch zurück, in die Villa, fahren könne. Der Mann schlägt ihm auf die Schulter und stimmt sofort zu. Und dann geht die Fahrt wieder zurück, durch dieselben Straßen, *Via Ostiense, Circo Massimo, San Giovanni.*

Der Fahrer wundert sich, dass Peter Ka so gut Italienisch spricht. Warum hat er auf der Hinfahrt kein Wort Italienisch gesprochen? Peter Ka winkt ab und tut so, als wäre er zu sehr in Gedanken gewesen. »Ihre Frau fliegt nach Deutschland«, sagte der Fahrer, »und Sie bleiben noch?« »Ja«, antwortet Peter Ka, »meine Frau bleibt über Weihnachten zu Hause bei ihren Eltern und ihrem Bruder, und ich bleibe hier.« »Sie verbringen Weihnachten nicht zusammen?«, fragt der Fahrer nach. Und Peter Ka sagt: »Nein, diesmal nicht. Aber nächstes Jahr hoffentlich wieder.«

Das finale Brodeln 3

Als einziger Stipendiat bleibt Peter Ka während der Weihnachtszeit auf dem Gelände der Villa. Schon bald stellt er fest, wie gut und richtig diese Entscheidung war. Die Festtage und die Zeit zwischen den Jahren sind nicht nur in der Stadt angenehm ruhig, sondern führen ihn auch wieder in die schönen Zeiten zurück, in denen er während der Exkursionen der anderen Stipendiaten allein war. Niemand spricht ihn auf seinen Wegen durch die Gartenbezirke der Villa an, und als wäre auch der Himmel mit dieser Ruhe einverstanden, schickt er sogar etwas Schnee, sodass sich noch einmal ganz neue Bilder ergeben. Das Gelände in klarem Schwarz-Weiß. Das Grün der Bäume und Sträucher viel dunkler als sonst. Der Kies verschwunden unter den weißen, straff sitzenden Schneematten.

Er hat sich noch drei Anzüge, einen Mantel und einige weitere Hemden schneidern lassen und genießt es, diese Kleidung zu tragen. Es ist, als führte er sie spazieren, so oft blickt er in einen Spiegel und fotografiert sich in weißem Hemd, mit dunkelblauer Krawatte. Ein wenig spielt er sogar *Tod in Venedig* (in der Version von Luchino Visconti), indem er sich über eine Stunde lang die Haare schneiden lässt. Die Unterhaltung mit dem Frisör gelingt so leicht, dass er sich schließlich selbst ein gutes Zeugnis ausstellt. Ja, er beherrscht das Italienische nun einigermaßen, und er hat nach wie vor große Freude daran, seltene Wendungen in die Konversation einzuschleusen. Auch versucht er sich an Übersetzungen italienischer Gedichte ins Deutsche und schickt die Ergebnisse an die Übersetzerin aus der französischen Schweiz.

Dieser Kontakt hat sich erhalten und sogar intensiviert. Sie schreiben sich alle paar Tage und erzählen einander von ihren Lektüren. Von der blonden Malerin hört Peter Ka dagegen nichts mehr. Er ruft sie immer wieder an, aber sie meldet sich nicht. Und so gibt er diese Versuche nach einer Weile auf.

In den ersten Januartagen trifft der Wagen einer Transportfirma auf dem Gelände ein. Anscheinend sind die Insassen damit beauftragt, die Gemälde aus Studio Zehn zu verladen und nach Deutschland zu bringen. Peter Ka spricht mit ihnen, und der Verdacht bestätigt sich. Es heißt, ein Bruder der Malerin habe diesen Transport in Auftrag gegeben, und es sei endgültig und sicher, dass die Malerin nicht mehr zurück nach Rom kommen werde.

Als er das alles hört und sieht, möchte auch er nicht länger in Rom bleiben. Eine ganze Woche widmet er dem Ordnen des erarbeiteten Materials, sortiert seine Fotografien und Notizen und packt alles in große Umzugskisten. Sich selbst gegenüber nennt er das alles sein »Rom-Archiv«, und als er allmählich einen Überblick über die großen Mengen an Stoff erhält, freut er sich trotz all seiner nicht zu leugnenden Trauer, dieses Jahr so gut genutzt zu haben. Ja, er hat viel gearbeitet und viel Neues erfahren, er spricht jetzt eine weitere Sprache, und er zeigt sich anders als früher. Innerlich und äußerlich hat er etwas Klareres, Konturiertes, Gestandenes bekommen. Es fragt sich nur, wie lange dieser Zustand anhält.

Sein Archiv und den Großteil seines Gepäcks verschickt er mit einem Transportdienst nach Deutschland. Für die Rückreise hat er wieder einen Billigflug gebucht. Als er sich auf den Weg zum Flughafen macht, hat er nicht mehr dabei als den Koffer, mit dem er in Rom angekommen ist.

In Wuppertal erkennen ihn seine Eltern kaum wieder. Seine Mutter findet, er sehe aus »wie ein Herr« oder wie ein römischer Bankbeamter oder Jurist. Die ersten Wochen hat Peter Ka große Mühe, sich wieder in seiner Heimatstadt einzuleben. Die römischen Bilder sind noch viel zu stark und zu gegenwärtig, und wenn er einen Blick auf seine Fotos wirft, stehen ihm unwillkürlich Tränen in den Augen.

Die anderen Stipendiaten (mit Ausnahme der Malerin) trifft er während der Präsentation im Berliner Martin-Gropius-Bau wieder. Die Kontroversen und Spannungen haben sich gelegt. Alle gehen miteinander so um, als wären sie zwölf Monate lang eine Gesellschaft bester Freunde gewesen. Nebenbei bekommt er zu hören, dass der bärtige Architekt aus Hamburg drei größere Ausstellungen kuratieren und der pfälzische Ephebe eine halbe Professur für Klavier an der Musikhochschule in Karlsruhe erhalten wird. Die schwäbische Komponistin hat es nicht so gut getroffen, freut sich aber dennoch auf die Stelle als Chorleiterin im schwäbischen Rottweil.

Das angekündigte Skandalbuch des dicken Romanciers aber entpuppt sich weniger als Chronik des Aufenthalts denn als langatmiges Tagebuch seiner Rom- und Italieneindrücke. Die anderen Stipendiaten kommen in diesem Schwärmen kaum vor, und Fotografien gibt es erst recht nicht. Als Peter Ka den Band flüchtig durchblättert, entdeckt er sogar ein Gedicht, das der Romancier sich angeblich abgerungen hat. Es handelt sich um einen römischen Stadtrundgang in Form einer Sestine, und Peter Ka weiß genau, dass dieses Gedicht in Wahrheit nicht von dem dicken Romancier stammt. Dazu ist es zu gut. Zu gekonnt. Zu atmosphärisch. Und so nimmt er an, dass Kater Rosso diese Sestine geschrieben hat. Nachts, in den dunklen Partien hinter den Studios. Im Liebes- und Wegefieber.

Nach der Rückkehr von der Präsentation nach Wuppertal aber verschlechtert sich sein Befinden. Der Verlag erkundigt sich nach dem lyrischen Ertrag seines Aufenthalts, und Peter Ka findet die penetranten Nachfragen des Lektors lästig und voreilig. Stattdessen arbeitet er weiter an der Sichtung seines Materials, das er immer genauer und kleinteiliger ordnet. Jeden Tag verbringt er so einige Zeit in Gedanken wieder in Rom, und wenn er daran denkt, dass längst eine andere Person sein früheres Studio bezogen hat, um dort zu dichten oder zu schreiben, spürt er seinen Magen, der etwas dagegen zu haben scheint. Ganz zu schweigen von Kater Rosso, den er richtiggehend vermisst. Und noch stärker zu schweigen von den Begegnungen mit einer Malerin, die es nicht mehr gibt.

Schlimm wird es, als er immer weniger isst und sich noch mehr als sonst in sein kleines Zimmer zurückzieht. Das deutsche Wetter mit seinen ewigen Grautönen, dem unsinnlichen Schwarz der Wolken und den banalen Regenschauern ärgert ihn. Nichts Weites, Dramatisches. Nicht einmal ein ordentlicher Regen, der ganze Straßenzüge durchkämmt. Wenn Peter Ka jetzt unterwegs ist, glaubt er, nicht richtig anwesend zu sein. Er steht hier und dort apathisch herum, und neben ihm steht noch ein anderer. Der römische Peter Ka, der morgens aufbricht zu seinen Erkundungsspaziergängen. Der Mann, der in Rom häufig sehr glücklich war. Der brotlose Junge, der sich in jenen Herrn verwandelt hatte, von dem nichts mehr übrig bleibt. Selbst die in Rom geschneiderten Sachen lässt er im Schrank. Sie passen einfach nicht in die Alltagskleidung der Wuppertal-Welt.

Vier Monate nach seiner Rückkehr beginnt Peter Ka eifrig zu telefonieren. Im fünften Monat kündigt er sein kleines Zimmer und erklärt den Eltern, dass er nach Rom ziehen werde. Dort hat er ein Zimmer von ähnlicher Größe im fünften Stock eines Wohnhauses in der Nähe der Porta Pia gemietet. Das Zimmer hat keine Küche, und das Bad wird von mehreren Mietern genutzt. Dafür ist es jedoch preiswert, und der Blick aus dem Fenster geht in einen Innenhof mit großer Palme.

Ein halbes Jahr später erscheint sein neuer Lyrikband: *Elegien, römisch-bergisch. I-LII.* Jedes Gedicht ist höchstens eine Seite lang, und in ihrer Folge bilden die 52 Gedichte ein ganzes Jahr ab. Die erste Rezension, die Peter Ka liest, erscheint in der *Neuen Zürcher Zeitung.* Dort werden seine Gedichte als ein großes Ereignis gefeiert. Als Weiterschreibung von Goethes *Römischen Elegien*, als elegische Rom-Klage über einen Liebesverlust. Als Peter Ka den Namen des Rezensenten sucht, erkennt er, dass es sich um eine Rezensent*in* handelt. Sie ist eine bekannte Übersetzerin und lebt in der französischen Schweiz.

Heute wohnt Peter Ka noch immer in Rom. Er übersetzt viel aus dem Italienischen und hat einen großen römischen Freundeskreis. In einer bekannten überregionalen deutschen Zeitung erscheint alle zwei Wochen seine Rom-Kolumne. Aber auch die italienischen Zeitungen haben seine Arbeit zur Kenntnis genommen und veröffentlichen, wenn »Deutschland« wieder mal Thema ist, Kommentare »aus seiner Feder«.

Das Gelände der Villa betritt er nur noch zu den offiziellen Festen und spricht dann fast ausschließlich Italienisch. Kontakte mit den jeweils dort lebenden Stipendiaten nimmt er nicht auf. Von der blonden Malerin hat er nie wieder etwas gehört. Der einzige Stipendiat, mit dem er noch Kontakt hat, ist der pfälzische Ephebe.

Danksagung

Unser besonderer Dank gilt Dr. Joachim Blüher, dem derzeitigen Direktor der *Deutschen Akademie Villa Massimo.* Er hat die Entstehung dieses Buches mit großer Hilfsbereitschaft und viel Elan unterstützt.

Unser Dank gilt ferner – stellvertretend für die vielen engagierten Angestellten und Mitarbeiter der *Villa Massimo* – Frau Gisela Boari, die das Stipendiatenleben jahrzehntelang als eine gute Seele des Geländes begleitet und oft nicht unerheblich stabilisiert hat.

Darüber hinaus danken wir Lukas Ortheil, ohne dessen Tatkraft und Ideenreichtum viele Fotografien auf dem Gelände nicht entstanden wären.

Lotta und Hanns-Josef Ortheil
Rom, im Frühjahr 2015

Anmerkungen

[1] Norbert Hummelt/Klaus Siblewski: *Wie Gedichte entstehen.* München 2009

[2] Monica Quartu/Elena Rossi: *Dizionario dei modi di dire della lingua italiana.* Milano 2012

[3] Francesco Petrarca: *Das lyrische Werk.* Italienisch und deutsch. Aus dem Italienischen von Karl Förster. Düsseldorf/Zürich 2002

[4] Eugenio Montale: *Was bleibt (wenn es bleibt).* Gedichte 1920–1980. Italienisch-deutsch. Ausgew., übers. und mit Anm. versehen von Christoph Ferber. Mainz 2013

[5] Salvatore Quasimodo: *Gedichte 1920–1965.* Italienisch-deutsch. Ausgewählt und übersetzt von Christoph Ferber. Mainz 2010

[6] Pier Paolo Pasolini: *Die Nachtigall der katholischen Kirche.* Gedichte. Italienisch-deutsch. Aus dem Italienischen von Toni und Bettina Kienlechner. München 1989

[7] Alberto Moravia: *Claudia Cardinale. Ein etwas ungewöhnliches Gespräch.* Aus dem Italienischen von Sophia Marzolff. München 2010

[8] Stefan George: *Die Gedichte.* Stuttgart 2003, S. 257

[9] Friedrich Christian Delius, in: *Rom auf Zeit. Villa Massimo-Stipendiaten im Gespräch.* Hrsg. von Sara Moretti. Bonn 2013, S. 39

[10] *Roma aeterna. Lateinische und griechische Romdichtungen von der Antike bis in die Gegenwart.* Hrsg. von Bernhard Kytzler. Zürich 1972

[11] http://www.villamassimo.de/de/informationen/villa-massimo/statut

[12] http://www.villamassimo.de/de/informationen/villa-massimo/hausordnung

[13] Rolf-Dieter Brinkmann: *Westwärts 1&2.* Gedichte. Reinbek 1975, S. 85

[14] Judith Kuckart, in: *Rom auf Zeit*, a.a.O., S. 95

[15] Friedrich Nietzsche: *Nachgelassene Fragmente 1880–1882. KSA 9.* Hrsg. von Giorgio Colli und Mazzino Montinari. München 1999, S. 274

[16] Alain Resnais: *Letztes Jahr in Marienbad* (1961)

[17] Sextus Julius Frontinus. *Wasser für Rom. Die Wasserversorgung durch Aquädukte.* Übersetzt und erläutert von Manfred Hainzmann. Zürich 1979

[18] Hanns-Josef Ortheil: *W wie Wuppertal.* In: *Die weißen Inseln der Zeit.* München 2013, S. 53ff.

[19] Friedrich Nietzsche: *Sämtliche Briefe. Kritische Studienausgabe Band 6 (Januar 1880–Dezember 1884).* Hrsg. von Giorgio Colli und Mazzino Montinari. München 1986, S. 374 und S. 378f.

[20] Rüdiger Safranski: *Nietzsche. Biographie seines Denkens.* München/Wien 2000, S. 258/259

[21] Aristoteles: *Poetik.* Griechisch/deutsch. Übersetzt und hrsg. von Manfred Fuhrmann. Stuttgart 2012

[22] *Die Antiken der Deutschen Akademie Villa Massimo Rom.* Roma [1990]

[23] Federico Fellini: *Roma* (1972)

[24] *Rom auf Zeit,* a.a.O., S. 37

[25] François Truffaut: *Mr. Hitchcock, wie haben Sie das gemacht?* München 1988

[26] William Paul Young: *Die Hütte. Ein Wochenende mit Gott.* Berlin 2011

[27] Ludwig Curtius: *Deutsche und antike Welt. Lebenserinnerungen.* Stuttgart 1950, S. 189

[28] Hanns-Josef Ortheil: *Die Insel der Dolci. In den süßen Paradiesen Siziliens.* München 2013

[29] Hanns-Josef Ortheil: *Das Kind, das nicht fragte.* Roman. München 2012

[30] Ettore Scola: *Gente di roma* (2003)

[31] Gustav Seibt: *Rom oder Tod. Der Kampf um die italienische Hauptstadt.* Berlin 2001

[32] Stefan George: *Die Gedichte,* a.a.O., S. 596

[33] Ettore Scola: *Una giornata particolare* (1977)

[34] Hanns-Josef Ortheil: *Die große Liebe.* München 2003

[35] Marcus Junkelmann: *Panis militaris. Die Ernährung der römischen Soldaten oder der Grundstoff der Macht.* Mainz 2006

[36] In den Träumen von Peter Ka scheinen Szenen aus Stanley Kubricks *Spartacus*-Film eine gewisse Rolle zu spielen.

[37] Friedrich Hölderlin: *Sämtliche Werke, Briefe und Dokumente.* Hrsg. von D. E. Sattler. Zwölf Bände. München 2004

[38] Hugo von Hofmannsthal: *Das Gespräch über Gedichte.* In: *Gesammelte Werke in zehn Einzelbänden. Band: Erzählungen. Erfundene Gespräche und Briefe. Reisen.* Frankfurt/Main 1979

[39] Theodor W. Adorno: *Moments musicaux.* Frankfurt/Main 1964

[40] Plinius: *Epistulae. Sämtliche Briefe.* Lateinisch/Deutsch. Übersetzt und hrsg. von Heribert Philips und Marion Giebel. Stuttgart 2010, S. 685ff.

[41] Conrad Ferdinand Meyer: *Auf Ponte Sisto.* In: *Italien-Dichtung. Band 2.* Hrsg. von Gunter E. Grimm. Stuttgart 1988, S. 197

[42] C. Valerius Catullus: *Gedichte. Carmina.* Lateinisch-deutsch. Hrsg., übersetzt und erläutert von Werner Eisenhut. Düsseldorf/Zürich 1999, S. 37

[43] Sandro Zanetti: *Avantgardismus der Greise? Spätwerke und ihre Poetik.* Paderborn 2012

[44] Angela Windholz: *Zur Geschichte der Villa Massimo (1800–2010).* In: *100 Jahre Deutsche Akademie Rom.* Hrsg. von Joachim Blüher. Köln 2010, S. 36

[45] Stefan George: *Die Gedichte,* a.a.O., S. 569

[46] Hans Jürgen Fröhlich: *Im Garten der Gefühle.* Roman. München 1975

[47] *La Grande Bouffe,* Film von Marco Ferreri (1973)

[48] *Italien-Dichtung, Band 2,* a.a.O., S. 452

[49] Roberto Zapperi: Das Incognito. Goethes ganz andere Existenz in Rom. München 2002

[50] Hanns-Josef Ortheil: *Lesehunger. Ein Bücher-Menu in zwölf Gängen.* München 2009

[51] Hanns-Josef Ortheil: *Faustinas Küsse.* Roman. München 1998

[52] *Goethes Werke. Band I. Gedichte und Epen.* Textkritisch durchgesehen und mit Anmerkungen versehen von Erich Trunz. (Hamburger Ausgabe). Hamburg 1948, S. 157

[53] Stefanie Kraemer, Peter Gendolla (Hrsg.): *Italien. Eine Bibliographie zu Italienreisen in der deutschen Literatur.* Frankfurt/Main 2003

[54] Angela Windholz: *Et in academia ego. Ausländische Akademien zwischen künstlerischer Standortbestimmung und nationaler Repräsentation.* Regensburg 2008

[55] Angela Windholz: *Villa Massimo. Zur Gründungsgeschichte der Deutschen Akademie in Rom und ihrer Bauten.* Petersberg 2003

[56] Michael Dorrmann: *Eduard Arnhold (1849–1925). Eine biographische Studie zu Unternehmer- und Mäzenatentum im Deutschen Kaiserreich.* Berlin 2002

[57] Peter Ka orientiert sich an dem hochinformativen Textbeitrag von Angela Windholz *Zur Geschichte der Villa Massimo (1800–2010)* in dem von Joachim Blüher zum hundertjährigen Jubiläum der Villa herausgegebenen Band *100 Jahre Deutsche Akademie Rom*, a.a.O., S. 15ff.

[58] Peter Ka liest mit besonders großem Interesse den Beitrag von Orietta Rossi Pinelli *Die italienischen Künstler in der Villa Massimo (1948–1956)* in dem von Joachim Blüher herausgegebenen Jubiläumsband.

[59] *Deutsche Akademie in Rom Villa Massimo 1914–1964.* Privatdruck. Rom 1964, S. 114

[60] Benjamin Benedict: *Schreiben für Film und Serie. Drehbücher selbst entwickeln.* Berlin 2014

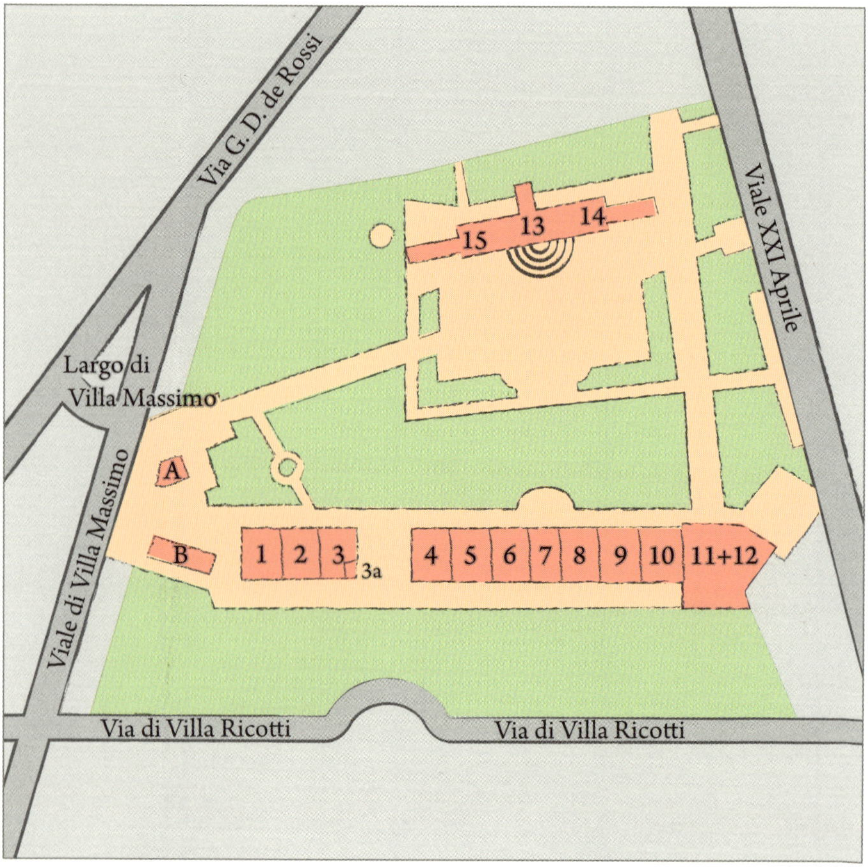

A	Pförtner	11+12	Villino
B	Ausstellung	13	Haupthaus
1 – 10	Studios	14	Gaststudio
3a	Reinemachefrauen	15	Gaststudio